ハ

コンテンポラリー―現代

世界中でたったひとつの愛を見つけた女性。運命の相手とともに生き抜いた波瀾の人生を描く珠玉の一編。最期の時、あなたは彼に何と言いますか？

女神のTシャツ

ノーラ・ロバーツ / 公庄さつき 訳

ドノバン一族の不思議な力を受け継ぐセバスチャンと、腕利きだが飾り気のない探偵メル。赤ん坊誘拐捜査に挑む、水と油のようなふたりの恋の行方は？

仮面の女

ローリー・フォスター / 新井ひろみ　訳

恋に臆病な冴えない女性教師カーリーが体験した、ハロウィーン・パーティーでの大胆な一夜。アバンチュールの相手は憧れのプレイボーイだった！

薔薇の刺

アン・ウィール / 須賀孝子 訳

遊び慣れた大富豪のドロゴは、カリブの小島で人魚のように美しいアニスに出会った――大御所ロマンス作家が綴る、おとぎ話のようなラブストーリー。

恋は立入禁止

ジェシカ・スティール / 駒月雅子 訳

「愛し合わない」と誓った契約結婚のルールは、互いの寝室には入らないこと。それなのに、夫を本当に愛してしまうなんて…。切ない女心を描いた傑作！

氷の伯爵

アン・グレイシー　　石川園枝 訳

HARLEQUIN
BUNKO

ハーレクイン文庫

氷の伯爵

アン・グレイシー

石川園枝 訳

HARLEQUIN
BUNKO

Tallie's Knight
by Anne Gracie

Published by Harlequin K.K., Tokyo, 2007

氷の伯爵

◆主要登場人物

タレイア・ロビンソン……家庭教師。愛称タリー。
ダレングヴィル卿マグナス・セント・クレア……ダレンヴィル七代伯爵。
レティシア……タリーとマグナスの親戚。タリーの雇主。
ジョージ……レティシアの夫。
ジョージー……レティシアとジョージの息子。
ジョン・ブラック……マグナスの御者。
モニーク……タリー付きの小間使い。フランス人。
マダム・ジロドゥー……未亡人。フランス人。
ファブリス・デュボウ……マダム・ジロドゥーの甥。
ルイージ・マグワイアー……案内人。イタリア人。
カルロッタ……未亡人。イタリア人。
ジーノ……カルロッタの甥。
フレディ・ウインスタンリー……マグナスの親友。牧師。
ジェニー……フレディの妻。

プロローグ

一八〇三年二月、ヨークシャー

「は、伯爵さま、ミスター・フレディは――」

「ミスター・フレディ?」ダレンヴィル卿《きょう》はとがめるような口調でさえぎった。メイドは真っ赤になり、気まずそうに糊《のり》のきいた白いエプロンに手を撫《な》でつけた。

「い、いいえ、ウインスタンリー牧師さまです。長くお待たせすることはないと思います。牧師さまはただ今、ちょっとその……」

「説明する必要はない」ダレンヴィル卿マグナスは冷ややかに言った。「ウインスタンリー牧師は可能なかぎり早く来るだろう。ここで待たせてもらう」彼は冷たい灰色の目を水彩画に転じた。下がれと言っているのも同然だ。メイドは後ずさりをして素早く客間を出ると、走り出さんばかりに廊下を急いだ。

マグナスは部屋を見まわした。やぼったく、置かれている家具も粗末だ。小さな窓がひとつあるきりで日当たりもよくない。彼はぶらりと窓に近づいていって、外を見て顔をしかめた。窓は墓地に面していて、家の住人にいやでも死を連想させた。

なんとまあ、わびしいことか。マグナスはそう思いながらすり切れた長椅子に腰を下ろした。牧師はみなこんな暮らしをしているのだろうか？　教会とは無縁の生活をしている彼にはわかるはずもなかった。古くからの親友のフレディ・ウインスタンリーが牧師にならなかったら、聖職者と知り合いになることもなかっただろう。

マグナスはため息をついた。数年来会っていないフレディを訪ねることを急に思い立ち、はるばるヨークシャーまで馬を飛ばしてきたものの、いざ着いてみると、それが正しかったのかどうか疑問に思わずにはいられなかったのだ。

くすくす笑う声がして、マグナスは物思いをさえぎられた。彼は眉を寄せてあたりを見まわした。だれもいない。また笑い声が聞こえてきた。眉間《みけん》のしわがさらに深くなる。彼はからかわれるのが好きではなかった。

「そこにいるのはだれだ？」

「男のちとだ」カーテンの少しふくらんだところからくぐもった声が聞こえた。マグナスがそちらに目を向けると、カーテンが開いて、いたずら好きそうな小さな顔がのぞいた。

マグナスは目をぱちくりさせた。子供だ。それも、非常に幼い……女の子だ。しばらくしてからそう判断した。彼は幼い子供に会ったことがなく、子供の服装にも疎かったが、どちらかというと女の子のように見えた。黒い巻き毛に、大きなすみれ色の瞳をしている。少女は大人の女性の多くがそうするように、物欲しそうな目でマグナスを見ていた。

　マグナスはだれかが少女を本来いるべき場所に連れ戻してくれるのを期待して、戸口に目をやった。

「男のちとだ」子供は繰り返した。

　マグナスは片方の眉を上げた。答えを期待されているようだが、どうやって子供に話しかけたらいいのかさっぱりわからなかったのだ。

「はじめまして」しばらくしてから彼は言った。

　少女はほほえみ、カーテンの陰から飛び出して、危なっかしい足取りでマグナスに近づいてきた。マグナスはぞっとした。途中で転んでくれればいいがという期待もむなしく、少女は無事にマグナスの前にたどり着いた。にっこりほほえみ、ぽっちゃりした手で彼の染みひとつない鹿革《しかがわ》のズボンをつかむ。マグナスは縮み上がった。これを見たら従僕はひきつけを起こすだろう。子供の手は汚れていて、べとべとしているものと決まっている。子供のことはなにも知らないはずなのに、なぜかそう思った。

「抱っこちて」少女はマグナスに向かって両腕を上げた。

　彼は眉をひそめて女の子を見下ろした。今までの経験では、うるさく言い寄ってくる女性を追い払うにはこうするのがいちばん効果的だった。このちっぽけな生き物にも通じないはずがない。

するとしかし、少女も眉をひそめてマグナスを見返すではないか。次にマグナスは少女をにらみつけた。少女もマグナスをにらみ返す。「抱っこちて」そう繰り返すと、少女は小さなこぶしでマグナスの膝を叩《たた》いた。

マグナスはすがるような思いで戸口のほうを見たが、いっこうに助けが来る気配はなかった。

べとべとした小さな手がマグナスの腕を引っ張った。「抱っこちて!」再び要求する。

「お断りだ」マグナスは冷ややかな声で言った。まったく、だれか助けに来てはくれないのか?

少女は大きな目を見開き、薔薇《ばら》のつぼみのような唇をへの字に曲げた。下唇がわなわな震え、今にも泣き出しそうになった。女性はこんなに幼いときから女の涙が武器になることを知っているのか。マグナスは呆《あき》れ果てた。大人になるころには、泣くのがうまくなっているのも無理はない。

小さな顔がくしゃくしゃになった。

これはわたしが抱き上げるしかなさそうだ。マグナスはおそるおそる手を伸ばし、少女のウエストをつかんで自分の目の高さまでそっと持ち上げた。少女は小さな足をぶらぶらさせて、真面目《まじめ》くさった顔でマグナスを見つめ返した。

そして、ぽっちゃりとした腕を伸ばした。「抱っこ！」

マグナスはそっと少女を抱き寄せた。すると、彼女は突然マグナスの首に腕をまわして、驚くほどの力でしがみついてきた。数秒後、少女はマグナスの膝の上に抱かれて、幅の広いタイ《アット》をいじっていた。結び直すのに三十分かかるだけではないか。マグナスは皮肉っぽく、自分に言い聞かせた。

少女はおしゃべりを始めた。ときおり英語が耳に入ったが、それ以外はちんぷんかんぷんでなにを話しているのかさっぱりわからない。休みなくしゃべり続け、ときどき質問らしきものをはさむ。マグナスは気がつくと、少女の質問に答えていた。これをだれかに見られたら一生の恥だ。だが、ほかにどうすることもできない。小さな顔がくしゃくしゃになるのはもう見たくなかった。

少女は夢中でおしゃべりをしていたかと思うと、ふいに口をつぐみ、顔を上げてマグナスの顔をじろじろ見た。マグナスはかすかな不安を覚えた。いったいなにをするつもりなのだろう？　すると、少女は手を伸ばして、小さな柔らかい指でマグナスの右の頬から口元にかけてできたしわをなぞった。

「これなに？」

マグナスは答えに詰まった。今まで彼の顔のしわを話題にするような無礼な人間はいなかった。「ああ……これは頬だ」

少女は真剣な顔をしてもう一度しわをなぞると、片手でマグナスのあごをつかんで横を向かせ、もういっぽうの頬にできたしわをなぞった。そのあと、両方のしわを同時になぞった。じいっと彼を見つめ、にっこりほほえんで再び話に戻ると、ときどき手を伸ばしては彼の頬のしわをなぞる。

しだいにおしゃべりの声が小さくなり、小さな頭がこっくりこっくりし始めた。あくびをして、マグナスの腕のくぼみに身をすり寄せる。「おやちゅみ」少女はつぶやき、マグナスは小さな体から力が抜けるのを感じた。

少女は眠っていた。ぐっすり眠っている。こともあろうにマグナスの腕のなかで。

マグナスは一瞬凍りついたが、しだいに息ができるようになった。自分は肉体的にも社会的にも強い男だと自負していたが、眠っている子供を抱くのは生まれて初めてだった。子供の体のぬくもりと重みに、責任の重さをひしひしと感じた。

そうして二十分あまりもじっとしていると、廊下のあたりが騒がしくなってきた。若く美しい女性が困り果てたような顔をしてなかをのぞき込んだ。フレディの妻のジョーン、ジェーン、いや、ジェニーだっただろうか？　確かに結婚式で会った記憶がある。彼女はなにか言おうとしたが、そのとき、マグナスの腕に抱かれて眠る小さな子供に気づいた。

「まあここにいたのね」彼女は言った。「この子をずっと捜していたんです」彼女は振り向いて、廊下にいるだれかに声をかけた。「マーサ、走っていって、子供が見つかったとミスター・フレディに伝えてちょうだい」

　彼女はマグナスのほうに振り向いた。

「本当に申し訳ありません、ダレンヴィル卿。庭に出たのだろうと思って、家の者全員で外を捜していたんです。ご迷惑をおかけしたのではありませんか？」

　マグナスはだらりと首にぶら下がったクラヴァットと、しわくちゃになった鹿革のズボンに目をやった。腕はしびれ、上着の袖《そで》は鼻水で濡《ぬ》れていた。

「いや、そんなことはない」マグナスはゆっくりと言った。「わたしのほうこそ楽しませてもらった」

　驚くべきことに、彼は本当にそう思っていたのだ。

1

一八〇三年二月、ロンドン

「レティシア、きみに妻を探す手助けをしてもらいたいのだ」

「お安い御用よ。それでどなたの奥方さまに興味がおありなの？」レティシアは驚きを隠そうとしてふざけて言った。人に助けを求めるなんて、自尊心の強い親戚《しんせき》のマグナスらしからぬことだった。

マグナスは灰色の冷たい目でレティシアをにらんだ。「わたしは花嫁を探してほしいと言っているのだ。情事の相手なら自分で探す」

「花嫁？　あなたが？　信じられないわ！　あなたはきちんとしたお嬢さんには見向きもしない……」

「だから、きみに助けを求めているんじゃないか。すぐにでも結婚したいのだ」

「すぐにでも？　まあ大変！　年ごろの娘を持つ母親が大騒ぎするわ！」レティシアは椅

子の背にもたれ、少し意地悪な目でマグナスを見た。きれいに描いた眉を上げてさも驚いたように言う。「難攻不落のダレンヴィル卿《きょう》が急に花嫁探しだなんて、いったいどんな風の吹きまわし？」彼女は突然、青い目を細めた。「花嫁を探すのは結構なことよ。いずれ早いうちに子供部屋の用意をしておいたほうがいいわ。それにしても急な話ね。まさか……すぐにでも結婚しなければならないような……なにかその……財政的な理由があるわけではないでしょうね」

マグナスは眉をひそめた。「ばかなことは言わないでくれ。きみの助言に従って子供部屋は用意する。わたしは子供が欲しいんだ」

「あなたが言っているのは跡継ぎのことでしょう。あなたが欲しいのは息子であって、娘ではない」

マグナスは答えなかった。娘も悪くないな、と彼は内心思った。つぶらな瞳をした小さな女の子を膝に抱いて、わけのわからないおしゃべりの相手をするのもいいものだ。もちろん、息子でもいい。彼はフレディの息子のサムを思い出した。

マグナスは名門と言われる一族の最後の男子だったが、ヨークシャーに親友を訪ねるまで跡継ぎのことにはまるで無関心だった。家名と爵位が自分の代で途絶えようが途絶えまいが、そんなことはどうでもよかった。貴族の名はマグナスの子供時代と青春時代を惨めなものにしただけだった。

社交界には、ダレンヴィル卿は跡継ぎのことを懸念しているだけであって、子供を欲しがっているわけではないと思わせておけばいい。マグナスはなにも、だれも必要としなかった。過去においてもそうだったし、これから先もそうだ。彼は幼くしてそうして生きていくことを学んだのだ。

だが、腕のなかですやすやと眠る幼い女の子の姿や、顔のしわを興味津々となぞる柔らかい小さな手の感触を思い出すたびに、マグナスの胸にいとおしさがこみ上げてきた。

できることならレティシアになど助けを求めたくはなかった。マグナスは決して彼女が好きではなかったし、会うのは必要に迫られたときか偶然の機会にかぎられていた。だが、子供が欲しければ妻《めと》を娶らねばならず、彼女の手を借りれば、結婚に至るまでの面倒な手続きを最小限にすますことができる。

マグナスは話の要点に戻った。「それで、手を貸してくれるのか、レティシア?」

「あなたはどんな方法で花嫁を見つけようと思っているの? オールマックス? 舞踏会、夜会、朝の訪問?」レティシアは笑った。「あなたが娘に付き添ってくる母親にいつまでも我慢できるとは思えないわ。まあ、ほんの気晴らしのつもりなら、試してみる価値はあるけれど」

マグナスはレティシアの描き出す光景に内心ぞっとしたが、顔には出さなかった。「いや、そこまでする必要はない。きみの田舎の屋敷でハウスパーティーを開いてくれればいい」

「ハウスパーティー?」レティシアは身震いした。「この時期に田舎に行くなんてぞっとするわ」

マグナスは肩をすくめた。「そんなに長くはかからない。一週間もあれば十分だ」

「一週間!」レティシアは叫んだ。「たった一週間で花嫁を決めようというの! そんな話、聞いたことがないわ」

マグナスは歯を食いしばった。ほかに方法があれば、わざわざこんなところに出向いてきたりはしない。だが、レティシアは若く、社交界でも一目置かれる存在だった。彼女以外にマグナスに独身の若い女性を紹介できる人物はいない。

「手を貸してくれるのか?」マグナスは繰り返した。

入念に化粧をした彼女の顔に計算高い表情が浮かんだ。マグナスはほっとした。死んだ母親を始めとして、こういう類《たぐい》の女性の扱いは心得ていた。

「ロンドンを離れるのは難しいかもしれないわ。シーズンはまだ始まっていないけれど、あちこちから招待が……」レティシアは炉棚の上にちらりと目をやった。炉棚には何通もの招待状が置かれている。「それに、マニンガムの屋敷に人を招くとなると……」わざとらしくため息をつく。「準備は大変だし、手伝いの者を雇わなければならないわ。ジョージもいい顔をしないでしょうね。費用だってばかに……」

「費用はすべてわたしが持つ」マグナスがさえぎった。「きみにもそれなりの礼はさせてもらう。一、二週間、舞踏会や夜会の出席を取りやめてもらう代わりに、ダイヤモンドでどうだね？」

レティシアはマグナスの露骨な申し出に気を悪くして唇をすぼめたが、ダイヤモンドには大いにそそられた。「ダイヤモンドって……？」

「ネックレスにイヤリングにブレスレットだ」マグナスは冷ややかな目でレティシアを見た。レティシアはむっとした。

「マグナスったら失礼にもほどがあるわ。あなたの頼みを聞くのに見返りを期待するなんて」

「それでは、ダイヤモンドはいらないのだな？」

「そ、そうは言っていないでしょう。あなたが感謝のしるしにどうしてもと言うなら……」

「よし、これで決まりだ。若い女性を六人ほど招待してくれ。ああ、それから母親も」めったに感情を表すことのないマグナスの顔がかすかにゆがんだ。「とにかくそうしてくれ。きみが招待した女性のなかからひとりを選ぶ」

レティシアは身震いした。「あなたには感情というものがないの、マグナス？　だから氷の……」

マグナスにじろりとにらまれてレティシアは口をつぐんだ。マグナスは席を立った。

「もう帰るつもりではないでしょうね？」

マグナスは困惑したように彼女を見た。「話はもうすんだではないか」

「いったいだれを招待してほしいの？」レティシアは歯を食いしばるようにして言った。

マグナスはきょとんとして彼女を見ると、肩をすくめた。「そんなこと、わたしにわかるわけがないじゃないか。それはきみに任せる」マグナスはドアに向かって歩き出した。

「嘘《うそ》でしょう！　わたしにあなたの花嫁を選べというの？」

マグナスの目にかすかにいらだちが表れた。「きみが選んだ娘のなかからわたしが選ぶ。まだわからないのか？　この十五分間いったいなんの話をしていたと思っているんだ？」

レティシアは茫然《ぼうぜん》と彼を見た。まるで馬でも買うように花嫁を選ぼうとしている。いや、馬以下だ。彼は馬には特にうるさいことで知られているのだ。

「い、いえ……なにか特別な条件はないかときいているのよ」ようやくレティシアは答えた。

マグナスは再び腰を下ろした。子供のことしか考えていなかったが、レティシアの言うこともっともだ。彼はしばらく考えた。「まず健康で……血統がよければ言うことはない。あとはそうだな……歯が丈夫で、そこそこ知性があって、穏やかな気性で……腰は大きいほうがいい。子供を産むのにはそのほうがいいだろう。それで十分だ」

レティシアは歯ぎしりした。「わたしたちは繁殖用の雌馬の話をしているんじゃないのよ」

マグナスは彼女の皮肉を無視して、肩をすくめた。「似たようなものさ。わたしが関心があるのは子供だけだ」

「外見はどうでもいいの？」

「これといった条件はない。器量は十人並みでいい。必ずしも美しい必要はない。美しい妻は問題を引き起こすだけだ」マグナスは唇の端に皮肉な笑みを浮かべた。「人妻というのは実にそそられるものだ。ご本人たちはまるで気づいておられないようだが」

レティシアは気まずさに頬を赤らめた。あなたの花嫁探しなんてお断りよと言ってやりたいが、ダイヤモンドの誘惑には勝てなかった。「できるだけのことはするわ」彼女はしぶしぶ言った。

黒騎士はタリーを勇壮な軍馬の上に抱え上げ、獰猛《どうもう》な狼《おおかみ》の群れから救い出した。「あっちへ行け！」ぞくぞくするほど男らしい低い声で叫ぶ。「このか弱き乙女はおまえたちのものではない！」騎士は彼女を守るように体に腕をまわし、それから強く抱き締めた。「わたしにつかまりなさい、美しい人よ。もう大丈夫だ」騎士が耳元でささやくと、温かい息がタリーのうなじの後れ毛を揺らした。「きみはわたしのものだ、タリー。もう二度と離しはしない」騎士はタリーの手をつかんで自分の広くたくましい胸に押し当て、唇を近づけた……。

「ミス・タリー？　どうかなさいましたか？」

タリーははっとして白日夢から覚めた。古いボタンを入れた瓶が倒れて中身がテーブルじゅうに散らばり、彼女はあわててボタンをかき集めた。初老の執事のブルックスと、家政婦のミセス・ウィルモットが心配そうに彼女を見下ろしていた。

「い、いいえ、なんでもないの」タリーは赤くなって言った。「少しぼうっとしていただけ……。なにか用かしら？」

ブルックスは銀製の盆にのせた手紙を差し出した。「奥方さまからお手紙が届いております」

タリーは盆から手紙を取って、執事に礼を言った。封を切って、手紙に目を通す。

「そんなばかな！」タリーは突然こみ上げてきた怒りに目を閉じた。クリスマスが過ぎ、レティシアと夫のジョージはロンドンに戻ったため、タリーは少なくとも数カ月は子供たちと静かに暮らせると思っていたのだ。

「どうしました、ミス・タリー？　なにか悪い知らせでも？」

「いいえ。少なくとも、悲劇が起きたわけではないわ」タリーは年老いた家政婦を安心させるように言った。ブルックスを見て、説明する。

「レティシアがここでハウスパーティーを開くと書いてきたの。わたしたちにおもてなしの準備をするようにとのことよ。招待されるのは若いレディが六、七人、そのお母さまと、なかにはお父さまもお見えになる方もあるらしいわ。それと、まだ決まったわけではないけれど、紳士を五、六人招待するそうよ。それから、二週間の滞在の締めくくりに舞踏会を開くんですって」タリーはブルックスとミセス・ウィルモットを見て、信じられないというように首を振り、冷めた紅茶をごくりと飲んだ。

ミセス・ウィルモットは人数を数えていた。「紳士がお見えになるということは、みなさん少なくともひとりは召使いを連れておいでになるでしょうから、人数は倍になるわ。どうしましょう、ミス・タリー？　奥方さまはいつお客さまをお招きすると書いておいでなの？」

タリーは目に不吉な表情を浮かべてうなずいた。「お客さまは来週の火曜日からお着きになるそうよ。レティシアは準備に怠りはないか確認するために、その前日にはこちらに来ると書いてあるわ」

「来週の火曜日？　来週の火曜日までに六十人以上ものお客さまをお迎えする準備をするなんてとうてい無理だわ！　不可能よ」

タリーは大きなため息をついた。「無理でもやらなければならないわ、ミセス・ウィルモット。わたしたちに選択の余地はないの。彼女の命令とあれば、あなたたちふたりと、ほかの召使い全員でやるしかないわ」

「それからあなたも、ミス・タリー」ブルックスは言い足した。

タリーはほほえんだ。悪気があって言ったのではないことはわかっている。だが、レティシアの召使いたちはミス・タリーと呼んではくれるものの、彼らから使用人同然に思われているのはあまり気分のいいものではなかった。タリーは続けた。

「必要ならば、臨時の手伝いの者を何人雇ってもかまわない。費用は惜しまないが、帳簿はきちんとつけておくこと」

「費用は惜しまない……」冷静沈着なことで知られているブルックスでさえ、驚きは隠せなかった。

タリーは真面目《まじめ》な顔をしてさらに続けた。あのレティシアが臨時の手伝いの者を雇っていいと言うだけでも驚きなのに、費用の心配はいらないと言い出すなんて、彼女を知る人ならだれでも驚くだろう。

「このハウスパーティーは親戚のダレンヴィル卿のために開かれ、費用はすべて彼が持つことになっているらしいの。だから、わたしにきちんと帳簿をつけておくようにと書いてあるわ」

「ほう」ブルックスはそう言うと、口を閉じていかにも知ったふうな顔をした。

「ダレンヴィル卿？　若いお嬢さんばかり集めていったいなにをするおつもりなのかしらねえ……。ああ、わかったわ」ミセス・ウィルモットはうなずいた。「求婚なさるのよ」

「なんですって？」タリーはきき返した。

「求婚なさるのよ、ダレンヴィル卿が。招待されたお嬢さんのなかに婚約者がいらして、結婚を申し込む前にしばらく一緒に過ごされるんだわ。そして、舞踏会の席で結婚を発表なさるのよ」

「そういうことですか。結婚するカップルを再びこの屋敷に迎えることになろうとは」ブルックスは昔を懐かしむようにほほえんだ。

「まあ、ミスター・ブルックス、あなたは根っからのロマンチストなのね」ミセス・ウィルモットは言った。「わたしがスポンジケーキに乗って空を飛べないように、ダレンヴィル卿が恋に落ちるなんてことは絶対にありえませんよ！」

　タリーはスポンジケーキにまたがって空を飛ぶミセス・ウィルモットの姿を想像し、思わず吹き出しそうになった。「なぜ、ミセス・ウィルモット？」

「なぜって？」ミセス・ウィルモットは驚いてタリーを見た。「ああ、そうだったわ。あなたは伯爵には一度もお会いしたことがないんだったわね。あなたが奥方さまのもういっぽうの親戚筋に当たることを忘れていたわ。ダレンヴィル卿はそれは冷たいお方なのよ。氷の伯爵と呼ばれているくらいなんですから。わたしに言わせれば、伯爵の体には温かい血は一滴も流れていませんよ」

「だが、ご婦人方は伯爵をハンサムだと思っているんじゃなかったのかね？」ブルックスは言った。「そういうあなただって……」

「そりゃあ、ハンサムはハンサムですよ」家政婦は怒ったように言った。「伯爵はギリシアの神の彫像のように美しいお顔をなさっているけれど、心も石でできているんですよ！」ミセス・ウィルモットは首を振って唇をすぼめた。

タリーはがぜん興味を引かれたが、お客さまの噂話《うわさ》は慎みなさいと自分に言い聞かせた。それに、今は噂話をしているような場合ではない。

「とにかく」タリーは言った。「わたしたちはダレンヴィル卿のお金を自由に使い、なににどれだけ使ったかあとできちんと報告することだけを考えていればいいのよ。費用の心配をしなくてすむなら、村から人を雇ってもいいわね。まず、なにをしなければならないかリストを作ることから始めましょう」彼女は炉棚の上に置かれた時計に目をやった。「あと三十分したら子供部屋に戻らないといけないから、急がないと」

その夜遅く、タリーは子供部屋をそっとあとにしながら、もっと感情を抑えなければと自分に厳しく言い聞かせた。こんなことではいけないわ。

今朝感じた怒りの激しさに彼女自身ショックを受けていた。タリーが怒りを感じたのはレティシアの思いやりのなさではなく、彼女がこの屋敷に戻ってくるということだった。

こんなふうに感じるのは間違っている、とタリーは思った。わたしはレティシアに感謝こそすれ、恨む筋合いはないのだ。彼女はわたしに住む家と、三人の子供の世話をする仕事を与えてくれた。それに、ここはレティシアの家で、子供たちは彼女の子供たちだ。彼女にはいつでも好きなときに家に帰ってくる権利がある。

いつものことながら問題はタリーにあった。彼女の子供じみた空想癖が原因だ。彼女はレティシアの三人の子供たちを自分の子供だと空想して毎日暮らしていた。そして、子供たちの父親といえば、その姿は多少おぼろげではあるが、颯爽《さっそう》としたロマンチックな紳士で、今は新大陸を探検中という設定にしている。タリーは漆黒の馬にまたがった夫が、子供たちや彼女に外国の珍しいおみやげを持って戻ってくる場面を何度も想像した。子供たちを寝かしつけたあと、夫はタリーを腕に抱き寄せ、優しくキスをしてこうささやくのだ。わたしの美しい妻よ、愛する、かわいらしい妻……。

もういいかげんにしなさい。わたしはだれの美しい人でもかわいい人でもないのよ。子供たちの父親は大酒飲みのジョージで、タリーがうっかりそばでも通りかかろうものなら、決まってお尻をつねる。そして母親のレティシアは、美しくわがままで魅力的であり、ロンドン社交界の華だ。

その親戚であるタレイア・ロビンソンは、財産もなく、なんの取り柄もない、いたって平凡な娘だった。

　タリーの前に勇敢な騎士やハンサムな王子さまが現れることは決してないだろう。どこかの優しい豪農に見初められるのが彼女の最大の願いだった。幼い子供を残して妻に先立たれたその紳士は、教会でタリーを見かける。彼女のこれといった特徴のない茶色の髪に茶色の目、地味だが趣味のよい服装を見て、彼女なら子供たちの母親にふさわしいと思う。彼はタリーの鼻が上を向いていることや、そばかすがあることは気にしないだろう。前歯が一本ほんの少し曲がっているのも、昔、爪を噛《か》む癖があったことも気にしないだろう。

　タリーは自分の手を見下ろし、つやつやした美しい形の爪を見て誇らしげにほほえんだ。彼女は学校を出てから爪を噛む癖を克服した。優しい豪農は自慢に思うだろう……。だめだめ、またありもしないことを夢見ている。パーティーの準備のためにしなければならないことが山ほどあるというのに、時間の無駄よ。タリーは急いで階段を下りていった。

　ロシアの王子は美しい葦毛《あしげ》の馬に鞭《むち》をくれて馬車を飛ばした。二頭立ての馬車は大きく傾いたが、王子は気にも留めなかった。彼は卑劣な人さらいを追っていた……なにを考えているの！　ダレンヴィル卿は王子さまなんかじゃないわ。タリーは髪を直し、両手でスカートのしわを伸ばした。伯爵は生身の人間だ。未来の花嫁とともにこの屋敷に滞在している。伯爵がタリーのくだらない空想に登場するはずもないのだ。

でも、ミセス・ウィルモットの言うとおり、伯爵は確かにハンサムだった。タリーはレティシアが、主賓である伯爵に紹介してくれるのを待っていた。伯爵は今しがた着いたばかりだった。縮れたビーバーの毛皮で縁取られた外套《がいとう》を着て、みごとな二頭の葦毛の馬に引かれたしゃれた馬車で颯爽とやってきた。タリーは馬のことはなにもわからなかったが、それでも伯爵の馬車と馬がとびきり上等なのはわかった。

伯爵はさっと馬車から飛び降りると、馬丁に手綱を渡し、挨拶《あいさつ》をするよりも先に汗をかいた馬の様子を見に行った。伯爵がなにを優先しているかこれでわかった、とタリーは皮肉な気持ちで思った。彼は絶対に王子さまなんかじゃない。

王子さまではないが、伯爵はほれぼれするほどハンサムだった。黒々とした豊かな髪は、形のよい頭に合わせて短めに揃《そろ》えていた。彫りが深く、鼻はまっすぐに伸び、口元はきりっと引き締まっている。そして、いかにも自尊心が強そうに角張ったあごを突き出している。背が高く、乗馬に慣れ親しんでいる人の長く引き締まった脚をしていた。外套を脱ぐと、幅の広い肩は詰め物をしているからではなく、鍛え上げられて自然にそうなったものだとわかった。ただのめかし屋ではない、真のスポーツマンだ。海賊の首領……。いいえ！　高慢ちきな親戚の鼻持ちならないお客さまにすぎないわ。

レティシアは、執事や家政婦といった、名前を知っておく必要のある使用人を伯爵に紹介した。伯爵は灰色の目で、ブルックスとミセス・ウィルモットを無関心そうに見た。

「そして、これがわたしの遠い親戚に当たるミス・タレイア・ロビンソン。ここに住んで、わたしの代わりに家のことを管理してくれているの」〝貧しい家の出で、わたしのお情けにすがって生きているのよ〟――レティシアの口調はそう言っているように聞こえた。

タリーはほほえんで、膝を曲げてお辞儀をした。冷たい灰色の目は彼女をちらりとかすめただけだった。タリーは縮み上がった。ダレンヴィル卿はひと目見ただけで、わたしにそばかすがあることや、鼻が上を向いていることや、前歯が曲がっていることを見て取ったのだ。きれいな爪を見てもくれなかった。彼は勇敢な騎士なんかじゃないわ。ヒロインを破滅させることを企《たくら》んでいる冷酷な伯爵ね……。

「タレイア！」レティシアはいらだったような声で言った。タリーはあわてた。

「お呼びですか？」タリーはあえてダレンヴィル卿は見ないようにしたが、彼がそばに立っているのが気になって仕方がなかった。

「あれだけ言っておいたでしょう！」レティシアは怒ったように上を手で示した。

タリーは上を見て笑いをこらえた。母親の言いつけを完全に無視して、小さな頭が三つ階段の手すりからのぞいていた。ハウスパーティーのあいだ、客には子供たちの姿はおろか声も聞かせてはならないというのがレティシアの命令だった。

「すぐに見てきます」

「きみの子供たちか、レティシア？」伯爵の声は低く、よく響いた。これでもう少し温かみのある人なら言うことはないのに、タリーはふとそう思いながら、スカートの裾《すそ》を持ち上げて階段を駆け上がっていった。

「階下《した》に下りてきたいのではないのか？」伯爵は言い足した。

タリーは立ち止まり、驚いて彼を見た。氷の伯爵が子供たちに興味を示すなんていうことがあるのかしら？　まさか！　よく見れば、彼は袖《そで》についたけばを一心に取り除いているだけだった。

「いいえ」レティシアは言った。「もう寝る時間だわ。子供たちを寝かしつけるのはタレイアのちょっとした仕事のひとつなの。タレイア！　お願い！」

タリーは唇を噛んで階段を駆け上がっていった。これ以上ここにいたら、言ってはいけないことを言ってしまいそうな気がした。もう寝る時間ですって！　夕方の五時に？　子供たちを寝かしつけるのがわたしのちょっとした仕事のひとつ？　食べるものと寝る場所を与えてもらう代わりに、タリーはそれ以外にも何百というちょっとした仕事をこなさなければならなかった。二階の踊り場に着くと、小さな女の子がふたりと男の子がひとり座っていた。ふた組の目に監視されながら、タリーはよちよち歩きの妹を抱え上げ、もういっぽうの手で姉の手を取って子供部屋に向かった。男の子はぴょんぴょん跳びはねながら先に歩いていった。

「さあ、マグナス」レティシアは言った。「ブルックスがお部屋に案内するわ。ほかのお客さまに紹介するから、六時ごろに客間にいらして。ブルックス、伯爵のお部屋にお湯をお持ちして。それから……ブランデーがいいかしら、マグナス？　それとも、紅茶になさる？」

「熱い紅茶とコーヒー、サンドイッチ、それにブランデーもすでにお部屋にご用意してあります」ブルックスは言った。「お湯もすぐにお使いになれます」

「あらそう。ご苦労だったわね、ブルックス」

「ミス・タリーがすべて用意なさいました。ほかのお客さまのご用意もできております」

ブルックスはそう言って笑みをこらえた。それもまたタリーのちょっとした仕事のひとつなのだ。ブルックスはダレンヴィル卿の冷ややかな視線が自分に注がれているのを感じて、いつもの執事らしい無表情に戻った。「わたしがご案内いたします。旦那《だんな》さまのお部屋は青の間でございます」

「タレイア、今夜はテーブルで食事しなさい。あのジミー・フェアファックスが友だちをふたりも連れてきたから、女性の人数が足りないのよ。それから、去勢した雄鶏《おんどり》だけでなく、鵞鳥《がちょう》の肉も出すように料理人に言ってくれた？　わたしはメニューを話し合っている暇はないから、あなたが確認してちょうだい。それから、お客さまのベッドを用意してね。わたしはもうくたくたで、晩餐《ばんさん》の前にやすまないとやっていられないわ。わたしがこれだけしてあげているのだから、マグナスには感謝してもらわないと困るわ。ああ、早く終わらないかしらねえ」

タリーも内心そう思った。この十日間、彼女は働きづめで、客が帰る日を指折り数えていた。それでもすべて順調にいっているとわれながら感心していた。

だが、今度ばかりはレティシアの命令に従えそうになかった。「晩餐に着るようなドレスは持っていません」

「なにを言っているの。あなたの着ているものなんかだれも気にもしないわよ。あなたがいることさえ気づかないわ。あなたは席を埋めているだけでいいの。古いものでかまわないわ」

「イブニングドレスは一着だけ持っています。あなたに数年前にいただいたものが。でも、わたしの体には合いません」

「それなら直せばいいでしょう！　それか、ショールかなにかをはおりなさい。もう、なにも考えたくないの！　早くひとりにしてちょうだい。少しやすまないと、頭痛で晩餐に出られなくなってしまうわ」

「わかりました」タリーは歯の隙間《すきま》から押し出すような声で言った。

急いで階下に下り、料理人とメニューについて話し合い、ミセス・ウィルモットに不意の客の部屋の準備を頼み、ブルックスと相談して晩餐にどのワインを出すか決めてから、ドレスを選ぶために再び二階に駆け上がっていった。

十分後、タリーは絶望的な気持ちになっていた。レティシアはタリーよりも小柄で、妖《よう》精《せい》のような華奢《きゃしゃ》な体つきをしていた。彼女のお下がりの淡い緑色のモスリンのドレスは、胸元が大きく開いたハイウエストのデザインだったが、タリーには小さすぎた。深く開いた胸元から胸のふくらみがこぼれ出しそうになり、ウエストは窮屈で、裾からはくるぶしが見えていた。衣装だんすのところに行ってもう一度中身を点検した。冬物の昼のドレスが二着、夏物の昼のドレスが二着、どれも時代遅れでかなり着古されている。タリーはため息をつき、憂鬱《ゆううつ》な思いで緑色のモスリンのドレスに戻った。

タリーは決して針仕事が得意なほうではなかった。試行錯誤の末、古いレースの切れ端で胸元を覆い、スカートの裾にひだ飾りを縫いつけた。妙なのはわかっていたが、少なくともくるぶしは隠れる。

そして最後に大きなペイズリー柄のショールをはおることにした。これでなんとかごまかせるだろう。タリーはガラス窓に映る自分の姿を見て目を閉じた。これでは頭がいかれた娘だと思われてしまう！　平気よ、と彼女は自分を励ました。レティシアが言っていたように、だれもわたしのことなど気にも留めないだろう。わたしは人数合わせとして呼ばれたにすぎない。晩餐が終わったらすぐに席を立って、部屋を抜け出せばいいのだ。それに、鼻持ちならない彼女の客にどう思われようとかまわないじゃないの。タリーは深く息をついて、晩餐の準備を確認するために階下に下りていった。

マグナスはアルマニャックをすすりながら、子供みたいな女に色目を使われるのにいつまで耐えられるだろうかと思った。彼の忍耐も限界に達していたが、責めるべきはほかのだれでもない彼自身だった。ハウスパーティーは完全な失敗だった。

自分が狩りの対象になっていることに、マグナスが気づくのに数日とかからなかった。彼は獲物を狙《ねら》う猟犬の群れのなかに放《ほう》り込まれたも同然だった。

娘たちはことあるごとに高く押し上げた胸を突き出したり、格好のいいくるぶしをスカートの裾からちらつかせたりしてマグナスの気を惹《ひ》こうとした。彼が部屋に入っていくたびに、ぱちぱちと激しくまばたきした。ハープやピアノやフルートの演奏を披露し、水彩画を見せては恥ずかしそうにマグナスの意見を求めた。マグナスはなにかにつけて意見を求められた。そして、彼がしぶしぶ意見を述べるたびに、娘たちはため息をつき、お世辞笑いを浮かべて褒めそやすのだった。

彼女たちは朝に昼に夜にマグナスを付けまわした。庭、客間、朝食室――一度など厩《うまや》の裏で待ち伏せされたこともあった。厩は男がひとりになれる唯一の場所なのだ。だが、年ごろの娘たちにそんな常識は通用しなかった。彼女たちはあらゆる場所に身を潜めていた。

これだけうんざりしているにもかかわらず、妻を選ぼうというマグナスの決意に変わりはなかった。早くすませてしまうように越したことはない、彼はこのハウスパーティーでそう確信した。今回見送ったとしても、いずれ求婚しなければならないのだ。それに、今回集められた娘たちは、最近、結婚市場に出たばかりの娘たちと大して違わないように思えた。

問題なのは、マグナスがこのなかのだれひとりとして自分の子供の母親にふさわしいと思えないことだった。彼女たちはドレスとゴシップと男の気を惹くことにしか関心がなく、そして、レティシアのように田舎の生活を嫌っていた。

それは問題だった。彼は、妻は当然、子供と一緒にダレンヴィルで暮らすものと思っていたからだ。田舎暮らしを好む女性が知り合いにほとんどいないにもかかわらず、なぜ自分の妻はそうであることを期待するのか彼にもわからなかった。ご多分にもれず、彼の母親も田舎暮らしに耐えられなかった。だから、母親のような女性を妻にしたくないのかもしれない。

フレディの妻は、夫や子供と一年じゅうヨークシャーの片田舎で暮らすことに満足しているように思えた。

そして、心から子供たちを愛しているように見えた。マグナスの母親も人前では彼を愛しているように振る舞っていた。だから、フレディの妻がそう見せかけているにすぎないと考えることもできたが、マグナスはそうは思わなかった。フレディの妻はまた、夫のフレディを愛しているように見えた。だが、フレディは実際に愛すべき人物なのだ。

そこがマグナスと違うところだ。彼はかわいげのない子供だったし、愛すべき大人にはならなかった。だからこそ、子供たちにはできるだけのことをして、愛すべき人物になり、やがては愛されるようになるチャンスを与えてやるつもりだった。

マグナスはもう一度部屋を見まわした。この軽薄な娘たちのだれかがいい母親になるとはとても思えなかった。レティシアという前例を目の前にしてはなおさらだ。

「まあ、なんて穏やかですてきなゆうべなのかしら」レティシアは大げさに言った。「晩餐の前にテラスを少しお散歩しましょう。マグナス、あなたは主賓なのだから、どなたかお選びになってエスコートなさい」

十二の目がいっせいにマグナスに向けられた。娘たちは息をのみ、期待に胸を震わせた。マグナスはひそかにレティシアを呪《のろ》った。彼女がロンドンに戻りたいがために、パーティーを早く終わらせたがっているのは明らかだ。マグナスはほくそ笑んだ。その手にはのるものか。

「それならば、ぜひとも魅力的なあなたにお相手願いたい」彼はさらりと言った。「まいりましょう」有無を言わさずレティシアの腕を取り、フレンチドアからテラスに出た。ほかの客もあとに続いた。

タリーもしぶしぶあとについていった。彼女は居たたまれない気持ちだった。若いレディの何人かは彼女のドレスをじろじろ見て、ひそひそささやいた。

若き公爵夫人は青ざめながらも、つんとあごを上げた。護送の馬車に向かって、無知な下層民から罵詈雑言《ばりぞうごん》が浴びせかけられる。美しいドレスを看守に奪われ、今はぼろを身にまとっていたが、その気品は少しも損なわれていなかった……。

タリーは目立たないようにこっそりテラスの端に移動し、石の手すりから、きれいに刈られた芝生とその向こうにある森を眺めた。実に美しい眺めだった。

「きゃあ！　あっちへ行きなさい！」レティシアの金切り声が静寂を破った。「だれかこの薄汚い犬をどこかにやって！」

タリーはなにごとかと急いで視線を移した。レティシアが身をくねらせ、悲鳴をあげながら客のあいだを逃げまどっている。

どうやら彼女の息子のジョージーが子供部屋を抜け出して、タリーが数週間前に与えた子犬と冒険に出たらしい。ジョージーは母親の前に立って、ユキノハナの枝を差し出していた。靴とズボンは泥だらけだ。同じように泥まみれになった子犬が騒動の原因だった。レティシアのおろしたての淡い黄色の絹のドレスに子犬の足跡がついて黒く汚れていた。

レティシアは狂ったように扇を振って子犬を追い払おうとしたが、子犬は遊んでもらっていると勘違いしているようだった。扇を口にくわえようとして、きゃんきゃん吠《ほ》えながら盛んに跳びはね、レティシアの上等のドレスに泥をはね飛ばした。

タリーが客のあいだを縫ってジョージーのところに急ごうとしていると、ダレンヴィル卿が子犬の首をつかんでジョージーに渡した。タリーがようやくたどり着いたとき、母親の怒りが息子に向けられた。

「なんて悪い子！　これを見なさい、ドレスが台なしじゃないの。わかっているの？」

ジョージーは青ざめ、黙ってしおれたユキノハナの枝を差し出した。レティシアはいらだたしげにジョージーの手から枝を払い落とした。

「なんていうことをしてくれたの、ジョージー！　これを見てごらんなさい！　今日初めて着たのよ。ロンドン一の仕立て屋にこれを作らせるのにいったいいくらかかったと思っているの？　あなたのせいで台なしじゃないの！　お客さまの前にそんな汚い犬を連れてきたりして、なんて悪い子なの！　子供部屋を出てはいけないとお母さまがあれほど言ったでしょう。あなたのような悪い子には罰を与えなければなりません！　その犬は危険だわ。すぐに撃ち殺してしまいなさい！　だれか馬丁を呼んで……」

ジョージーは小さな体を震わせ、今にも泣き出しそうな顔をして子犬をしっかり胸に抱きかかえた。子犬はくんくん鳴き、ジョージーの腕から抜け出そうとしてもがいた。マグナスは小さな子供に戻ったように緊張して事の成り行きを見守っていた。マグナスの心は激しく葛藤《かっとう》していた。おびえた子供と子犬にかつての自分の姿を見ていた。男の子には同情したが、彼は母親のしつけに口を出す立場にはなかった。

かわいがっている子犬を失うのはつらいことだが、幼いうちにたくましくなることを学ぶほうがジョージーのためだ。大人は子供に行儀よくさせるためによくペットを利用する。ペットなどいないほうがいいのだ。マグナスはそれを知るまでに非常につらい体験をしなければならなかった。彼は八歳になるまでのあいだに、言いつけを守らなかったという理由で三匹のペットを失った。最後に飼っていたのはポリーという名前の、澄んだ目をした雌のセッターだった。

ポリーはマグナスの相棒で、いちばんの親友だった。だが、マグナスがある日ギリシア語の勉強をさぼって狩りに連れていくと、父は息子に責任を持つということがどういうことなのか教えるためにポリーを撃ち殺した。

マグナスにはいい教訓になった。

マグナスは八歳にしてペットに愛情を持たないことを学んだ。

あるいは、ほかのどんなものにも。

「こんなことになって申し訳ありません」レティシアの親戚だというみすぼらしい娘の声がした。マグナスは、娘がおびえた少年とかんかんに怒った母親のあいだに割って入るのを見た。娘の落ち着いた声はレティシアのヒステリックなわめき声とは対照的だった。

「申し訳ないですって?」レティシアは言った。「よく覚えておくわ！　子供たちを監督するのはあなたの責任よ。この子が子供部屋を抜け出したのはいったいどういうことなの？　あれだけ言って聞かせたじゃないの」

マグナスは腕を組んで大きな石の装飾にもたれ、その様子を冷ややかに見守った。彼はやぼったい娘が、実の母親から子供をかばうようにして立っているのに気づいた。

ジョージーは泥だらけの犬を抱きかかえたまま、娘のスカートの陰に隠れるようにして立っていた。娘は少年のうなじにそっと手をやると、なだめるように撫《な》で始めた。マグナスは少年が目に見えて落ち着き、しだいに震えがおさまっていくのに気づいた。しばらくすると、ジョージーは信頼しきっているかのように娘にもたれかかり、娘もジョージーをしっかり抱き寄せながら、レティシアの怒りを自分に向けさせようとした。娘は謝罪の言葉を口にしながらも、毅然《きぜん》としてレティシアの前に立ちはだかっている。

興味深い光景だ、とマグナスは思った。この娘はレティシアに逆らったりしたら自分がどんな目に遭うか気づいているのだろうか？　自分が産んだわけでもない子供を守るために。

「こんなことになったのはすべてわたしの責任です」娘は言った。「ジョージーを叱《しか》らないでやってください。わたしが子供部屋を出ていいと言ったんです」

マグナスはジョージーが驚いたような顔をしたのを見逃さなかった。

「ドレスを汚してしまったことは謝ります。でも、子犬を撃ち殺すのはやめてください」

「いったいだれに向かってそんな偉そうな口を……」レティシアは咳《せ》き込むようにして言った。

「子犬はジョージーのものでも、あなたのものでもありません」ジョージーは娘を見上げた。娘は彼のうなじを撫でながら続けた。「子犬はわたしのものです。牧師さまからいただいたんです。それを殺すなんて許せません。子犬は元々元気なもので……」

「ゆ、許せないですって……」レティシアは怒りのあまり言葉を失った。

「子犬は子犬です。子犬は男の子になつくものなんです。だから、わたしはジョージーにとても感謝しているんです」娘は少年に優しくほほえみかけた。

「感謝している？」レティシアはなにがなんだかわけがわからず、ジョージーもきょとんとしていた。マグナスはがぜん興味を引かれた。

「ええ、本当に助かっています。このところ忙しくて子犬を散歩にも連れていってやれなかったものですから、ジョージーが代わりに引き受けてくれたんです。そうよね、ジョージー？」娘がジョージーに向かってうなずくと、ジョージーはぼんやりとうなずき返した。

「子犬がドレスを汚したのもすべてわたしの責任です」

「でも……」

娘はレティシアを無視して、少年の前にかがんだ。「さあジョージー、今夜はもう十分楽しんだでしょう。あともうひとつだけお願いがあるの、いい？」

少年はうなずいた。

「その……ロ、ローバーを……」

「サタンだよ」ジョージーは訂正した。

娘の目は笑っていたが、声は感心するほど落ち着いていた。「そうよ、サタンよ。その……サタンを犬小屋に連れていって、泥をきれいに洗い落としてもらえないかしら？　わたしは晩餐のためにおめかししているし、いちばんきれいなドレスを着て犬小屋に行くわけにはいかないでしょう？」

不幸にも、タリーの〝いちばんきれいなドレス〟という言葉は全員の注目を集める結果となった。くすくす笑う声が聞こえたが、タリーは無視してつんとあごを上げた。それでも、ジョージーは困ったような顔をしてタリーを見上げていた。

「どうしたの？」タリーはたずねた。

ジョージーはばつが悪そうに汚れた手を出して、タリーのドレスについた泥を指さした。ジョージーと彼の腕のなかでもがいていた子犬がつけたものだ。タリーはドレスを見下ろして笑った。

「心配しなくていいのよ。乾いてからブラシで落とせばいいんだから」タリーはジョージーの頭に手をやって髪をくしゃくしゃにすると、声をひそめて言った。「お願いだから、またなにか起きる前にそのいたずらっ子を連れていってちょうだい。あなたも体を洗うのよ」

ジョージーはほっとして、子犬をしっかり胸に抱きかかえて走っていった。

「このままですむと思ったら……」レティシアの怒りはおさまらなかった。

「濡《ぬ》れたドレスのまま夜の風に当たったら風邪を引きますよ」タリーは心配そうにさえぎった。「それでなくても……」

レティシアはぷいと横を向くと、淡い黄色のドレスの裾を翻してテラスを離れ、すぐにメイドをよこすように命令した。ほかの客もぞろぞろ彼女のあとに続き、ブルックスが銀の盆を持って客のあいだをまわり始めた。

タリーは腰をかがめて、ジョージーが落とした枝を拾った。ショールを肩にきっちり巻きつけてフレンチドアに向かおうとすると、ダレンヴィル卿がテラスに残っているのに気づいた。

伯爵がなにを考えているのかその表情から読み取ることはできなかったが、伯爵の冷ややかな視線にタリーはぞっとした。なんて感じの悪い人なの、と彼女は思った。ほかにもっとおもしろいものは見られないかと待っているんだわ。タリーはまたつんとあごを上げて、なにも言わずに伯爵の前を通り過ぎた。

「マグナス、わたしの選んだ候補者はいかが？　どなたかお気に召した？」

タリーははっとした。インクをこぼさないようにするのに気を取られて、レティシアとダレンヴィル卿《きょう》が図書室に入ってきたのに気づかなかった。あたりを見まわしたが、彼女の座っているアルコーブからはビロードのカーテンにさえぎられてふたりの姿は見えなかった。

ダレンヴィル卿が話し出した。「わたしが無垢《むく》な娘好みでないことはきみも知っているだろう。わたしは妻を求めているのであって、色恋沙汰《ざた》に興味はない」

タリーは決まりが悪くなって、ごくりと唾《つば》をのんだ。ひどく私的な会話だ。他人に聞かれたくはないだろう。タリーはフレンチドアから外のテラスに出ようとした。そっとドアに近づき、音をたてないように差し錠をはずして取っ手をまわした。ところが、掛け金が引っかかって動かなかった。

「あなたが跡継ぎの母に求めた、きれいな歯、大きな腰、穏やかな気性という条件を満たしている方はいらした？　どなたも血統のよさは保証つきよ」

　タリーはレティシアの言葉にぎょっとして息をのんだ。未来の花嫁をここまで侮辱されて伯爵が黙っているはずがない。タリーはふたりの話に大いに興味を引かれ、再びカーテンの陰に隠れて話に聞き耳を立てた。掛け金をはずす手はすっかりおろそかになっていた。

「きみの選んだ候補者のほとんどは条件を満たしている。ミス・キングズリーは少々腰が細すぎるようだが」

　タリーはぽかんと口を開けた。条件？　候補者？　令嬢たちは伯爵の花嫁候補として集められたの？　ミス・キングズリーは腰が細いというだけの理由で除外される？　レティシアは冗談を言っていたのではないのだ！　きれいな歯、大きな腰、穏やかな気性、血統のよさというのが、ダレンヴィル卿が花嫁に出した条件なのだ！

　タリーは呆《あき》れ果てた。馬でも買うみたいに妻を選ぶなど、伯爵はいったいどんな神経をしているのだろう？　氷の伯爵とはよく言ったものだ。ミセス・ウィルモットが言ったように、彼はギリシアの彫刻のようにハンサムだが、心も石でできているに違いない。タリーは伯爵がミス・ファイフ・テンプルを花嫁に選べばいいのにと思った。

　ミス・ファイフ・テンプルは今回招待された令嬢のなかでもひときわ美しく、とてもかわいらしい話し方をした。少なくとも人前では。実際の彼女はひどい癇癪《かんしゃく》持ちで、召使いのあいだでは早くもわがまま娘と呼ばれていた。偉大なるダレンヴィル卿にはミス・フアイフ・テンプルがお似合いだ！

「よくよく考えてみたら、わたしの出した条件だけでは不十分かもしれない」ダレンヴィル卿は言った。

「わかったわ。強い脚力でしょう？」

レティシアは貴婦人らしからぬ量のシャンパンを飲んだに違いない、とタリーは思った。

「障害物を飛び越えさせてみたらどう？　オート麦が好きかどうかきいてみるといいわ。ミス・カーネギーはスコットランド人の血を引いているから、オート麦が好きなはずよ。スコットランド人はオート麦が主食なんでしょう？」

タリーは口にこぶしを当てて笑いをこらえた。彼女の無知には同情せざるをえない。

「ばかも休み休み言ってくれ、レティシア」ダレンヴィル卿は冷ややかに言った。「国境の北に住む人々の食事の好みには興味がないし、きみが選んだ令嬢の身体的特徴に関しても、わたしが挙げた条件を満たしていればほかはどうでもいい」

タリーは目を丸くした。レティシアが令嬢たちを選んだ？　伯爵はそのなかからひとりを選ぶだけ？　求婚もせずに？　なんて傲慢《ごうまん》な人なのかしら！　彼の申し出を断る女性などいないとうぬぼれているんだわ！

「それで、マグナス、あなたの跡継ぎの母親になるためにはほかになにが必要なの？」

「きみの選んだ候補者はわがままで甘やかされている」

「それは最初からわかっていた……」

「きみは肝心なことがわかっていない、レティシア。彼女たちのほとんどは田舎暮らしをいやがっている」

「あたりまえじゃないの、マグナス！」レティシアはきつい口調で言った。「ロンドンの社交界には楽しくてわくわくすることが山ほどあるというのに、だれが好きこのんで田舎で朽ち果てたいと思うものですか？　それがほかに付け加える条件なの？」

「まあ、そういうところだ。子供の母となる女性には、子供たちと一緒に暮らしてもらいたい。ロンドンは子供が暮らすような場所ではない」

「ばかばかしい！」

「そう言うきみだって、子供たちを一年じゅう田舎に置いているではないか」

「そうよ、マグナス。でも、大人となると話は別よ。こんなところに一年じゅう閉じ込められていたら、気が変になってしまうわ！」

「子供たちは母親を恋しがらないか？」

タリーは再び笑いをこらえた。子供たちがレティシアを恋しがるですって！　レティシアがいるあいだ、子供たちは母親に叱《しか》られないように小さくなっているというのに。

「できるだけ子供たちと一緒にいてやるようにしているけれど、わたしにはジョージの妻として果たさなければならない務めもあるの。それにはロンドンにいなければならない。

わたしの責任じゃないわ。それに、わたしは決して子供たちをほったらかしにしているわけじゃないのよ。子供たちの教育はきちんとした人に任せてあるの」

「確かにそうだ」ダレンヴィル卿は考え深げに言った。「きみのたくましい親戚のことだろう」

〝たくましい〟ですって！　なんて失礼なの！　タリーは伯爵の言葉にひどく傷ついた。わたしはレティシアほど華奢《きゃしゃ》ではないけれど、決してたくましくはないわ！

「なにもわかっていないのはあなたのほうよ、マグナス」

「つまり、彼女たちのなかに十年間、田舎で暮らしてもいいと言うような女性はひとりもいないと言うのか？」

「十年間？」レティシアは金切り声をあげた。「いるはずがないじゃないの！　田舎で暮らすくらいなら死んだほうがましよ！　それにしても、どうして妻を十年も田舎に閉じ込めておきたいの？」

短い沈黙があった。タリーは耳をそばだてたが、なにも聞こえなかった。突然レティシアが笑い出した。辛辣《しんらつ》な笑い声だった。

「あなたが欲しいのは妻じゃなくて、尼僧なんじゃないの？」彼女は再び笑った。「たしかあなたのお父さまも、お母さまを半年間、田舎に閉じ込めたんだったわよね。そのあいだにお母さまは馬丁、厩番《うまや》、小作人と次々に不貞を働いた。お父さまには当然の報いだわ。それでもまだ、妻を田舎の領地に閉じ込めておけば安心だと考えているの？」彼女はまた笑った。「少しでも疑問に思っているなら、ジョージにきいてみるといいわ」

　ダレンヴィル卿はよそよそしい口調で言った。「きみや母はまったく関係ない。母親には子供が大きくなるまでそばにいてもらいたいだけだ」

「早くそう言ってくれれば、みなさんの時間を無駄にせずにすんだものを。あなたにはとても怒っているのよ、マグナス。わたしがばかだったわ。あなたが真剣に花嫁を探しているはずがないわ」

「わたしはいたって真剣だ」

「ここではあなたの条件に合う女性は見つから……」

「それが見つけたのだ」

「なんですって？」レティシアは驚いたように言った。「まさか、あなたのとんでもない条件をのんだ人がいると言うんじゃないでしょうね？　だれなの？　待って、当ててみるわ。レディ・ヘレン……ううん、彼女はオールマックスに夢中になっている。ミス・ブラッケニー……彼女のように流行の先端を追っている女性が十年も田舎でくすぶっていられるはずがない。もう降参だわ、マグナス。いったいだれなの？」

　長い間があった。タリーは息を詰めて待った。こんなひどい条件をのむ女性がいるとは思えなかった。母親の破廉恥な振る舞いはショックだったかもしれないが、女性がみな彼の母親やレティシアのようだとはかぎらない。なぜふたりのせいで、なんの罪もない女性が罰せられなければならないのだろう?

十年間の田舎暮らし。ダレンヴィル卿も同じように田舎暮らしに甘んじるというのだろうか? タリーは鼻で笑った。そんなはずはない。気の毒な彼の妻だけが社交界から取り残され、繁殖用の雌馬のように跡継ぎを産まされるのだ。

「マグナス、一日じゅう待たせるつもり?」レティシアがいらだたしげに言った。「だれを花嫁に選んだの?」

タリーは伯爵の答えを聞こうとして、フレンチドアの取っ手に寄りかかった。

「わたしは……」

突然掛け金がはずれ、タリーは答えを聞かずしてテラスに転がり出た。盗み聞きをしていたのを見つかってはいけないと、そっとドアを閉めて厨房《ちゅうぼう》に急いだ。伯爵が花嫁に選んだ不幸な女性はだれなのだろう? それがだれであれ、少しも羨《うらや》ましいと思わなかった。これでやっとハウスパーティーも終わる。また元の穏やかな生活に戻れるのだ。タリーはスキップしたいような心境だった。

翌朝タリーが朝食に下りていくと、驚いたことに、客の多くが席についていた。タリーは自分が歓迎されていないのを感じて戸口でためらった。でも、わたしはここに住んでいるのだし、朝食をとる権利はあるわ。そう自分に言い聞かせ、きっとあごを上げて朝食室に入っていった。

突然、部屋が静まり返った。またわたしをからかおうとしているんだわ。タリーが着ているドレスは昨日のドレスよりもみすぼらしかった。サイドボードで料理を選んでいると、背中に敵意のある視線が突き刺さるのを感じた。再び部屋がざわつき出し、ゆっくりと料理をよそっているタリーの耳にひそひそささやく声が聞こえた。

「……分不相応よ」

「……いったいどんな手を使って……」

ダレンヴィル卿の花嫁のことを言っているんだわ、とタリーは思った。きっと舞踏会の席で婚約が発表されたのだ。だから、みんな朝食に下りてきたのだ。選ばれなかった人たちは、少しでも早くロンドンに発《た》ちたいのだろう。

「レティシアはかんかんよ」

「それはそうよ。あれだけよくしてやったのに、恩を仇《あだ》で返すような……」

「罠《わな》にはめたのよ」

「そうに決まっているわ！」

タリーはいったいだれがダレンヴィル卿の花嫁に選ばれたのだろうと思った。ミス・ブラッケニーかレディ・ヘレンのどちらかに違いない。朝食に下りてきていないのはそのふたりだけだった。

「とんだあばずれね。紳士と言えども……拒みきれなかったのでしょう」

「ゆうべのドレスごらんになった？　あの下品なことと言ったら」

「まったくだわ」

食欲はすっかり失《う》せてしまったが、タリーは朝食を食べ始めた。

「コーヒーのお代わりはいかがですか、ミス・タリー？」ブルックスが耳元でささやいた。

ようやく味方が現れた。「ええ、お願い」タリーはブルックスにほほえみかけ、カップを差し出した。

ブルックスがコーヒーを注《つ》ごうとすると、そばに座っていたミス・ファイフ・テンプルが彼の肘を乱暴に押した。熱いコーヒーがタリーの腕と手にかかり、彼女は悲鳴をあげて飛び上がった。

「申し訳ありません、ミス・タリー！」ブルックスが叫んだ。

「まあ、わたしとしたことが」ミス・ファイフ・テンプルは言った。「真っ赤になっているわ。跡が残らないといいけれど」

「まあ、ひどい。痛いでしょう？」ミス・カーネギーが言い足した。

「なんて醜い……わたし、気を失いそうだわ」ミス・オールダーコットが言った。ほかの令嬢たちが彼女のまわりに集まり、さも心配そうに声をかけた。

タリーは涙をこらえて部屋を飛び出し、流し場に向かった。冷たい水に腕を突っ込み、しばらくして腕を出すと、赤くなった肌にそっと息を吹きかけた。

「大丈夫ですか、ミス・タリー？」ブルックスが額にしわを寄せて、心配そうに見ていた。

「本当に申し訳ありませんでした」

「大したことはないわ、ブルックス」タリーは安心させるように言った。

「どうしてあんなことになったのか。彼女が……いいえ、わたしの手が滑って……」

タリーは執事の腕に手を置いた。「あなたのせいではないわ。だれの仕業かはわかっているの。ただ、どうしてわたしがこんなことをされなければならないのか、その理由がわからないの」

ブルックスは一瞬驚いたような顔をしたあと、今度は急に気まずそうな顔をした。「奥方さまと話をされたほうがよろしいかと思います。まだおやすみになっておられますが、あなたのことをお待ちかと」

タリーは眉をひそめた。「火傷《やけど》にバターを塗ってガーゼを張ったら、すぐに二階に行くわ」彼女はゆっくりと言った。ブルックスの表情を見るかぎり、なにかまずいことが起きたらしい。思い当たる節はないが、レティシアにきけばわかるだろう。

「わたしが？」タリーはぽかんと口を開けてレティシアを見た。彼女はまだ酔いが覚めていないんだわ。または、頭がどうかしてしまったに違いない。「わたしが?」タリーは繰り返した。「なにかの間違いです。伯爵はわたしの名前もご存じないはずです」

「はっ、聞いて呆れるわ!」レティシアは吐き捨てるように言って頭を抱えた。「なんらかの方法で知ったんでしょうよ。聖書の意味において。それ以外に、彼があなたのようなみすぼらしい娘を選ぶ理由は考えられないわ」

タリーはショックと怒りに息をのんだ。ダレンヴィル卿がタレイア・ロビンソンと結婚したがっているなどという嘘《うそ》のような話を信じろというほうが無理なのだ! そのうえ、わたしが伯爵を誘惑したかのように言われるなんて! タリーは〝聖書の意味において〟というのがどういうことなのかよくはわからなかったが、不道徳なことに違いないと感じた。わたしは貧しいかもしれない。孤児でみすぼらしい服を着て、他人のお情けにすがって生きているかもしれない。でも、道徳に反するようなことはなにもしていない。

「最初に言っておきます」タリーはかっとなって言った。「聖書の意味においてわたしを知っている男性はひとりもいません。まったく身に覚えのないことです! ダレンヴィル卿がわたしと結婚したがっているなんて、なにかの間違いに決まっています。聞き間違いなさったんじゃありませんか?」

「いいえ」レティシアはむきになって言い返した。「わたしの想像だとでも言うの?」

タリーは歯ぎしりした。想像に決まっているわ! 傲慢なダレンヴィル卿は言うまでもなく、貴族がわたしのような一文無しを花嫁に選ぶはずがない。

「でも、わたしは伯爵さまとはひと言もお話ししていません」

「わたしがそんなことを信じると思って？」レティシアは頭を抱えたままわめいた。

「本当です」タリーは怒りを抑えて、できるだけ落ち着いた声で言った。レティシアはひどく怒っている。

「嘘をおっしゃい！　あなたを選んだと彼の口から直接聞いたのよ」

タリーは恐怖がこみ上げてくるのを感じた。こんなに怒ったレティシアを見るのは初めてだ。タリーはレティシアがどれだけ冷酷になれるかを知っていた。シャンパンの飲み過ぎと、ダレンヴィル卿の冗談が引き起こしたばかげた誤解が、タリーの身に悲惨な結末をもたらすかもしれなかった。

「あなたが聞き間違いをなさったか、伯爵さまが悪い冗談をおっしゃったかのどちらかです。冗談に決まっています」レティシアの友人たちはいつもだれかをからかっては楽しんでいる。今回はその対象がレティシアだったのかもしれないが、割りを食うのはタリーだった。

「冗談？」レティシアは鼻を鳴らした。「マグナスは冗談を言ったりしないわ、結婚に関しては」

「シャンパンを飲み過ぎたんじゃありませんか？　伯爵さまにからかわれたんですわ」

「ばかをおっしゃい！　聞き間違えたりするものですか！」レティシアはそう言ったものの、その口調はあやふやだった。彼女が疑いを感じ始めているのは明らかだ。タリーはほっと胸を撫《な》で下ろした。

「伯爵さまとお話しして、はっきりさせてきます」タリーは立ち上がった。ダレンヴィル卿がレティシアをからかったに違いない。タリーは少しもおもしろくなかった。伯爵はほんの冗談のつもりで言ったのかもしれないが、タリーはすでに熱いコーヒーをかけられて火傷を負わされ、家での立場も危うくなっている。伯爵はこんなことになるとは考えてもみなかっただろう。そうに決まっている！

伯爵は生まれたときから欲しいものはなんでも手に入る環境にあった。生きるか死ぬか、ぎりぎりの生活を強いられている者のことなど考えてみたこともないだろう。タリーが路頭に迷わずにすんでいるのはレティシアの善意によるものだ。考えなしな冗談でそれを危うくされてたまるものですか！

タリーは階下の客間で伯爵を見つけた。伯爵はロンドンから届いたばかりの新聞をぱらぱらめくっていた。さいわい、伯爵はひとりだった。

「ダレンヴィル卿」タリーはそう言って後ろ手にドアを閉めた。「レティシアから聞きましたが、彼女はなにか思い違いをしている……」

伯爵は新聞をそっと脇《わき》に置くと、立ち上がってタリーに近づいてきた。タリーの声は尻つぼみになった。なんて背が高いのかしら。前から気づいていたけれど、こんなふうにそばに立たれると、まるで見下ろされているようだ。

「ミス・ロビンソン。おはようございます。今日はあまり天気がよくありませんね？　おかけになりませんか？」

〝ミス・ロビンソン〟？　わたしの名前を覚えていたの？　伯爵はこの屋敷にやってきたときから、わたしには目もくれようとしなかったのに。

「あ、ありがとうございます」タリーは伯爵に導かれるままソファに腰を下ろした。伯爵は向かいの椅子を引き、いぶかしげに黒い眉を上げた。

「わたしに話がおありだとか？」

タリーは顔が赤くなるのを感じて居たたまれなくなった。間違いを正すと言って意気込んでレティシアの寝室を飛び出してきたはいいものの、ハンサムな伯爵を前にしたら、なにも言えなくなってしまった。

「レティシアがなにか思い違いをしていると……？」伯爵は促した。

タリーはますます赤くなるのを感じ、逃げ出したくなった。あなたがわたしと結婚したがっているという噂《うわさ》は本当ですか、なんてきけるもんですか！　なにかの間違いに決まっている。こんな冷静な伯爵が、たとえ冗談でもわたしを花嫁に選ぶはずがない。ひょっとしたら、からかわれたのはわたしのほうかもしれない。レティシアならやりかねない……。

「レ、レティシアは思い違いをしているんです……」タリーは新聞に目をやった。「メイドが新聞にアイロンをかけ忘れたんではないか、と。すぐに行って、すべてつつがなくおもてなしできているとレティシアに伝えておきます」タリーが立ち上がると、ダレンヴィル卿も席を立った。

彼は再びタリーに覆いかぶさるようにして立った。男らしいコロンの香りが漂ってくる。タリーは後ずさり、ソファにぶつかってよろめいた。伯爵はとっさに腕を伸ばしてタリーの腕をつかみ、彼女が体勢を立て直すと、腕を離した。

「あ、ありがとうございます。ぶ、ぶざまなところをお見せしてしまって……」タリーは自分でも信じられないくらいうろたえていた。

「少しお時間をいただけませんか、ミス・ロビンソン。お話ししたいことがあります」伯爵は再びタリーの腕に触れた。さっきのようにぎゅっとつかむのではなく、軽く触れただけだった。

タリーは困惑して顔を上げた。伯爵の冷たい灰色の目に浮かんだ表情を見て、頭のなかでかすかに警報が鳴ったが、無視した。召使いに苦情があるか、レティシアに伝言があるに違いない。タリーは平静を装って再びソファに腰を下ろすと、膝の上で慎み深く手を組んで待った。

マグナスはタリーが手を組んでいるのに気づいた。実にしおらしい。彼はタリーの態度が気に入った。レティシアから花嫁に選ばれたことを聞かされたに違いない。できればまだ内密にしておいてほしかったが、彼女の反応を見るかぎり、わたしの選択は間違っていなかったようだ。実によろしい。彼女ははしゃいだり、媚《こ》びたりするような、はしたないまねもしなかった。マグナスは大きく息をつき、急にそわそわしだした自分に驚いた。

「レティシアと話したそうだが」

タリーは胃が縮み上がるのを感じた。彼女は黙ってうなずいた。

「彼女が黙っていられない性分だということをわかっておくべきだった」タリーの返事も待たずに、ダレンヴィル卿は説明し始めた。「式はできるだけ早く執り行いたい。結婚の公告には三週間かかる。この館で式を挙げ、ジョージが花嫁を新郎に引き渡す役を務める。内輪だけで式を挙げよう。レティシアとジョージと、もちろん、きみが招待したい友人や親類がいるなら……」

嘘よ、これはなにかの間違いだわ。伯爵がタレイア・ロビンソンと結婚するなどということはありえない！　ろくに言葉を交わしたこともないのに。

だが、伯爵はいたって真剣だった。これは冗談でも、わたしをからかおうとしているのでもない。

でも、伯爵はわたしに彼と結婚する意思があるかどうかたずねようともしなかった！

タリーはショックが薄らぐと、怒りがふつふつとこみ上げてくるのを感じた。こんな屈辱的なことがあるだろうか？　タリーは自分が結婚できる見込みがないことを知っていた。レティシアの無給の家庭教師として田舎に住んでいるので、若い独身の男性と知り合う機会もなく、取り立てて美しくもなければ、財産も持たないような娘に縁談の話はなかった。わたしは形だけの求婚をするにも値しないというのだろうか？　わたしの気持ちなどどうでもいいというのだろうか？

タリーは怒りで真っ赤になって膝に目を落とし、唇を噛《か》んだ。伯爵の取り澄ました顔に平手打ちを食らわしたくて、手がわなわなと震えた。

ダレンヴィル卿は椅子から立ち上がり、タリーの前を行ったり来たりしながら式の段取りを説明した。彼は未来の花嫁が恥ずかしそうに頬を染めてうつむいているのを見て、自分の目に狂いはなかったと再び思った。彼女は甘やかされた娘ではない。おとなしく話に耳を傾けている。なんと従順なことか！

社交界の女性を子供の母親にと考えた自分はなんと愚かだったのだろう。レティシアの選んだ候補者は自尊心の強いわがままな娘ばかりだ。この慎《つつ》ましやかに目を伏せた娘のほうがどれだけましかしれない。タレイア・ロビンソンは彼の申し出に感謝しているだろう。彼女は気性も激しくないし、俗っぽい野心も持ち合わせていないはずだ。

マグナスは彼女の全身に目を走らせた。ぞっとするようなドレスの上からではなんとも言えないが、ふくよかで出産には十分に耐えられそうだ。そして、彼女には愛情がある。マグナスは愛情を求めていた。もちろん子供のためにだ。彼はこの娘がその手で幼いジョージーを優しく撫でていたのを思い出した。ぜひとも彼女でなくては。

マグナスは優しい声で話し出した。ふたりの身分の違いに彼女が怖《お》じ気づいているのは間違いない。マグナスは悪い気はしなかった。彼女には優しく接するつもりだった。いずれ落ち着けば、彼女もマグナスの寛大さに感謝するだろう。そして、彼がいい夫であることに気づくだろう。マグナスは彼女を守り、要求をすべて満たしてやるつもりだった。彼は部屋を行ったり来たりしながら、領地のダレンヴィルがいかにすばらしい場所かを話して聞かせた。

タリーはひそかに怒りをつのらせていた。わたしに彼のおとなしく従順な雌馬になれというのだろうか？　汚らわしいダレンヴィルに十年以上も閉じ込められる妻になれと！　とんでもないわ！　なんて思い上がった人なのだろう！　不器量な貧しい娘なら、煩わされることもないと考えたに違いない。

タリーは席を蹴《け》って、彼の結婚の申し込みを断り……。いや、タレイア・ロビンソンは求婚もされなかった。彼はタリーの意思をたずねもしなかった。彼は将来の繁殖用の雌馬に結婚後の生活を説明しているだけにすぎない！

いずれにせよ、タリーは彼の申し出を断るつもりだった。その悦に入った顔がショックにゆがむのを見るのが今から楽しみだ。彼が、彼と結婚する利点について話し終えるまで待とう。夕暮れどきに東屋《あずまや》から見える湖の景色がすばらしいですって？　ふんっ、そんなもの！

誠に申し訳ありませんが、ダレンヴィル卿、とタリーは言った。ダレンヴィルの夜明けのあひるの池の眺めがどんなにすばらしかろうと、あなたと結婚する気にはなれませんわ。ひとりでいたほうがずっとましです。タリーはそう言うと、頭を高くもたげて滑るように部屋を出た。あとに残された伯爵は、悔しさに歯ぎしりするのだった……。

いいえ、タリーは考え直した。これではあまりに手ぬるい。タリーは火傷を負わされ、ふしだらだといわれのない非難を浴びせられた。それもこれも、彼の傲慢さが引き起こしたことだ。彼には思い知らせてやらなければならない！

タリーは復讐《ふくしゅう》を考えてひとりほくそ笑んだ。じらしてやろう。彼のような自尊心の強い男は待たされるのがなによりも嫌いだ。特に、わたしような取るに足りない小娘に！　たくましい小娘に！

レティシアの客はダレンヴィル卿がタリーを選んだことを知って、発表を待っているのだろう。

タリーはにんまりした。彼らをじらすだけじらしてやろう。伯爵を待たせるという彼女の身のほど知らずな行動に、だれもが驚き呆れるだろう。タリーがこんな願ってもない良縁を断るほど愚かだとは、だれも思わないだろう。

本当に願ってもない良縁だ。タリーは内心蔑《さげす》みながら、上目づかいにちらりと彼を見上げた。彼のハンサムな顔と、みごとな肉体と、財産がすべてであるかのように！

彼と客を待たせてやるわ。彼らがダレンヴィル卿がいつまで辛抱できるだろうと思い始めたちょうどそのときに、タリーは彼の申し出を断るのだ。いい気味だわ！　彼のプライドはずたずたに引き裂かれるだろう。国じゅうの独身女性のあこがれの的である偉大なるダレンヴィル卿が、不器量な貧しい娘に結婚を断られたのだ！

「すぐに結婚を発表して、式は三週間後に執り行う。それまでに、花嫁衣装は間に合うだろうか？」

タリーは驚いたような振りをして目をぱちくりさせた。わたしにきいているの？　このわたしに意見を言うことが許されるの？　驚きだわ。

タリーは立ち上がった。「ダレンヴィル卿。あなたの……驚くべき結婚の申し出をありがたく思っています。わたしに考える時間を与えてくださいませんか？」タリーは彼に答える間を与えずに、続けた。「できるだけ早くご返事させていただきます」

マグナスはぽかんとしていた。

タリーは戸口まで歩いていくと、ドアを開けて立ち止まり、振り向きざまに伯爵にほほえみかけた。「勝手に式の準備をお進めになって、取り返しのつかないことになりませんように」

3

「それで、彼はなんて言っていたの？　冗談だったんでしょう？」レティシアは近くの控えの間にタリーを引っ張り込んだ。

「それが、あいにく」タリーはしぶしぶ答えた。「あなたがおっしゃったとおりでした。伯爵さまはわたしとの結婚を考えておられたようです」

レティシアはタリーが過去形を使ったのを聞くや、たたみかけるように言った。「でも、気が変わったのね？」

タリーは慎重に言葉を選ばなくてはと思った。これ以上、彼女を怒らせてはならない。

「いえ、そうではありません」

「もうっ！」レティシアは足を踏み鳴らした。「どこまで身勝手な人なの！　おかげでわたしの顔は丸つぶれよ。みなさん結婚を申し込まれるのを心待ちにしていらっしゃったのに」彼女はタリーをにらんだ。「資産家や親戚《しんせき》に公爵がいらっしゃる良家の令嬢をさしおいて、よりによってあなたを選ぶなんて！」

タリーは侮辱の言葉を無視してうなずいた。レティシアの気持ちもわからないではなかった。確かにダレンヴィル卿《きょう》は傲慢《ごうまん》で身勝手で思いやりのない人だ。

「ご心配なく」タリーはなだめるように言った。「伯爵さまにはお断りするつもりです」

レティシアの頬紅をさした顔から見る見る血の気が引いた。「今なんて言ったの?」

「お断りすると言ったんです」タリーは安心させるようにほほえんだ。

「マグナスの申し出を断る?」

タリーはうなずいた。「はい」

「あ、あなたが、マグナスの、ダレンヴィル卿の申し出を断るというの?」

タリーは再びうなずいた。「そうです。あの方と結婚するつもりはありません。ですから……」

「なんて身のほど知らずな! あつかましいにもほどがあるわ!」

タリーは彼女の怒りに恐れをなし、思わず後ずさった。

「マグナスの申し出を断ろうなんて、いったい自分をなんだと思っているの? 思い上がるのもいいかげんにしなさい! 彼とあなたでは太陽と……」レティシアは適当な例えが見つからず、いらだたしげに手を振った。「どうしてわたしの顔に泥を塗るようなまねをするの?」

「ダレンヴィル卿の申し出をお断りすることが、どうしてあなたの顔に泥を塗ることになるんでしょう？」タリーはレティシアの態度に困惑した。「伯爵がわたしを選ばれたのは……」

「得意がるのはおよしなさい！」

「得意がってなんかいません」タリーも怒って言い返した。「わたしがお断りすれば、伯爵がわたしを選んだという話はまったくの誤解だとみなさんに説明することができるんじゃありませんか？」

レティシアは両手を上げた。「自分が選ばれたことを自慢しているわ！」ひとりごとのようにつぶやく。「マグナスがあなたのような卑しい娘を選んだだけでも屈辱なのに、そのあなたが身のほど知らずにも伯爵である彼の申し出を断ろうだなんて！　とんでもないわ！　わたしは許しませんよ！」

レティシアは両手を腰に当てて、タリーをにらんだ。

「あなたを家に入れたときには、こんなことになるとは思ってもみなかったわ。荷物をまとめて一時間以内に出ていきなさい。御者のジョンに、あなたが以前に住んでいた村まで送らせるわ」レティシアの声は低く怒りに満ち、その表情はぞっとするほど冷酷だった。

タリーは茫然《ぼうぜん》と彼女を見つめた。「ま、まさか本気でおっしゃっているんじゃないでしょう？」

レティシアは鼻を鳴らして、顔をそむけた。

タリーはもう一度言った。「お願いです。考え直していただけませんか？　今さら村に戻っても、わたしの行くところはありません。校長のミス・フィッシャーが亡くなられたときに学校は閉鎖されてしまいましたし、わたしにはお金が……」

「マグナスの気を惹《ひ》く前に考えておくんだったわね」

「気を惹いてなどいません。あの方とは口をきいたこともないんですから！　あの方が……」

「言い訳など聞きたくないわ。一時間以内に出ていきなさい」レティシアはにべもなく言った。

タリーは口のなかがからからになるのを感じた。「本気でおっしゃっているんじゃないでしょう？　わたしにはどこにも行く当てがありません」

「それはだれの責任？　あなたがこんな恩知らずな娘だとわかっていたら、決して家には入れなかったわ。話はこれでおしまいよ」レティシアはつかつかとドアに歩み寄った。

「待ってください！」タリーは叫んだ。レティシアは立ち止まり、振り向きざまに見下したような目でタリーを見た。タリーははっとした。わたしは彼女に泣きつこうとしている。レティシアの顔を見れば、彼女がそれを望んでいるのは明らかだった。いいえ、そこまで卑屈にはなるつもりはないわ。

「家庭教師の職を探せるように推薦状を書いていただけませんか？」

「なんてあつかましいの！」レティシアは吐き捨てるように言った。「お断りよ！」

マグナスはブーツの先を鞭《むち》で叩《たた》きながら、濡《ぬ》れた芝生の上を歩いていった。遠乗りに出かけるつもりだったが、馬丁が鞍《くら》をつけるのを待っていられず散歩に出た。一年のうちでもこの季節の庭の美しさは格別で、彼はユキノハナの茂みの前で足を止めた。

風に吹かれて静かに頭を垂れる花の姿は、目を伏せておとなしく彼の話を聞いていた娘を彷彿《ほうふつ》させた。あらわになった白いうなじのなんと頼りなく見えたことか。カールした髪もありきたりの茶色ではなく、蜂蜜《はちみつ》のような色だった。そして、彼女が自分を見上げたとき、瞳の美しさに気づいたのだ。琥珀《こはく》色をしたその瞳は、長く黒いまつげに縁取られていた。肌はなめらかで柔らかそうだった。

マグナスは自分の選択に満足していた。だが、それも彼女が口を開くまでだった。彼女の怒りは自尊心を傷つけられた怒りだったのだろうか？

マグナスはユキノハナに鞭をくれ、無惨に散った花びらを見るとはなしに見た。

ハウスパーティーのあいだ、彼女はずっと物静かで従順だった。彼女はそういう娘なのだと思っていた。そうでなければ、あのレティシアと一緒に暮らせるはずがない！　彼女は文句も言わずに一年じゅうここに住んでいるのだ。

いや、それでも彼女を怒らせてしまうことは考えておくべきだった。きっと驚かせてしまったのだ。いきなり結婚を切り出したのがまずかったのかもしれない。または、わたしの態度に問題があったのか……。なにしろ結婚を申し込むのは初めてだったので、少々上がってしまったのかもしれない。

彼の申し出を断ろうとするかのようにきっとあごを上げた彼女の姿を思い出して、マグナスは口元をゆがめた。まったく生意気な娘だ！　だが、彼女が見せた気の強さは不快なものではなかった。気性の激しい雌からは元気な子馬が生まれる。マグナスは子供を意気地なしに育てるつもりはなかった。ジョージーのそばに駆け寄っていった彼女は、子供を守ろうとする雌ライオンのようだった。

子供を守るためには多少気の強いところがあったほうがいい。怒りが自分に向けられるのは困るが、悪くはない。マグナスは再び自分に言い聞かせた。

だが、なぜかひな菊を摘もうと思ってイラクサをつかんでしまったような気がしてならなかった。マグナスはブーツが濡れるのもかまわず、レティシアの庭に咲く花の首をはねながら歩いていった。

「マグナス、わたしの庭でいったいなにをしているの？」

レティシアの声にマグナスは現実に引き戻された。自分が来た道を振り返り、無惨に散った花を見てたじろいだ。

「申し訳ない、レティシア。つい……」

「いいのよ。あなたにお話があるの。こっちに来て。濡れた芝生の上を歩いたら靴がだめになってしまうわ。東屋《あずまや》なら人目につかないでしょう」

レティシアはベンチに腰を下ろすと、厳しい目で彼を見た。

「いったいどういうつもりなの、マグナス！　お客さまの前でとんだ恥をかかされたわ！　もう、殺してやりたいくらいよ！　でも、今ならまだ冗談で片づけられるわ。あまり趣味のいい冗談とは言えないけれど。とにかく、あの娘はお払い箱にしたから、せいぜい感謝してもらわないと困るわ。あなたはいつものようになに食わぬ顔をして……」

マグナスはレティシアをさえぎった。「お払い箱にした？　まさか、ミス・ロビンソンのことではないだろうな？」

「そのミス・ロビンソンのことよ！」レティシアはふんと鼻を鳴らした。「あんな恩知らずとは今日かぎり縁を切ったわ。一時間以内にここから出ていくことになっているの」

「出ていく？　どこへ？」

「育った村へよ。名前も覚えていないわ」

マグナスは眉を寄せた。「身内に不幸でも？　彼女は孤児だと聞いているが」

「そうよ。わたし以外に血のつながった者はひとりもいないわ。でも、恩知らずなまねをしたから、わたしとも縁が切れたわね」

「それなら、なぜ村へなど？」

レティシアは鼻にしわを寄せた。「彼女はずっと村の寄宿学校で育ったの。父親が大使館勤めで旅が多かったのよ」

気の毒に、とマグナスは思った。幼くして学校に追いやられるのがどれほど惨めなものか彼はよくわかっていた。「学校を訪ねるのか。婚礼に招待したい友だちがいるのだろう。気がつかなかった」

「マグナス、どうかしているんじゃなくて？　あの娘がどこへ行こうがあなたの知ったことではないでしょう？」

「気にならないはずがないだろう。わたしがミス・ロビンソンに結婚を申し込んだことを知らないのか？」

「ええ、知っていますとも。とんだ恥をかかされるところだったわ！　でも、マグナス、あの小娘はこのわたしばかりか、あなたも笑い物にしようとしていたのよ。だから、追い出すことにしたの」

マグナスは顔をしかめた。「〝あなたも笑い物にしようとしていた〟とはどういうことだ？」

「彼女はあなたの申し出を断ろうとしていたの！」

「なんだって？」マグナスは思わずかっとなり、あわてて怒りを抑えた。「どうしてきみがそんなことを知っているのだ、レティシア？」

「十五分足らず前に彼女がはっきりそう言ったのよ。すっかり調子にのっていたわ」レティシアは茫然としているマグナスを見て満足げにうなずくと、彼の腕に手を置いた。「これで彼女がすぐにここを出ていかなければならない理由がわかったでしょう。ダレンヴィル卿では不足だと言うような身のほど知らずな娘を家に置いておくわけにはいかないわ！」

「本当なのか？」マグナスは耳を疑った。一文無しの孤児がわたしの申し出を断った？　わたしでは不足だと？　それが事実なら、これ以上の屈辱があるだろうか？「彼女が本当にそう言ったのか？　そんなに口数の多い女なのか？」

「そうよ、マグナス。社交界の令嬢をさしおいて自分が選ばれたことで鼻高々だったわ。そして、自分があなたの申し出を断ったら、わたしたちはとんだ恥をかくことになるだろうと言ったのよ。あの恩知らずが！　海に沈めてやりたいくらいだわ！」

マグナスは立ち上がり、小さな東屋のなかを行ったり来たりしながら、ブーツの先を乱暴に鞭で叩いた。「少し考えさせてくれ。それまではなにもしないでくれ」彼はそう言うと、つかつかと庭に歩いていった。彼が通り過ぎたあとの花壇はめちゃくちゃになっていた。

タリー、考え直してちょうだい。あなたなしでどうしたらいいのかわからないわ。子供たちはどうなるの？　ジョージとわたしは？　マグナスのことなど放《ほう》っておけばいいのよ。あなたは家族も同然なの。ここがあなたの家よ。わたしたちを置いていかないで。あなたが必要なの……。

「奥方さまにあなたが荷物をまとめたかどうか見てくるように言われまして」メイドが両手をもみ合わせながら、気まずそうに戸口に立っていた。「御者のジョンは馬車の用意をするように言われたそうです。こんなことになって残念です、ミス・ロビンソン」

「いいのよ、ルーシー」タリーの声は震えていた。彼女のはかない望みは音をたてて崩れ去った。レティシアの気持ちは変わらなかった。タリーはこの家から放り出されるのだ。

タリーはベッドから立ち上がって、こっそり涙を拭《ふ》いた。「衣装だんすの上に鞄《かばん》があるから、服を詰めてくれないかしら。ほ、ほかに用を思い出したの」涙があふれそうになり、タリーはメイドの同情するような視線を避けるように部屋を飛び出した。

横のドアから抜け出して南側の芝生を横切り、迷路のような庭に入っていった。タリーは複雑に入り組んだ小道を体で覚えていて、迷うことなく中央に向かった。そこは彼女のお気に入りの場所だった。高い生け垣が張り巡らされているのでのぞかれる心配がないし、だれかが入ってきてもすぐにわかる。迷路の中央にたどり着くと、タリーは錬鉄製のベンチに座って、わっと泣き出した。

わたしはどうすればいいの？　奇跡が起きないかぎり、夜には村の広場に放り出されることになる。どこに行けばいいの？　どこで眠ればいいの？　タリーは無意識のうちに爪を噛《か》んでいた。村でわたしを覚えている人はいないだろう。牧師さまは？　いいえ、牧師さまはわたしが村を出て間もなく亡くなった。信者のなかに毎週日曜に教会に通っていたわたしの顔を覚えている人がいるかもしれない。いいえ、女子生徒はほかにもたくさんいたし、二年前のことを覚えている人はそういないだろう。わたしを家に入れてくれそうな人はだれもいない。

タリーには頼れる人はだれもいなかった。彼女はレティシアの家で幸福だった。だが、その幸福は嘘《うそ》の上に築かれたものだった。わたしは家族の一員だと自分をだまし続けてきたが、実際は召使いよりは少しましな存在にすぎなかった。いや、召使い以下だ。召使いには少なくとも賃金が支払われる。賃金をもらっていれば、宿代くらいはどうにかなっただろう。タリーは文字どおり一文無しだった。

自分を哀れむのはよしなさい、タリーはついに決心した。窮地を抜け出す方法がひとつだけある。最初からわかっていたが、ほかの選択肢を検討するまで真剣に考えてみることができなかった。ほかに選択の余地はない。わたしはダレンヴィル卿と結婚するしかないのだ。

ダレンヴィル卿。冷たい目と冷たい声をしたハンサムな伯爵。氷の伯爵。彼が求めているのは妻ではなく、跡継ぎを産んでくれる雌馬だ。わたしは人生の伴侶《はんりょ》ではなく、子供を産むための道具にすぎない。唇がわなわなと震え出し、タリーは爪を噛んで涙をこらえた。伯爵との結婚に愛は望めないだろう。タリーは幼いときからずっと愛のある生活を夢見てきた。だが、少なくとも安全は得られる。村の教会の墓地で眠ることを考えたら、急に愛よりも安全のほうが重要に思えてきた。

タリーの前には王子さまも、黒騎士も、優しい紳士でさえも現れることはないのだ。タリーには愛することも、愛されることも許されない。相手はあのダレンヴィル卿だ。彫像を愛することができるだろうか？　氷の伯爵を？

でも、子供は違う。子供は子犬のように愛くるしく、いたずら好きで愛を求めてやまない。

タリーは六歳で学校に入れられてからずっと愛情に飢えていた。

ダレンヴィル卿に最初にはっきりさせておこう。子供を絶対に寄宿学校には入れないと。少なくとも、十四、五歳になるまでは。

子供たちは自分たちが愛され、必要とされていることを知るだろう。少なくとも、母親は自分たちを気づかってくれていると。

子供だけいれば十分だ、とタリーは思った。お互いに愛し合い、夢を語り合ったり、ささやかなことを話し合える伴侶が得られるのは、ほんのひと握りの恵まれた人たちにすぎない。妻をいたわってくれるような夫を得られる人は本当にごくわずかだ。

タリーは長いため息をもらした。声が震え、再び喉の奥からすすり泣きがもれそうになった。子供じみたくだらない夢はもう捨てよう。彼女はハンカチーフで涙を拭《ぬぐ》った。少女時代を卒業するときが来たのだ。

ダレンヴィル卿のところに行って、結婚しますと言おう。


レティシアと話をしてから三十分後、ダレンヴィル卿はむっつりして庭から戻ってきた。ハウスパーティーは完全な失敗だった。一文無しの娘に結婚を断られ、彼の自尊心はずたずたに引き裂かれていた。タレイア・ロビンソンを海に沈めてやりたいと言ったレティシアに彼はまったく同感だった。または、ゆっくり絞め殺してやるのもいいかもしれない。あの白く柔らかそうな喉元を素手でつかみ……。だが、結婚を拒んだというだけの理由で、レティシアがタレイア・ロビンソンを放り出すのを見て見ぬ振りをするのは、公平を重んじる彼の精神に反することだった。

そして、マグナスは迷路でだれかが泣いている声を聞いて、すっかりうろたえてしまった。マグナスは女に泣かれるのが大嫌いだった。

彼は両手のこぶしを握ったり開いたりしながら、迷路の入り口をうろうろしていた。どうしたらいいのかわからなかったのだ。この世の終わりであるかのように泣いているのがだれなのかはわかっていた。タレイア・ロビンソンだ。

自業自得だ、マグナスはそう自分に言い聞かせた。このわたしが真面目《まじめ》に結婚を申し込んだというのに、それを断り、人前で恥をかかせようなどとするからだ。結婚市場で最高の独身男性と言われてきたこのわたしを、だ。わたしに結婚を申し込まれて感謝しない娘はいないだろう。だが、タレイア・ロビンソンは違った。このわたしに恥をかかせようとした。今さら後悔しても遅い。マグナスは何度もそう自分に言い聞かせたが、救いにはならなかった。

彼の一部である正義感は、迷路のなかに入っていき、彼女の話を聞こうとした。なにをばかな！　女が泣いているときにはなにを言っても無駄だ。マグナスは女に泣かれると、いつも物を与えてなんとかしのいできたが、こんなに寒い日に迷路の真ん中でたったひとり、胸も張り裂けんばかりに泣くような女ときては。

マグナスはまったくお手上げだった。

「レティシア、結婚の申し出はなかったことにする。申し出がなければ、彼女も断ることはできない。だから、きみは対面が傷つくことを心配する必要はない。だれにも知られることはないだろう。令嬢たちにはわたしから話をする。取り返しのつかないことになる前に……」マグナスは娘が生意気にも言った言葉を思い出し、口をつぐんだ。〝勝手に準備

はそれが自分自身の運命を暗示しているとは気づいてもいなかったのだろう。「取り返しのつかないことになる前に、彼女をすぐにわたしのところによこしてくれ」

「でも、マグナス……」

「すぐにだ、レティシア」

「わかったわ。でも、なにも変わりは……」

マグナスはすでにいなくなっていた。レティシアは呼び鈴の紐《ひも》を引っ張ってブルックス

を呼んだ。

マグナスは図書室でミス・ロビンソンと会うことにした。優しく話しかけ、なんの恨みも抱いていないことを態度で示すつもりだった。マグナスが彼女に惹かれていることを彼女は気づいてもいないだろう。さりげなく、よそよそしく振る舞えばいいのだ。わざわざ正装する必要はない。結婚の申し込みの返事をもらうとき、紳士は正装するのが礼儀だった。乗馬服姿なら、彼女も気後れせずにすむだろう。

マグナスは額にしわを寄せて、彼女と交わした会話の内容を詳細に思い出そうとした。実際に彼女に結婚を申し込んだわけではないと気づいて、彼は冷ややかな笑みを浮かべた。わたしは婚礼の段取りを説明しただけだ。助かった！　これでなんとかごまかせるかもしれない。ミス・ロビンソンにわたしは結婚を申し込んではいない、彼女がなにか誤解して

いるのだと思わせることができる。

あまり褒められたやり方ではないが、レティシアも機嫌を直して、彼女を放り出すのを思いとどまってくれるだろう。そうしたら、このぞっとするハウスパーティーを早々に切り上げ、いまいましい娘といまいましい親戚におさらばしよう！

マグナスは足首を交差させて書き物机にもたれ、ぴかぴかに磨かれた革のブーツに鞭をくれながら、いかにも関心のなさそうな顔をして彼女が入ってくるのを待っていた。

「お呼びでしょうか、ダレンヴィル卿？」

マグナスは不意を突かれてはっとした。タリーが入ってきたのにまったく気づかなかったのだ。目を赤く泣きはらし、悲しみに打ちひしがれた彼女の小さな顔を見たら、あの胸も張り裂けんばかりの泣き声が今にも聞こえてきそうな気がして、彼は一瞬言葉を失った。やっとの思いで気を取り直して話し始めたが、自分が不誠実な男に思えて決まりが悪かった。

「ミス・ロビンソン、レティシアから聞いたところによると、きみはなにか誤解している――」

「ダレンヴィル卿、あなたの結婚の申し出をお受けします」彼女は同時に言った。

長く、息の詰まるような沈黙があった。

今、なにがあったんだ、マグナスは自分に問いかけた。彼は結婚の申し込みはなかったかのように振る舞うのにこれ以上耐えられなかった。だが、もうその必要はない。彼女はマグナスの申し出を受け入れた。もう取り返しはつかない。なんたる皮肉だ。彼女は結婚を取りやめることができるが、マグナスにはそうすることは許されていない。ダレンヴィル卿はミス・タレイア・ロビンソンと結婚するのだ。タレイア・ロビンソンは花嫁というよりも、火あぶりの刑に処せられる殉教者のように見えた。

マグナスは敗北感に襲われた。今の今まで、彼女が自分の申し出を断ろうとしているというのは、レティシアの勘違いではないかと思っていた。だが、彼女の打ちひしがれた姿は千の言葉よりも多くを物語っていた。

タレイア・ロビンソンが路頭に迷うのとマグナスとの結婚を天秤《てんびん》にかけ、泣く泣くマグナスを選んだのは火を見るよりも明らかだった。マグナスはうつむいた彼女の顔を見て怒りがこみ上げてくるのを感じた。飢えて惨めな思いをするよりはダレンヴィル卿と結婚したほうがましだ。貧民街で暮らすよりはダレンヴィル卿と結婚したほうがましだ――彼女はそう考えたのだ。

マグナスは激しい怒りに襲われ、彼女になにかひどいことを言ってしまいそうな気がして口を開くことができなかった。彼は堅苦しくお辞儀をすると、くるりと踵《きびす》を返して大股で部屋から出ていった。タリーはあっけにとられて、ダレンヴィル卿の後ろ姿を見送った。

「マグナス、いったい……」レティシアは廊下で牧師と話をしていた。彼女はマグナスの表情を見て思わず口をつぐんだ。

「幸運を祈ってくれ！」彼は吐き捨てるように言った。

「なんですって？」

「彼女が結婚に同意した」マグナスは鞭を半分に折って隅に放り投げた。

「マグナス、いったいなにが……」

「わたしは最高に幸せだ！」彼は怒鳴るように言った。「婚礼は三週間後に執り行う。手配はすべてきみに任せる。金に糸目はつけない」彼は耳障りな声で笑った。「花嫁には最高のものを揃《そろ》えてくれ！」彼は牧師がぽかんと口を開けて立っているのに気づいて、言い足した。「牧師、そこにおられましたか。結婚を公表してください。三週間後の婚礼の日に戻ってきます」

マグナスはドアを出て厩《うまや》に向かった。レティシアは必死にあとを追って説明を求めたが、彼は耳を貸そうとせず、そのまま馬にまたがると、なにも言わず、荷物すら持たずにダレンヴィル邸に発《た》っていった。ダレンヴィル邸は馬車でゆうに二日はかかる距離にあった。

4

「まるでだめだわ！」タリーは鏡を見て顔をしかめた。彼女の不安は的中した。元々裁縫の腕には自信がなかったが、ウエディングドレスはとても人に見せられるようなものではなかった。

袖《そで》がちぐはぐで、あちこち引っ張ってみたが、片方の袖だけだらりと垂れ下がり、どうしてもきれいにふくらまない。すでに六回も付け直し、生地は手あかでうっすらと汚れていた。

タリーには婚礼の準備がどうなっているのかまったくわからなかった。何度かレティシアにきいてみようとしたが、彼女はまだ怒っていて、顔も見たくないと追い払われてしまった。

みな――召使いもレティシアもダレンヴィル卿《きょう》も、花嫁が一文無しなのを忘れているようだ。だれかが花嫁にはそれなりの衣装が必要なことを思い出してくれるのを期待していたが、婚礼の日が間近に迫ってもいっこうにその気配はなく、タリーはもしもの場合に備えて自分で準備をすることにした。

屋根裏部屋には埃《ほこり》をかぶったトランクや円筒形の箱がたくさんあり、なかには古いドレスや舞踏会用のドレスがぎっしり詰まっていた。タリーはそこで淡い琥珀《こはく》色の絹の舞踏会用のドレスを見つけた。スカートが大きくふくらみ、袖口に恐ろしく長いひだ飾りのついた完全に流行遅れのスタイルだったが、花嫁衣装を作るだけの生地は十分に残った。タリーは裁縫の授業をどうしてもっと真面目《まじめ》に受けておかなかったのだろうと思いながら、古いドレスを型紙にして裁断し、苦労の末に縫い上げた。

ほかのトランクからは、新品同様のキッドの青い靴――はいてみると少しきつかった――と、染みのついた長い白のサテンの手袋を見つけた。手袋の染みは落ちないので、コーヒーにつけて琥珀色のドレスと同じような色合いに染めた。

タリーはほほえんで鏡の前でくるくるまわった。そう悪くないわ。確かに襟は少し曲がっているけれど、よほどあら探しの好きな人でないかぎり気づかないだろう。後ろに寄せたギャザーが不揃《ふぞろ》いだからどうだというの？　動いていればわかりはしない。なんらかの理由で立ち止まらなければならなくなったら、なるべく壁に背を向けて立つようにしよう。

タリーは長いサテンの手袋をはめ、もう一度鏡を見た。こんなに上等なものを身に着けるのは生まれて初めてだった。彼女は袖を見て顔をしかめた。そうだわ、ショール！　レティシアのスパンコールのついた紗《しゃ》のショールをはおれば袖が隠れるわ。花嫁衣装らしくないけれど、参列者はこれが新しい流行なのだと思うだろう。わたしはエレガントなことで知られた男性と結婚するのだから……。タリーは鏡に映る自分の姿を見て口のなかが乾くのを感じた。

わたしはただの男性と結婚するのではない……氷の伯爵と結婚するのだ。明日になれば、神と立会人の前で伯爵への愛と貞節と従順を誓い、彼だけのものになる。伯爵のことはよく知りもせず、好きでもない。伯爵が求めているのはちやほやする必要のない妻だ。黙って彼の子供を産み……。

タリーは身震いした。子供はどうやったらできるのだろう？　タリーが人生の大半を過ごした女学校ではそのようなことは教えてくれなかった。

アマンダ・フォレストは男性が女性のおなかのなかに種をまくのだと言っていた。母親がそう教えてくれたのだそうだ。もしそうだとしても、どうやって種をまくのだろう？　のみ込むのだろうか？　エマリーン・ピアースは初夜には血が流れ、花嫁の悲鳴が聞こえるという恐ろしい話をしたが、彼女は嘘《うそ》つきで、いつも怖い話をしてはみんなを震え上がらせていた。

母親が生きていたら教えてくれたのだろうが、タリーの母親はわずかな手紙を残してこの世を去った。もしかしたら――いいえ、今はそのことを考えるべきときではない。初夜を心配するほうが先だ。

タリーはミセス・ウィルモットにきいてみることにした。リネン部屋で彼女を見つけ、さんざん探りを入れてから思いきって切り出した。

「まあ、ミス・タリー」家政婦は頬を赤らめた。「わたしにきくのは間違っているわ。わたしは一度も結婚したことがないのよ」

「でも……」

「家政婦は結婚の有無にかかわらずミセスと呼ばれることになっているの」彼女はタリーの手を叩《たた》いた。「奥方さまにおききなさい。親切に教えてくださるわ」優しさにあふれた初老の家政婦の顔を見たら、レティシアに顔も見たくないと言われているとはとても言えなかった。

タリーは次に流し場の下働きのモードにあたってみることにした。モードは身持ちが悪いという噂《うわさ》だった。彼女なら知っているに違いない。ところが、たずねてみると、彼女はげらげら笑い、エプロンで顔を覆って部屋から走り出していってしまった。

タリーは仕方なくレティシアにきいてみることにした。

彼女は真っ赤になったタリーを見ていらだたしげに言った。「おお神よ、哀れな処女を救いたまえ！　遠回しな言い方はおやめなさい。初夜について知っておかなければならないことをすべて教えてあげるわ」彼女はタリーを引っ張ってそばに座らせると、小声で詳しく話して聞かせた。話し終えると、彼女はタリーを押しやって椅子の背にもたれた。

タリーはショックと恥ずかしさのあまり質問することすらできず、そのまま立ち去ろうとした。

だが、タリーが部屋を出ようとすると、レティシアがあざけるように言った。「くれぐれも一族の名前を汚すようなことはしないように。レディは黙って耐えるのよ。動いたり縮み上がったりしないこと。わかった？」彼女は鏡に向き直って悪賢い笑みを浮かべた。

それがレティシアから聞いた最後の言葉だった。タリーは考えれば考えるほど不安になった。耐える？　耐えるという言葉はつらいことを連想させる。黙って？　思わず声をあげたくなるものなのだろうか？　縮み上がる？　なんだか痛そうだ。タリーはエマリーン・ピアースの話を思い出して、頭を激しく左右に振った。

「ミス・タリー。お着きになられましたよ！」メイドのルーシーがドアの隙間《すきま》から興奮した顔をのぞかせた。「ダレンヴィル卿がお見えになりました！」

タリーの心臓は一瞬止まりそうになったあと、急に倍の速さで打ち出した。彼が来たのだ。式の前にどうしても伯爵に話しておきたいことがあった。イタリア行きのことだ。式を挙げてからでは遅い。あの伯爵が、教会で彼に従うことを誓った女の要求をのむとは思えなかった。

「すぐにお会いしたいわ」タリーはドアに向かった。

「あら、いけません！　縁起が悪いです。早くお会いしたいお気持ちはわかりますけれど」ルーシーはにっこりほほえんだ。屋敷じゅうの者がタリーの結婚をおとぎばなしのように受け止めていた。

「縁起が悪い？　どうして？」

ルーシーはタリーの花嫁衣装を手で示した。「花婿は式の前に花嫁衣装を見てはいけないことになっているんです」彼女はドレスに目を近づけると、顔をしかめて片方の袖を引っ張った。「本当にこのドレスで……」

「いいのよ」タリーは言った。「あなたが縁起が悪いというから着替えるけれど、できるだけ早くお目にかかりたいとダレンヴィル卿に伝えてもらえないかしら？　ふたりきりでお会いしたいと」

ルーシーは愛の使者になったつもりで微笑した。「お任せください、ミス・タリー。すぐにお伝えします。最愛の方と再会できるのももうじきですよ」彼女は滑るように部屋から出ていった。

タリーはくすくす笑った。最愛の方ですって？　氷の伯爵が逢引《あいびき》のようなロマンチックなことをするとは思えなかった。

ミス・ロビンソンが東屋《あずまや》で待っていると伝えられたとき、マグナスは今ごろになっていったいなんの話だろうと思った。おそらく花嫁衣装のことに違いない。マグナスはポケットに手をやって細長いケースが入っているのを確認すると、唇の端に冷笑を浮かべた。わたしはなんと用意がいいのだ。

一週間前、マグナスは彼女が宝石をひとつも持っていないのではないかと気づいた。晴れの席で花嫁に安っぽい装身具を身に着けさせるわけにはいかない。そこで、母親の形見の宝石箱から若い花嫁にぴったりの真珠の長いネックレスと、揃いのイヤリングとブレスレットを見つけた。値のつけられないほど高価なものだが、シンプルなデザインはかえって花嫁を慎《つつ》ましく見せる。婚約の贈り物としては申し分ないし、ドレスにも映えるだろう。彼女がどんなドレスを着るのかわからないが。

ミス・ロビンソンのこれまでの服装を見たかぎりでは、彼女の趣味は一風変わっていた。だが、レティシアのセンスは抜群だ。花嫁に奇抜なものを着せるようなことはないだろう。結婚したら、マグナスが衣装を選んでやるつもりだった。母親の残りの宝石は、彼女がそれを身に着けるにふさわしい女性になったときに贈ることにしよう。

「ダレンヴィル卿？」

マグナスは立ち上がって素早く振り向き、軽く一礼した。「これはミス・ロビンソン」

彼の目は冷たく、貴族的な顔は相変わらず無表情だった。

タリーは後ろ手に東屋のドアを閉めた。ここまで走ってきたかのように心臓がどきどきして、手のひらがじっとりと汗ばんでいた。反射的に膝を曲げてお辞儀をし、伯爵をあまり見ないようにした。ダレンヴィル卿は、彼の心が氷のように冷えきっていることを忘れさせてしまうほどハンサムだった。

「わたしに話があるそうだが、本当はわたしが戻ってきたことを自分の目で確かめてみたかっただけではないのか?」彼は意地悪く言った。

「いいえ、違います」タリーはすぐに答えた。「ルーシーからあなたがお着きになったことを知らされましたが、疑いもしませんでした。ルーシーは嘘をつくような娘ではありません」

　彼女にはマグナスの皮肉がまるで通じなかった。「ルーシー?」

「メイドです」タリーは壁際に置かれたベンチに腰を下ろした。

　ダレンヴィル卿は壁にもたれ、腕組みをして冷ややかな目で彼女を見た。また見下ろすように立っているわ、タリーはむっとした。話し合いは難航しそうだ。

「ふたりきりでお目にかかりたかったのは、婚礼の前にはっきりさせておきたいことがあるからなんです」タリーは一気にまくし立てた。

　はっきりさせておきたいこと? マグナスは目を細めた。「そんなことがあるのか?」

「ええ。急にお発《た》ちになられたので、お話しする機会がなかったんです」

「わたしはこうしてここにいる」マグナスは物憂げな口調で言った。

「わ、わたしにとってはとても重要なことなんです。これが解決しないかぎり、あなたとの結婚に同意することはできません」

「きみはすでにわたしとの結婚に同意したのではなかったのかな、マダム」マグナスはさらりと言った。

「そうですけれど、まだ話し合いが終わらないうちにあなたが出ていってしまわれたので。あとになって、あなたがダレ……ドアンヴィル……」

「ダレンヴィル邸だ。これから一生を過ごすことになる屋敷の名前は覚えておいたほうがいい」

　きみは生涯その田舎の屋敷に閉じ込められて暮らすことになるのだと暗に言われているような気がして、タリーは怒りを覚えた。伯爵はタリーがあの夜、彼とレティシアが図書室で話しているのを聞いてしまったことを知らない。ダレンヴィル卿はわたしを脅迫しようとしているのだ。

「まだわたしの家ではありません」タリーはほほえんで見えるように白い歯を見せた。「あなたにのんでいただきたい、その……条件があるんです」

〝条件〟だと？　マグナスはかっとなった。この娘はわたしをおどそうというのだろうか？　こちらの要求をのまなければ結婚には応じないと。式の直前に。招待客が今にも到着するというときになって。なんたるあつかましさだ！

マグナスはやっとの思いで怒りを抑え、無表情を装った。その〝条件〟とやらを聞いてみようではないか。そのあと、だれが主人か教えてやる。彼は歯を食いしばり、タリーに続けるように促した。

タリーははらはらしながら伯爵を見ていた。さりげなく壁にもたれてくつろいでいるように見えるが、あごには力が入り、目には恐ろしい表情が浮かんでいる。条件と言ったのがまずかったのかもしれない。もっと穏やかな言い方をすればよかった。彼を怒らせてしまった。でも、この機会を逃したら、わたしの夢はすべて塵《ちり》となって消えてしまう。婚約者にはまだ力があるはずだ。妻にはなくても。

「いくつか条件……いえ、お願いがあります。まず子供のことです」

マグナスはまじまじと彼女を見つめて、眉を寄せた。「続けて」

「あ、あなたが子供を望んでおられることはわかっています。でも……」タリーは伯爵の怒った顔を見て息をのんだが、勇気を奮い起こして続けた。「子供たちを学校にやらないと約束してください」

マグナスはきょとんとした。彼女の発言は意外だった。てっきり子供を産むのはいやだとか、ベッドをともにしたくないとか言われるのだと思っていた。子供たちを学校にやらないでくれ？　それがわたしへのおどしになると思っているのだろうか？「なぜ子供たちを学校にやってはいけないのだ？　無知で無学な大人になってもいいのか？」

「もちろん違います」タリーは怒ったように言った。「子供たちには優秀で優しい家庭教師をつけるべきです。学校に入れるべきではないと言っているのではありません。幼いうちに学校に入れるのだけはおやめくださいと申し上げているのです。十四歳か十五歳になるまで待っていただきたいのです」

マグナスはタリーの意外な申し出に同意すると言おうとしたが、彼女にさえぎられた。

「反対されても無駄です。この点だけはどうしても譲れません。子供を他人に預けるつもりはありません。ある程度大きくなるまでは。いつ学校へやるかはわたしが決めます」

タリーは両手のこぶしを握り締め、きっとマグナスをにらんだ。強情そうにあごを上げて続ける。

「子供たちを束縛するつもりはありません。子供たちは自立した強い人間に育ってほしいと思っていますし、そのように育てるつもりです。でも、あなたは幼くして慣れ親しんだものや、愛情を注いでくれる両親から引き離された子供の気持ちはおわかりにならないでしょう。自分の子供にはそんな寂しい思いはさせたくないのです」声が震え、タリーは間を置いてひと息ついた。

マグナスは目を見張った。六歳で学校に入れられたときの寂しさや心細さを思い出して胸が詰まった。「わかった」彼は冷ややかな口調で言った。

タリーは驚いて目をぱちぱちさせ、少しほっとした。最初の障害は予想外に楽に越えられた。彼はまったく反論しなかった。本当は跡継ぎが欲しいだけで、教育には関心がないのではないだろうか。でも、次の条件はそう簡単にのんでもらえそうになかった。なにしろ、伯爵は花嫁を十年間、ダレンヴィル邸に閉じ込めると公言しているのだから。

「わたしはダレンヴィル邸で一生暮らすことになるとおっしゃいましたね……」

マグナスは短くうなずいた。

「年に一度はロンドンに行ってみたいのです――二、三週間でかまいませんから」タリーはあわてて言い足した。伯爵の表情がまた険悪になった。「わたしがダレンヴィル邸で暮らすことをお望みのようですが、わたしもそれに異論はありません。でも、まだロンドンに行ったことがないので、一度訪れてみたいのです」

伯爵はなにも言わなかった。断られるんだわ、タリーはそう感じて急いで付け加えた。「子供の母親が子供たちが将来足を踏み入れることになる世界のことをなにも知らないのはよくないと思うんです」

マグナスは困惑した。彼は子供の母親にはできるだけ早く上流社会のしきたりを学んでほしいと思っていた。なぜわたしが妻は無知でかまわないと考えていると思うのだろう？彼女の言っていることはまるで理解できない。ロンドンを訪ねることとなにか関係があるのだろうか？彼女は二、三週間でいいと言った。社交界に出るのは遠慮したいと言おうとしているのだろうか？それでは困る。マグナスは彼女をすぐにロンドンに連れていくつもりだった。新しいドレスを注文し、社交界に紹介し、伯爵夫人としてのたしなみを教えるつもりだった。ミス・タレイア・ロビンソンには一日も早く貴婦人らしい振る舞いを身につけてほしかった。子供の母親が身分の卑しい、無知で不格好な女だと思われたくはなかった。それでなくても、彼の花嫁のことは社交界ですでに噂になっているのだ。

「わたしをお屋敷に閉じ込めるようなことをなさったら、あらぬ噂を立てられますし、子供たちが自分たちの母親が世間で変人、あるいは狂人だと思われていると知ったら、わたしはとても耐えられません」タリーは絶望したように締めくくった。

彼女を閉じ込める？　この娘はダレンヴィル邸に牢《ろう》があるとでも思っているのだろうか？　彼女は不安そうに、というよりもむしろ訴えかけるようにマグナスの顔を見つめていた。彼は眉をひそめた。「きみをロンドンに連れていくことになんら異論はない。変わり者の妻を持っていると思われたくないのでね、マダム、おわかりいただけたかな？」

タリーはすぐには信じられなかった。きっとそのうち気が変わるに違いない。式がすんだあとにでも。「お約束していただけますか？」

マグナスは身をこわばらせた。彼は自分の言葉を疑われるのに慣れていなかった。だれにも。特に、彼をゆすろうなどと考えている、趣味の悪い服を着たみすぼらしい娘には。

「約束する、マダム」マグナスは歯ぎしりするように答えた。

「よかったわ」タリーは勝ち誇ったようにほほえんだ。彼女が〝お約束していただけますか〟と言ったときの伯爵の怒った顔を見て、タリーはやはりと思った。伯爵はあとになってから発言を撤回するつもりだったのだ。だが、タリーのほうが一枚上手だった。これで彼女の最大の願いは聞き入れてもらえたが、まだ新婚旅行の件が残っている。これがいちばん厄介だ。「次のお願いは少々変わっていて、少しばかりお金のかかることなんです」

マグナスはそら来たと思った。これまでのふたつの〝お願い〟は、彼が少し譲歩すればいいだけのことだった。これがとどめの一撃になるだろう。

「わたしは以前から旅をするのが夢だったんです」タリーは始めた。「あなたのお許しがいただければ、ハネ……新婚旅行で一度この目で見てみたいと思っていた場所を訪れたいのです」タリーは無意識のうちに胸の前で手を組んでいた。「大陸に」

マグナスはほっと胸を撫《な》で下ろした。そういうことだったのか。パリに行きたいというのだな。驚くようなことではない。彼の知っている女性はみんなフランス製のドレス、フランス製の帽子、フランス製の香水が好きだ。戦争が終われば、彼女をパリに連れていき、新しい衣装を買ってやるのはそれほど大変なことではないだろう。かえってそのほうが都合がいい。彼女をロンドンの社交界に出す前に、パリの社交界で都会の水に慣れさせたほうがいいかもしれない。

マグナスは無関心そうに肩をすくめた。「いいだろう。きみにイギリス海峡を渡るだけの勇気があるのなら」

タリーは信じられなかった。「よろしいのですか?」

マグナスは再び肩をすくめた。「わたしはかまわん」彼女の最後のお願いはいったいなんなのだろうと彼は思った。体重の位置をずらすと、ポケットに入った宝石のケースが腰に当たるのを感じた。

「旅には時間がかかります」タリーは言った。「不便な思いをされてもよろしいのですか?」

またわたしの言葉を疑っているな。「わたしに二言はない」マグナスはぴしゃりと言った。

タリーはにっこりほほえんだ。「それなら、旅行案内を用意してもよろしいですね?」

マグナスはうなずいた。

「わたしは外国語がいくつか話せるんです」タリーは秘密を打ち明けるように言った。「フランス語、イタリア語、ドイツ語、それにオランダ語も少し。北海沿岸低地帯から来た女の子が学校にいて、彼女にオランダ語とフラマン語を教わったんです」

「いったいなんの話をしているのだ? パリでは何カ国語も話せる必要はない」

タリーは笑った。「パリではありません。イタリアやほかの場所では必要になります。パリでは旅行案内は必要ありません。先ほども申し上げたように、フランス語は流暢《りゅうちょう》に話せます。それに、イタリア語も」

「イタリアに行きたいと言うのか？」

タリーはうなずいた。「ええ……それから、ドイツやスイスにも。イギリスに戻る途中に北海沿岸低地帯に立ち寄ることもできます」〝イタリアに行けさえすればいいの。イタリアに行けば、母の死の真相が……〟

「それではヨーロッパ一周旅行《グランドツアー》ではないか」マグナスはぞっとするような声で言った。

「ええ。それが長年の夢だったんです」

「ばかを言うな！　あまりに危険だ。大陸は戦争でいまだ混乱状態にあるのだぞ」

「そんなことはありません。アミアンで平和条約が締結されたので安全です」タリーは勝ち誇ったように言った。「レティシアの知り合いの方々も条約が締結される前にパリにお発ちになりましたが、みなさんご無事でいらっしゃいます」

　マグナスはタリーをにらんだ。レディは政治になど関心を持つべきではない。夫の判断に疑問を持つなど言語道断だ。

「そんなに危険なら、どうしてパリには連れていってくださるんですか？」

「パリとグランドツアーではまったく別だ。レディはグランドツアーをしたりはしない」

「します」タリーは反論した。「そういう方を何人か知っています」

　マグナスは見下すようにタリーを見た。「きみが言っているのはただの女性のことだろう」彼は言った。「わたしが言っているのはレディのことだ」

「みなさん、立派なレディです！」タリーは言い返した。「レディ・メアリー・ウォートリー・モンタギュー、レディ・フェザーストンハフ、それから……それから、ミセス・アン・ラドクリフ。夫人はロベスピエールが処刑されたその年にご主人とグランドツアーに出られたんですよ。たしか同じ年に『ユドルフォー城の謎《なぞ》』が出版されたはずです」

マグナスはいらだった。「あのくだらない本か」

「くだらなくなどありません！　あの本をおもしろくないという人は、よほど冷たい……」

「今はレディ・メアリー・モンタギューやレディ・フェザーストンハフやミセス・ラドクリフの話をしているのではない。わたしの妻の話をしているんだ」

「わたしはまだあなたの妻ではありません！」タリーはマグナスをさえぎった。「それに、約束してくださったじゃありませんか！」

「パリに連れていくとは言ったが、それ以上遠くへ連れていくとは言っていない」

「わたしは一度もパリへ行きたいとは言っていません。あなたもです」タリーは言った。「約束なさってから、あなたがおっしゃったんです」

マグナスは思い返した。しまった！　生意気娘の言うとおりだ！

「グランドツアーは女がするようなものではない」マグナスは有無を言わさぬ口調で言った。

「そんなことはありません。『イタリアからの手紙』を読みましたが」

「はっ！」マグナスはばかにしたように鼻を鳴らした。「アン・ミラーの本は三十年以上も前に書かれたものではないか」

タリーはむっとした。「わかっています。わたしの母はグランドツアーの最中にそれを読んだと話してくれました。母はそのときに父と結婚したんです。旅をするのは当時のほうがはるかに危険だったはずです。恐怖政治が終わり、イギリス人が大挙して大陸に押し寄せています。身分の高い方々も」反論できるものならしてみなさいと言うような目でタリーはマグナスを見た。

短い沈黙があった。「旅は決して快適なものではないぞ。粗末な宿で惨めな思いをするだけだ」マグナスは言った。「大陸を旅した経験があるからわかるのだ。道の悪さは想像を絶するほどだ。あれが道と言えるのならばの話だが。宿も見つかればいいほうだ。わたしは何度か納屋で眠るはめになった！　家畜と一緒に！」

タリーは肩をすくめた。「家畜が人に危害を加えるとは思えません。そのことがご心配なら、わたしが女学校で育ったことをお忘れなく」

マグナスは怒っているにもかかわらず、口元がゆるむのを感じた。「女学校よりも家畜であふれた納屋のほうがましだというのか？」

タリーは笑った。「ええ、牛のように大きな女の子が何人か」タリーははっとして顔を赤らめた。「い、いいえ。でも、スパルタ式でとても厳しいところなんです。わたしは見かけよりもずっと強靱《きょうじん》な肉体と精神を持っているんです」タリーは決意を秘めた表情でマグナスを見つめた。数週間前、伯爵はわたしのことを〝たくましい〟と言った。それなのに、今度は自分が長旅で不便な思いをしたくないばかりに、わたしが長旅に耐えられないほど繊細であるかのように言っている。ダレンヴィル卿は自分が矛盾していることに気づくべきだ。「いずれにせよ、伯爵さまはお約束なさいました」

マグナスは小声で毒づいた。彼はまんまと罠《わな》にはめられたことに気づいた。娘がこの件に関してまったく譲歩する気がないのは、その強情そうな顔を見ればわかる。それに、約束したのは事実だ。必ずしも彼女が言っているような意味で約束したのではないが。だが、そうやすやすと応じてなるものか。マグナスはあれこれ考え、ふとひらめいた。

「微妙な状態にある女性が旅をするのは非常に危険だ」これにには反論できまい。

タリーは困惑したような顔をした。「先ほども申し上げたように、わたしは見た目よりもずっと強いんです。健康には自信があります」

マグナスはなに食わぬ顔をした彼女を見て、胸の内で罵《ののし》った。「だが、式がすめば微妙な状態になる。多くの女性は気分が悪くなるものだ」

「今こんなに健康でも？　結婚式くらいで気分が悪くなったりは……」タリーはマグナスがなにを言おうとしているかに気づいて、急に青ざめた。彼はあのことを言っているのだ。

あれに耐えたあとは気分が悪くなるらしい。あれは考えていた以上に大変なことのようだ。動いたり、叫んだりしてはいけないだけではなく、そのあとで気分が悪くなるなんて。想像するのも恐ろしい。

「仮にわたしが微妙な状態になって気分が悪くなったら、それはどのくらい続くのでしょうか?」タリーは小声でたずねた。

マグナスは彼女が急に青ざめたのにうろたえ、うぶな娘と妊娠について話す気まずさに、さらにうろたえた。これで少なくとも彼女が処女であることはわかったが、妊娠については未来の花婿ではなく、レティシアと話すべきだ。だが、質問には答えなければならない。

「よくはわからないが……最初の数カ月は気分が悪くなるようだ」

数カ月ですって! タリーはぞっとした。これで大人がそういう事柄を話したがらない理由がわかった。それがわかっていたら、女の子はだれも結婚したがらないだろう。でも、きっとよくなるんだわ。そうでなければ、母親があんなにこぞって娘を結婚させたがるはずがない。

「そのあとは?」

「そのあとは、出産するまで快適に過ごせる」マグナスはハンカチーフを取り出して額の汗を拭《ぬぐ》った。婚約者は明らかに動揺している。彼女は大陸を旅行中に妊娠するかもしれないとは思ってもみなかったようだ。鉄は熱いうちに打てというではないか、とマグナスは思った。「きみが微妙な状態になったら、旅行は即中止してイギリスに戻る。いいな？」

　タリーは唇を噛《か》んだ。わたしは強いわ。母がやり遂げたのだから、わたしにできないはずがない。でも、気分が悪くなったら、旅を続ける意味がない。

「わかりました」タリーはしぶしぶ同意した。

　マグナスは手をもみ合わせたいのをぐっとこらえた。パリに滞在しているあいだに、なんとしてでも彼女を妊娠させなければならない。市内を観光して、ドレスや帽子や香水や、女が好きそうなものを買ってやったら、すぐにダレンヴィルに戻って子供の誕生を待つのだ。

　子供か。マグナスは待ちきれなかった。だが、その前に式を終わらせなければならない。

「それで、次の〝条件〟はなにか聞かせてもらえないだろうか？」

「次の条件？　ほかにはありません。わたしの要望は……ほとんど……聞き入れていただきました」タリーは初夜のことがまだ心配だった。

　マグナスは驚き、かすかに疑いを抱いた。彼女がなにか途方もない要求を突きつけてくるに違いないと思っていたのだ。

　タリーは立ち上がって去ろうとした。「お話しくださってありがとうございました。少し気が楽になりました」すっかりおびえさせられたこともあるけれど、と思いつつ彼女はドアを開けた。

マグナスはポケットに入れた宝石のケースを思い出した。「ミス・ロビンソン、少し待ちなさい」

「なんでしょう?」タリーは振り向いてマグナスを見た。目は見開かれ、顔は青ざめていた。

「式にこれを身に着けてほしい。母の形見だ」マグナスは宝石のケースを差し出した。

タリーはケースを開けた。「真珠だわ。なんてきれいなのかしら」うつろな声で言う。

「お心づかいありがとうございます。明日これを着けさせていただきます」

タリーはケースを閉じて東屋をあとにした。マグナスは彼女が芝生を横切って屋敷に入っていくのを見て、眉をひそめた。宝石をもらって、あんな反応を示した女性は初めてだ。ふつうの女性は喜んで歓声をあげたり、興奮して抱きついたり、キスしたり、媚《こ》びへつらうものだ。自分の妻になる女性にそうしてほしいのではないが。

まったくあの娘は謎だ。マグナスは謎も大嫌いだった。

5

老いたミスター・ペンワーシーが静かに前奏の和音を奏で始めた。会衆は音楽が始まったことにすら気づかなかった。音楽はしだいに高まり、荘厳な調べが古びた美しい教会を満たす。花嫁が到着した。

会衆席は人でぎっしり埋まっていた。花嫁の友人や村の者がほとんどだったが、遠方から駆けつけてきた者も少なくなかった。シルクハットをかぶり、きらびやかな勲章を身に着けた外国の高官の姿も見られた。今は亡き花嫁の父が外交官だったので、親交のあった各国の王子や公爵、さらには皇帝の代理の者たちが式に参列していた。

教会の外では、背の高いハンサムな男たちが遠くから式の様子を見守っていた。ある者は悔しさに歯ぎしりをし、またある者は悲しみに打ちひしがれて無言であたりをさまよっていた。花嫁がほかの男の申し出を受け入れたことによって、彼らの希望は無惨にも打ち砕かれたのだ。

教会の向こうの小道には優雅な馬車が二台止まっていた。それぞれ貴婦人が乗っているという噂《うわさ》だった。ふたりは人々の好奇のまなざしを避けるように、黒いヴェールの陰でさめざめと泣いていた。彼女たちの美しさも財産も地位もなんの役にも立たなかった。花婿が選んだのは、取り立てて美しくもなければ、財産もない、貴族でもない娘。だが、彼女はお金では買えないものを持っていた。美しい心だ。

最初の和音が終わりに近づき、花嫁が中央の通路に踏み出した。会衆は振り向いて、ため息をもらした。人々のささやき声がとぎれとぎれに聞こえる。

「なんてきれいな花嫁衣装なんでしょう……」

「実に美しい花嫁だ……」

音楽が再び高まり、彼女はゆっくりと通路を歩き出した。最愛の男性が彼女を待っていた。彼は賞賛のまなざしで彼女を見つめ、彼女のほうに動きかけた。あたかも彼女がやってくるのが待ちきれず、今すぐにでも通路を駆けていって腕に抱き締めたいかのように。彼女はそんな彼を見て、うれしさのあまり泣き出しそうになった。彼女も通路を走っていって彼の胸に飛び込みたかった。だが、彼女は頭を高くもたげ、誇らしげに歩いていった。彼に見つめられるといつもそうなのだが、自分がきれいになったような気がした。

ミスター・ペンワーシーのタイミングは完璧《かんぺき》だった。花嫁が祭壇の前に着いたときに、音楽は最高潮に達した。最後の旋律が古いオークの梁《はり》に響き渡り、最愛の男性は彼女の手を取ってささやいた。「タリー、最愛の人よ。わたしは世界一幸せな男だ」彼は手袋をした彼女の手を取って、唇を……。

「な、なにをするんだ?」ダレンヴィル卿《きょう》は怒ったように言って片手で鼻を押さえた。タリーの手が鼻にぶつかったのだ。彼はあまりの痛さに目にうっすらと涙を浮かべ、まばたきしてタリーをにらんだ。いまだ危険なほど彼の顔のそばにあるタリーの手を取ると、手袋から香りのする埃《ほこり》が舞い上がった。

伯爵はタリーの手をじっと見つめ、おそるおそる片方の手を持ち上げてにおいを嗅《か》いだ。

「なんだこれは! コーヒーのにおいがするではないか!」

タリーは答えなかった。最後に残された夢を打ち砕かれ、彼女は茫然《ぼうぜん》と伯爵を見上げた。彼に手を取られたとき、タリーはキスをされるのではないかと思って一瞬息が止まりそうになった。だが、氷の伯爵がそんなロマンチックなことをするはずもなかった。彼はただ手袋を調べているだけだった。

伯爵はタリーの手を下ろし、牧師に向かってうなずいた。牧師はぼんやりとタリーを見つめていた。

「早くしたまえ」伯爵はぞんざいに言った。

「あっ、これは失礼」牧師はつぶやくと、よく響く声ですらすらと言った。「親愛なるみなさま、ここに集いし……」

タリーは自分が氷の伯爵と結婚するという話をぼうっと聞いていた。怒りっぽい氷の伯爵と。彼はタリーをにらんでいた。怒るのも無理はないけれど、手が鼻にぶつかってしまったのは偶然で、わざとではない。

伯爵はなにかというと怒っている。彼の怒りの原因のほとんどはタリーだった。ほかの人に対しては礼儀正しくチャーミングでさえあるのに、わたしには……これでは先が思いやられる。

それでも、今日はわたしの結婚式よ。タリーは自分を奮い立たせた。楽しまなくてどうするの。タリーは心のなかでいいことをひとつひとつ挙げていった。天気にも恵まれ、風もさほど冷たくない。花嫁衣装は大成功だった。琥珀《こはく》色のドレスは彼女の髪や目の色を引き立て、わずかな失敗にはだれも気づかないだろう。音楽はすばらしく、ジョージも紳士らしくエスコートしてくれた。

それに、わたしが世界一幸せな花嫁ではないとしても、だれもそんなことには気づかないだろう。花嫁は幸せなものと決まっている。悲しい顔をして、友だちや親類の人たちを心配させたくない。だから、タリーはいつものように空想の世界に逃げ込んだのだ。おかげで幸せに輝いた花嫁を演じることができた。タリーはこれが演技だと見破られないことを願った。みんなをがっかりさせたくはなかったのだ。

空想に浸っていて気づかなかったが、みんなどこに座っているのだろう？　タリーはちらりと後ろを振り返り、ブルックスやミセス・ウィルモットや子供たちの姿を捜した……。

「タレイア！」ダレンヴィル卿はタリーを引っ張って祭壇に向かせた。

タリーは目をぱちぱちさせた。頭がぼうっとして、自分がどこにいるのかさえわからなかった。救いを求めるようにダレンヴィル卿を見上げると、伯爵は眉をひそめ、冷たい灰色の目でじっと彼女を見つめていた。片方の手で彼女の手を握り、もう片方の腕を彼女のウエストにまわして支える。一瞬、タリーは彼に魂まで見透かされてしまいそうな気がした。体が震え出し、思わず目を閉じた。感覚を失い、教会の寒さと彼女を支える伯爵の腕の力しか感じられなくなった。彼の腕は温かかったが、タリーを見つめる灰色の目は怒っているように見えた。遠くで牧師がぶつぶつ言っている声が聞こえた。タリーは固く目を閉じて、空想の世界に戻ろうとした。また牧師の声が聞こえてきた。ダレンヴィル卿にぎゅっとウエストをつかまれて、タリーは目を開けた。

「汝《なんじ》、タレイア・ロビンソンはこの男を……」牧師は節をつけるように言い、タリーは彼の態度から、質問を繰り返すのはこれが初めてではないことに気づいた。

「誓います」タリーは気まずそうにつぶやくと、あわてて牧師のあとについて、伯爵への愛と貞節と服従を誓う言葉を繰り返した。彼女は身震いした。

わたしはこれで一生、ダレンヴィル七代伯爵、マグナス・フィリップ・オードリー・セント・クレアに束縛されることになるのだ。タリーの胸に深い悲しみが押し寄せてきた。

結婚式はタリーが夢見ていたものとはまるで違っていた。とはいえ、彼女は結婚を断られて涙に暮れる求婚者や、外国の賓客や、美しいドレスを夢見ていたのではない。

タリーが本当に望んでいたのは、愛されて結婚することだった。

それ以外のことは、式をなんとか乗りきるために、式に参列してくれた人たちを失望させないために、タリーが頭のなかで作り出したことにすぎない。だが、それもあまり役に立たなかった……。

彼女は手袋が脱がされるのをぼんやり意識した。

「この指輪もてわれ汝を娶《めと》る……」伯爵の声は低く、怒っているように聞こえた。

指輪は指に冷たく感じられた。

わたしは結婚したのだ。

タリーは夫をちらりと見上げた。彼は大きな手のなかにあるタリーの小さな手をじっと見下ろしていた。夫の視線をたどると、タリーは自分の指先に手袋とレースを染めるのに使ったコーヒーの染みがつき、爪が醜く嚙《か》みちぎられているのに気づいた。

マグナスはタリーのヴェールを持ち上げてキスをした。唇を押し当てるだけの短いキスで義務を果たすと、彼はそそくさと身を起こした。タリーは悲しみに胸をふさがれ、震える唇を嚙んだ。偽りの結婚のなんと冷たくむなしいことか！

自分に責任があるとは自覚していた。タリーは愚かにも夢を見て、その夢がかなわなかったせいで失望しているのだ。いつもそうだ。タリーの人生は失望の連続だった。夢を見るのはもうやめなければ……。

でも、こんなに惨めで寂しい思いをしたのは生まれて初めてだ。タリーの頬を涙がぽろぽろこぼれ落ちた。彼女は涙をそっと拭《ぬぐ》い、通路に戻るのに備えてぴんと背筋を伸ばした。まばらな参列者を見て、それから険しい表情をした夫に視線を移した。

貧しい村人たちが教会の隅に固まって式の様子を見守っていた。おそらく、裕福で幸福な花婿から気前よく祝儀が振る舞われるのを期待してきたのだろう。タリーの口から思わずため息がもれた。だれもが彼女の結婚式に失望している。花婿が幸せでないのはだれの目にも明らかだった。祝儀が振る舞われることはないだろう。

マグナスは確かに幸せではなかった。彼は怒り狂っていた。レティシアが今朝になって急に頭が割れるように痛いと言い出し、ソファに横になってしまったのだ。子供たちも風邪気味のようだから教会に連れていくわけにはいかないそうだ。マグナスには、子供たちはいたって健康そうに見えた。晴れ着を着て階下に下りてきた子供たちは、母親に家にいるように命じられると、ひどくがっかりしていた。

レティシアはさらに、頭痛のときはミセス・ウィルモットにそばにいてもらうのがなによりの薬になると言って、彼女の結婚式への参列も阻んだ。それに、ブルックスにもいてもらわなくては困る、女主人が気分がすぐれず横になっているあいだ、だれかが家を切り盛りしなければならない、と。

ブルックスとミセス・ウィルモットも見るからに残念そうだった。ふたりとも晴れ着に着替え、ミセス・ウィルモットは花を飾った大きな帽子をかぶり、胸にはすみれの花を挿していた。マグナスは一瞬、家政婦がレティシアに抗議するのを期待した。だが、年老いたふたりはレティシアの厚意にすがって生きているようなものだった。子供たちと同様、ふたりも女主人の命令に従うよりほかなかった。

しかし、レティシアが夫にもいてもらわないと困ると言い出すと、マグナスもさすがに黙っていられなかった。レティシアが泣きわめき、ジョージが文句を言うのにも耳を貸さず、ジョージを無理やり馬車に押し込んで教会に向かった。

馬車を降りたマグナスは周囲を見まわして、眉をひそめた。馬車の数が驚くほど少ない。確かにレティシアには、式はごく内輪だけですませたいと言ったが……。

マグナスはおそるおそる教会に足を踏み入れた。彼の予感は的中した。会衆席に座っているのは、彼が招待した数人だけだった。その彼らとて、マグナスと特別親しいわけではなかった。

親しい友人がいないのではない。フレディには付添人を務めてほしかったが、村でチフスが発生し、村を離れることができなくなった。マグナスや花嫁に病気を移す危険性もあるので出席は辞退したいという知らせが届いた。

参列者は所属するクラブの知り合いと、オックスフォードの学友でこの辺りに住んでいる男と、マグナスの従者と馬丁とお仕着せを着た少年の馬丁だけだった。合わせて六人、全員男性で、そのうちの三人は召使いだ。

マグナスは悪態をついた。だれもいなくて花嫁に恥をかかせるよりはましだ。招待客の少なさをマグナス本人はまったく気にしなかった。結婚は契約で、騒ぎは最小限にとどめたかった。彼は跡継ぎを産んでくれる妻を手に入れ、妻はその見返りに富と爵位と、生涯にわたる安全を手に入れることになるのだ。

だが、女性は結婚式に大きな夢を抱いているものだ。タレイア・ロビンソンもその例外ではない。マグナスはそう信じていた。

レティシアはいったいなにをしていたのだ？　マグナスは彼女に式の準備をすべて任せた。本来、女性はこういうことを計画するのが好きだ。パーティーを開いてくれるように頼んだときには、嬉々《きき》として応じたではないか。しかも、あのときはほとんど時間がなかった。だが、結婚式には準備の期間が三週間もあった。マグナスは彼女にすべてを任せ、費用も全額負担すると言った。そのほかに高価なエメラルドのネックレスも贈ったのだ。

招待客はいったいどこにいるのだ？

オルガン奏者が最初の和音を弾き始め、マグナスは振り向き、教会の入り口に立つ花嫁のミス・タレイア・ロビンソンを見た。彼女は幸せそうにほほえんでいた。マグナスは彼女のほほえみに釘付《くぎづ》けになった。レースのヴェール越しに見ても、彼女はまばゆいばかりに輝いて見えた。マグナスはついさっきまで怒っていたことも、なにもかもすべて忘れた。

彼女は光り輝き、美しく、この上なく幸せそうに見えた。

これが寒空の下、庭の迷路でたったひとりで泣いていたのと同じ娘だろうか？　ダレンヴィル卿に結婚を申し込まれて、胸も張り裂けんばかりに泣いていた娘と。

目を赤く泣きはらし、絶望に打ちひしがれたような声で彼の申し出を受けると言ったあの娘、婚礼の直前になって条件を突き付けてきた、あの計算高い娘だろうか？

今日の彼女はほほえんでいるではないか……。

音楽が教会に満ち、黒くなったオークの梁に立ち上っていったそのとき、彼女は中央の通路に敷かれた赤い絨毯《じゅうたん》の上を歩き出した。マグナスははっとして、音楽に合わせてしずしずと歩いてくる彼女を見つめた。だが、彼女がなにを着ているかがわかると、マグナスの顔は再びしかめっ面に戻った。

マグナスは女性の服装に特別詳しいわけではなかったが、それでもどこかおかしいと感じた。琥珀色は流行の色ではないが、彼女には似合っていた。生地も流行の柔らかい薄手のものと比べてかなり硬そうだが、それも問題ではない。

マグナスの目は襟ぐりに引き寄せられた。彼は一瞬、目を疑った。襟のラインが曲がっている。それに、袖《そで》もちぐはぐだ。マグナスは彼女が小柄ながらもスタイルがいいのにそのとき初めて気づいた。だが、ドレスはあまりにもひどかった。

マグナスの怒りはさらに増した。レティシアはどうしてタレイア・ロビンソンにこんなドレスを着ることを許したのだ？　女性はつねに美しく見えることを心がけているものだ。人生でいちばん大切な結婚式の日にきれいに見られたいと思わない女性はいないだろう。彼は女性はそういうものだと理解していた。だからこそ、レティシアには花嫁衣装には費用を惜しまないでくれと念を押したのだ。なぜ、ロンドンの最高の仕立て屋に作らせなかったのだ？　これでは村の愚か者が作ったようではないか！

花嫁が近づいてくると、さらにあらが目についた。落としきれなかった手袋の染み、繕った跡のあるレースのヴェール、曲がった襟、不揃《ふぞろ》いな縫い目……挙げたらきりがない。

にもかかわらず、タレイア・ロビンソンはほほえんでいた。まるでこの日が人生最良の日であるかのように。ひどいウエディングドレスなど着ていないかのように。教会ががらがらではないかのように。マグナスが愛する男性であるかのように……。

そのとき、彼女の手がマグナスの鼻にぶつかり、あまりの痛さに目に涙がにじんだ。マグナスはばつの悪さから彼女を怒鳴りつけてしまった。その瞬間、彼女の顔から笑みが消え、喜びは消滅した。

マグナスは自分自身に腹を立てた。

彼は参列者の少なさをタリーに気づかれないようにした。だれが来て、だれが来ていないのか、彼女はまだ気づいていないはずだ。通路を行くあいだ、彼女はマグナスから目を離さなかった。マグナスだけを見つめてほほえんでいた。

だが、そうはうまくいかなかった。彼女は新婦側の席にだれもいないのに気づいた。だれもタレイア・ロビンソンの結婚を祝福しに来なかったのだ。そのとき、彼女は突然マグナスの手を強く握り締めた。それ以外に目立った反応は示さず、すっと背筋を伸ばして祭壇の上のステンドグラスを見つめていたが、体が小刻みに震えていた。繕ったヴェール越しに、彼女が唇を噛んで必死に平静を保とうとしているのがわかった。マグナスは彼女の体に腕をまわした。彼女はそうでもしなければ立っていられないかのように、マグナスの手にしがみついた。

彼女の哀れな傷ついた表情を見て、マグナスは胸を突かれた。彼女のあの顔は一生忘れることができないだろう。

彼女は少なくとも子供たちと家政婦と執事は来てくれると思っていたのだろう。だれもいない会衆席を見て彼女は打ちのめされた。だが、マグナスにはどうすることもできなかった。さらに怒る以外には。

そのあと、マグナスはすでにうわの空だったタリーの手袋を取り、指に指輪をはめた。マグナスは彼女がうつろな声で誓いの言葉を繰り返すのを聞きながら、爪を噛んだ跡のある、汚れた子供っぽい手にはめられた指輪を見つめた。こんな孤児と結婚してわたしはいったいどうするつもりなのだ？

こんなにも無垢《むく》で傷つきやすく、孤独な娘と。


馬車は激しく揺れながら恐ろしい速さで走っていた。ダレンヴィル卿の御者が誇らしげに語ったところによると、この馬車は最新のデザインで、迅速な旅のために作られ、乗り心地のよさは保証つきだそうだ。タリーはつり革にしがみつき、吐き気と闘いながら座席から放《ほう》り出されないように馬車の隅に張りついていた。彼女は旅をした経験がほとんどなかった。女学校からレティシアの家に来たのが彼女が経験した唯一の旅だった。ここはまだイギリスだ。世界一道路が整備されているという……。

母は思っていた以上に強い女性だったに違いない。女性が旅をするのは困難だというダレンヴィル卿の意見は少しも大げさではなかった。タリーはそのとき、雷に打たれたように突然気づいた。彼はわたしにそう思わせるのが狙《ねら》いだったのだ。よほどの理由がないかぎり、暗くなってから旅に出る人はいない。伯爵はレティシアの屋敷にはもう一瞬たりともいたくないと言って、式がすんだばかりの彼女と恥ずかしいほど少ない彼女の荷物を馬車に押し込み、自分は愛馬にまたがって屋敷を出た。まるで悪魔に追われてでもいるかのように！　ふん、ばかばかしい！

わたしを怖がらせ、外国への旅を思いとどまらせようとしてひと芝居打ったに違いない。彼は最初から旅には反対だった。その手にはのるものですか！　わたしは絶対にグランドツアーをしてみせる！　彼はそう約束したのだから。

タリーは気分が悪かったのもすっかり忘れて、座席に座り直した。タリーは式が終わってからずっと、伯爵とレティシアの口論の原因は自分にあるのではないかと落ち込んでいたのだが、今やっと元気がわいてくるのを感じた。

教会から戻ってくると、伯爵はレティシアと話があるから着替えるようにと言って、タリーをメイドと一緒に二階に追い払った。タリーは子供のようにあしらわれたのに腹を立て、こっそり階下に下りてドアに耳を押し当てた。だが、激しく言い争っている声が聞こえるだけで、なにを言っているのかはよくわからなかった。タリーには伯爵がなにに対して怒っているのかさっぱりわからなかった。

怒らなければならないのはわたしのほうだ。ミセス・ウィルモットはレティシアがいかにして彼女が結婚式に出られないようにしたかを涙ながらに説明してくれた。ブルックスも子供たちも結婚式に出ることはかなわなかった。でも、伯爵にはまったく関係のないことだ。彼は内輪だけの式を望んでいた。彼はタリーにはっきりそう言った。実際、彼の招待した人数は驚くほど少なかった。

分厚い木のドアに耳を押し当てると、ふたりがドレスのことで言い合いをしているのが聞こえた。伯爵があんなひどいドレスは村の愚か者が作ったに違いないと言うと、レティシアはわたしにはなんの責任もないと言ってわっと泣き出した。タリーは大いに興味を引かれたが、そのとき伯爵がドアに近づいてくる足音がしたので、急いで階段に駆け戻った。あれはすべて芝居だったのだ。そうに決まっている。わたしをだまして旅行を思いとどまらせようとするのはやめるように夫に言わなければ。タリーは馬車の窓を開けた。耳をつんざくような大きな馬の蹄《ひづめ》の音と、馬車のスプリングがきしむ音が聞こえてきた。タリーはつり革にしっかりつかまると、座席の上に乗って窓の外を見た。

外は真っ暗だった。空は雲に覆われ、雲間から月が見え隠れしていた。髪が風になびき、雨粒が頬に当たった。黒い影が驚くほどの速さで車窓を通り過ぎていく。タリーはあまりの速さに少し怖くなったが、同時に興奮で胸がどきどきするのを感じた。

タリーは手首に革紐《かわひも》をからませて窓からぐっと身を乗り出すと、大きく息を吸い込んだ。夫がどこか前のほうにいるはずだ。彼は窮屈で揺れの激しい馬車を嫌って馬に乗っている。馬車に取り付けられたランタンの明かりで後ろを走っている二頭の馬の輪郭がおぼろげに見えたが、彼の姿はどこにもなかった。伯爵はずっと先を行っているのだろう。

「いったいなにをしているのだ？」突然大きな声で怒鳴られ、タリーは驚いてつり革から手を離しそうになった。

頭をめぐらせると、夫が馬車のすぐ横を走っているのが見えた。タリーはぽかんと口を開け、馬車の揺れも忘れて夫に見とれた。これがわたしの夫だろうか？　これが氷の伯爵だろうか？

彼は馬に乗って生まれてきたかのように見えた。恐ろしく大きな馬を楽々と操っている。タリーは一度も馬に乗ったことがなかったが、馬が登場する神話や伝説は数えきれないほど知っている。

ケンタウルスはこんなふうなのではないか、とそのときふいにタリーは思った。奇妙な生き物を想像していたが、彼は……彼は……すばらしかった。

月明かりに照らされて馬を走らせる彼は、さながら銀の騎士のようだった。頭になにもかぶっていないので、濡《ぬ》れた黒い巻き毛が額に張りついている。どうしてこんなに速く馬を走らせることができるのだろう？　見ているほうがはらはらする。わたしは馬車の揺れにも耐えられないのに。

そのとき、タリーは伯爵が彼女を怖がらせようとしていることを思い出した。彼女は夫に向かってにこやかにほほえみ、空いているほうの手を振った。

夫がさらに近づいてきた。「どうかしたのか？」

ふんっ！　あなたの思いどおりにはなりませんよ、旦那《だんな》さま。「いいえ……なんでも」タリーは風に髪をなびかせて大きな声で言った。「とっても……楽しい――」馬車が傾き、彼女は再び座席から放り出されそうになった。

「なんだって？」マグナスは叫んだ。「大丈夫か？」

タリーは張りついたような笑みを浮かべた。「な、なんともありません」革のクッションの上で上下に揺れながら叫ぶ。「とっても……とっても」窓枠につかまって再び身を乗り出す。「楽しいわ！　胸が……胸がわくわくします！」彼女は闇《やみ》に向かってとっておきの笑みを浮かべた。きっとうまくいくわ。

「あと一時間ほどで止まる」ダレンヴィル卿はさらに馬を近づけてきた。「宿に一泊するぞ」彼はそう言うと、闇のなかに駆けていってしまった。

一泊する！　タリーは息をのんだ。今夜が初夜だということをすっかり忘れていた。今夜どこかの知らない宿で、わたしはダレンヴィル卿と契りを交わし、彼の本当の妻になるのだ。タリーは急に口のなかが乾くのを感じた。

6

宿は古くて小さく、黒い梁《はり》はむき出しで、屋根は傾いていた。ランプの明かりが濡《ぬ》れた舗道に金色の暖かい光を投げかけている。馬車は中庭に止められ、走り疲れた馬の吐く息が白く見えた。

最後の一時間で雨足が激しくなった。ダレンヴィル卿《きょう》がタリーが馬車を降りるのに手を貸すために外で待っていた。タリーは緊張して馬車を降りた。濡れた丸石に足を滑らせてつまずきそうになったが、冷たくたくましい手に支えられて事なきを得た。伯爵は彼女を強く抱き寄せ、雨に濡れないように外套《がいとう》で覆った。

タリーは伯爵の体から発散されるぬくもりや力強さに圧倒された。においも少しも気にならなかった。伯爵は馬と湿ったウールと革とさわやかな汗のにおいがした。馬丁やほかの人たちが見ている前で無作法だとは思ったが、タリーは伯爵の体にもたれた。寒く疲れきっていて、抗議する気にも体を離す気にもなれなかったのだ。伯爵の腕が鋼の帯のようにタリーの体を包み込んでいたので、たとえ離れたくても離れられなかっただろう。こんなに男性に近づいたのは生まれて初めてだった。タリーはおなかのなかで蝶《ちょう》がはばたくような奇妙な感覚に襲われた。

神経過敏になっているんだわ。これは花嫁ならだれでも経験する……。

「主人！」ダレンヴィル卿は叫んで、なかに入るようにタリーをせかした。「妻を部屋に通して、軽食を用意してくれ」伯爵はタリーの世話を宿の大柄な女主人に任せた。彼女はタリーを小さな居心地のいい客間に案内した。暖炉では火が赤々と燃えていた。

タリーは寒さに震えながら暖炉に近づいて室内を見まわした。建物は古いが、部屋は清潔で暖かかった。ドアをノックする音がして、女主人がせわしなく部屋に戻ってきた。彼女はぎこちなくお辞儀をすると、湯気の立った大きなピッチャーと、レモンのスライス、小さな茶色い壺《つぼ》、白いカップがのった盆を置いた。ピッチャーから食欲をそそるワインと香料と柑橘《かんきつ》類のにおいが漂ってきた。

「さあ、奥方さま。温めたワインをお持ちしましたよ。伯爵さまが先に召し上がっているようにとのことです。伯爵さまは馬の様子を見てきなさるそうで」彼女はくすくす笑った。「心配なさる必要はないのに。うちのジェムはまるでクリスマスが来たみたいな騒ぎですよ。伯爵さまの馬ほど立派な馬はいませんからね」女主人は湯気の立ったワインをカップに注《つ》ぎ、にっこりほほえんでタリーに渡した。「ぐっとお飲みになってください、奥方さま。体が温まりますよ」

タリーは奥方さまと呼ばれることに違和感を覚えたが、いずれ慣れるだろうと思った。「とてもおいしいわ」彼女は静かに言って、そばに立っている女主人にほほえみかけた。

女主人は満面に笑みを浮かべた。「そう言っていただけてうれしいです、奥方さま。もっとレモンを入れてもよろしいんですよ。すっぱいようでしたら、蜂蜜《はちみつ》をお入れになってください」

「このままで十分おいしいわ」タリーはそう言って、ワインをごくりと飲み、空っぽの胃がかっと熱くなるのを感じた。「ありがとう」

女主人は得意満面だった。「こんなにお優しい奥方さまをおもてなしできて、わたしもうれしいです。ご身分の高いお客さまは気難しくてらっしゃるから。すぐに夕食を持ってまいりますね。太った雌鳥《めんどり》を焼いたのと、豚の耳のシチューと焼いた豚の肝臓料理がございます。これがもう柔らかくて甘みがあって絶品なんですよ。それから、羊のパイもございます。伯爵さまのお口に合うとよろしいんですけれど」彼女は眉を曇らせてためらった。「な、なにぶん、急なご到着だったものですから、奥方さまのお口に合うようなゼリー菓子や……ごちそうは用意して」

「ご心配なく、ミセス……？」タリーは自分でワインのお代わりを注いで蜂蜜を加えると、ビロードの布で覆われた椅子にもたれた。

「ファローです。夫がここの主人を――」

「ミセス・ファロー、わたしの好みなど心配する必要はありません。おなかが空《す》いているので、出されたものはなんでもいただきます。ダレンヴィル卿もそうです。伯爵がなにか文句を言ったら……」タリーはいたずらっぽい笑みを浮かべて言い足した。「それは伯爵ご自身の責任です」彼女はもうひと口ワインを飲んだ。「到着を前もって知らせておかなかったほうが悪いんです」

女主人は自分も伯爵の悪口を言ったと思われては大変と、そんなことはございませんとしどろもどろに言い、お辞儀をしてあわてて部屋を出ていった。

タリーは再びワインを注いだ。椅子の背にもたれ、温かいビロードの布に頰をすり寄せると、女学校の校長だったミス・フィッシャーの鼻にかかった声が聞こえてくるような気がした。〝レディは決して椅子の背もたれに背中をつけて座ってはなりません〟タリーはワインをもうひと口飲んだ。

靴を脱ぎ捨て、靴下をはいた脚を体の下に入れ――これもミス・フィッシャーが不作法だとして禁じていたことだ――暖炉の火とワインで温まった体を休めた。焼いた肉のおいしそうなにおいが漂ってきた。彼女は椅子の背もたれに頭をもたせかけ、目を閉じた……。

マグナスは雨でぐっしょり濡れた革の手袋を脱ぎながら、すすけた低い入り口をくぐって客間に入っていった。鹿革《しかがわ》の乗馬ズボンと革のブーツには泥がはねていた。

マグナスは、おいしそうなにおいに鼻を動かした。「これはワインか」彼は花嫁となって十時間になる妻が靴を脱ぎ捨て、子猫のように椅子に丸くなって眠っているのを見た。彼は足を止め、妻を見下ろした。髪が肩にかかり、濡れた巻き毛が青白い額やうなじに張りついている。暖炉の火でほんのり赤くなった頬には黒く長いまつげが影を落としている。いや、頬が赤いのは暖炉の火のせいばかりではないようだ。彼は腰をかがめ、タリーの手から落ちそうになっている白いカップを取りながら思った。

マグナスは彼女の肩に手を置いた。「タレイア」反応がないと、もっと大きな声で呼んだ。「タレイア」彼女はぴくりとも動かない。マグナスは夕食が運ばれてくるまで眠らせておくことにした。

マグナスは自分でワインを注いで一気に飲み干し、温かくぴりっとした液体が喉を流れていくと、ぶるっと身を震わせた。さらにもう一杯注ぎ、眠っている妻を見つめたままカップを置いた。彼女は疲れ果てているように見えた。マグナスは静かに上下する彼女の胸を見て、急ぎすぎたことを後悔した。彼女のような育ちのよい娘に長旅はさぞこたえただろう。結婚式のその日だというのに。タレイア・ロビンソン、いや、今はタレイア・セント・クレアは女学校育ちのやわな娘だ。

マグナスは彼女が馬車の窓から身を乗り出して、楽しいとか、わくわくするとかわけのわからないことをわめいたときのことを思い出して、首を振った。まったく彼女ときたら。マグナスの口元がゆるんだ。本当は怖くてたまらなかったくせに。

マグナスはワインをちびちび飲みながら、花嫁の寝顔を観察した。ほんの少し上を向いた鼻にそばかすが散っていた。そばかすはふつう欠点になるが、彼女の場合、妙に人を惹《ひ》きつけるものがあった。こんな小柄な娘と結婚したのが信じられなかった。結婚したという実感がまるでわいてこない。彼女はマグナスの妻であり、新しい伯爵夫人だ。

彼女を教育しなければならないだろうとマグナスは思った。彼女をしかるべき上流夫人に……彼は自分がそれらの上流夫人と親しくなったいきさつを思い出して眉をひそめた。いや、彼女を典型的な上流夫人にはしたくない。浮気な妻などもってのほかだ！　レディ・ダレンヴィルを貞淑な妻にするのだ！　マグナスはそう決意した。

彼はもうひと口ワインを飲んで顔をしかめた。ワインはすっかり冷めていた。彼は暖炉にかがんで、黒くなった火かき棒で石炭をつついた。タレイア……揺らめく炎を見つめながら考えた。変わった名だ。まるで彼女に合っていない。自分の子供にはこんな名前はつけたくない。自分の子供？　そうだ、運がよければ、彼女は今夜にも……。

マグナスは真っ赤に燃えた火かき棒を取り出すと、灰を振り落としてから香料入りのワインの入ったピッチャーに突っ込んだ。じゅっという音がして、いい香りのする蒸気が部屋に立ち上った。マグナスは火かき棒を炉床に戻すと、熱くなったワインをカップに注いで一気にあおった。

宿屋の主人のファローが湯気の立った料理を運んできた。マグナスは妻が眠っていることを目で知らせ、主人が部屋を出ていくと、妻の肩に手を置いた。「タレイア、食事が届いたぞ」彼女は動かなかった。そっと揺すってみたが、いっこうに目を覚まさない。彼はどうしたらいいものか途方に暮れた。腹を空かせているはずだが、彼女はひどく疲れているように見えた。このまま寝かせてやって、食事がすんで部屋に引き上げる時間になったら起こしてやろう。

そのほうがいい。彼は今夜どうしても結婚を完全なものにするつもりだった。早く子供を授かれば、彼女もグランドツアーのことなど忘れるだろう。

マグナスはポートワインのグラスを手のひらでまわし、ルビー色の液体が暖炉の炎を浴びて燃えるように輝くのを見つめながら、珍しく優柔不断になっている自分を叱《しか》りつけた。食事を平らげ、上等な赤ワインを飲み、あとは花婿の義務を果たすだけとなった。だが、タリーはまだ眠っていた。マグナスは顔をしかめ、グラスを置いて妻のほうに歩いていった。もう一度肩を揺すった。彼女はすっかり眠り込み、まぶたはぴくりとも動かなかった。

彼は身をかがめ、タリーの体の下に両手を差し入れて抱え上げた。彼女はなにやらつぶやいてマグナスの胸に頬をすり寄せた。腕と脚はだらりとしたままだ。まったく、死んだように眠っているではないか。

マグナスはぶつぶつ言いながらドアを押し開けた。そんな必要などないのに、彼女を壁にぶつけないように注意して狭い階段を上っていった。彼女は象の大群が押し寄せてきても目を覚まさないだろう。なにぶん小さな宿なので、ひと部屋しか頼んでおかなかった。ベッドの上掛けが折り返されていた。マグナスはほっとため息をついて彼女をベッドに下ろし、偏見を抱いた目で眺めた。特に初夜を楽しみにしていたわけではない。彼は処女を相手にしたことは一度もなく、相手は経験のある女性にかぎられていた。喜びを与える代わりに痛みを引き起こすことを考えると、来るべき夜にいささか不安を感じないではなかった。だが、彼が義務を果たそうとしているのに、花嫁はまったく非協力的だった。

さらに悪いことに、怒って新婚旅行に旅立ってしまったので、彼女に小間使いをつけさせる間がなかった。女主人を呼んで服を脱がせたほうがいいだろう。いや、待てよ。そんなことをしたら、ダレンヴィル卿がどんな初夜を過ごしたか知れ渡ってしまう。服を着たまま寝かせ、朝になって人前に寝乱れた姿をさらすか、彼が服を脱がせるかのふたつにひとつしかない。

マグナスは小声で毒づきながら、彼女の着ているみすぼらしい外套のボタンをはずした。外套を脱がせると、ドアの裏のフックにかけた。手探りでドレスの留め具を捜し、ようやく腕の下にそれを発見すると仕立て屋をひそかに呪《のろ》った。肩からドレスを脱がせ、腰から引き下ろして、同じフックにかけた。

マグナスはいらいらして妻を振り向き、茫然《ぼうぜん》と立ち尽くした。ベッドに横たわっている彼女は柔らかく、ひどく傷つきやすそうに見えた。髪が白いシーツの上に広がり、蜂蜜を流したようにところどころ金色や茶色やシナモン色に輝いていた。黄金の薔薇《ばら》のような輝きを持つ肌がゆらめく蝋燭《ろうそく》の炎に照らし出される。

マグナスは妻の寝姿を見て口のなかが乾くのを感じた。これはわたしの妻だ、そう自分に言い聞かせたが、夜に人の家に忍び込んで、なにも知らずに眠っている女性をのぞき見ているような気がしてならなかった。

ピンク色がかった両腕は枕《まくら》の上に高く投げ出され、ペチコートの下からのぞく長い脚はわずかに開かれていた。シュミーズの胸元からは白い胸のふくらみがのぞいている。

マグナスはペチコートの紐《ひも》に手を伸ばしたとき、手が震えているのに気づいて顔をしかめた。しばらく結び目と格闘したが、しびれを切らしてナイフを取り出して切り取ると、息をのんでゆっくりとペチコートを下ろした。

なんということだ。マグナスはシュミーズの裾《すそ》の下に隠れた彼女の腿をじっと見つめた。心臓の鼓動が激しくなる。シュミーズは簡単な作りで、袖《そで》がなく、前で紐で結ぶようになっていた。胸元や腰のあたりははち切れそうで、彼女の体には小さすぎるように見えた。

彼はぼんやり手を伸ばして、蝶結びになった紐の端を軽く引いた。紐がほどけて、胸元がゆるんだ。

シュミーズまで脱がせることはないだろう。彼女は処女なのだ。紳士たるもの妻にも敬意を払い、交わる際にはナイトドレスの裾を持ち上げるだけにすべきだ。マグナスは初夜とはそういうものだと思っていたし、実際にそうするつもりだった。だが、彼女は眠っている。こんなふうに初夜に着ているものをすべて脱がせるのは紳士にもとる行為だ。彼女の同意も得ずに。同意を得ようにも、眠っていたのではどうすることもできないが。シュミーズのまま眠らせるのが紳士というものだ。安っぽいのぞきでもあるまいし、妻をじろじろ見るのはやめるんだ。

彼女が顔を横に向けて片方の腕を頭の上に投げ出した。シュミーズの胸元が大きく開く。マグナスははっと息をのんだ。なめらかな肌の上で蝋燭の炎が躍っていた。

マグナスはなにも考えずにシュミーズの紐をナイフで切り取り、息を殺して下ろした。豊かな胸のふくらみがこぼれ、薔薇色のつぼみが冷たい夜の空気に触れて固くなるのを食い入るように見つめた。シュミーズをさらに下に下ろし、腰から脚へと脱がせていく。口のなかが乾き、股間《こかん》が欲望で痛いほどこわばるのを感じながら、彼女のほかの部分を眺めた。ウエストはきゅっと引き締まり、腰はなだらかな曲線を描き、腿の付け根には金茶色の茂みがあった。

彼女は美しかった。あのおぞましい服の下に、こんなにも美しい肉体が隠されていようとは。彼女の体は柔らかく、美しく、男の欲望をかき立てずにはおかなかった。これがわたしの妻なのだ。

だが、いまいましいことに妻はぐっすり眠っていて、その美しい体をわがものにすることはできない。マグナスはうめいた。待たなければならないとわかって股間が痛いほど張り詰めた。

マグナスは彼女の上にかがみ、香りを吸い込んで目を閉じた。彼女は今まで嗅《か》いだことのない香りがした。彼の知っている女性のほとんどはきつい香水をつけていた。だが、彼の花嫁は違う。彼女は石鹸《せっけん》と……彼女自身の、純潔な処女の香りがした。彼女はマグナスの法律上の妻であり、神の前で誓いを立てた正式な妻だ。彼はそう自分に言い聞かせた。

大きく息を吸い込み、いらだったように大きな声で呼んだ。「タレイア」彼女は目を覚まさなかった。じっとり汗ばんだ手で肩をつかんで揺さぶった。マグナスは豊かな胸のふくらみが弾んで揺れるのを見てうめいた。彼女はいっこうに目を覚まさず、桃のようなお尻をマグナスに向けて寝返りを打った。マグナスの股間は岩のように固くなった。

タレイア・ロビンソンは地震が起きても目を覚ましそうになかった。マグナスは上掛けをかけてやり、上掛けに暖かそうにくるまる彼女を苦々しい思いで眺めた。タレイア――彼はその名前が好きになれなかった。彼女にはまるで似合わない。彼がおぞましい服の下に発見したセイレーンにはまったく似つかわしくない。セカンドネームで呼んだほうがいいだろう。彼女のセカンドネームは――ルーシー、いやルイーズだっただろうか？　マグナスは眉をひそめた。どちらも彼女には似合わない。

彼は心を鬼にしてベッドに背を向け、床に落ちた下着を拾い集めた。それをドアの裏のフックにかけようとしてふと手を止め、初めて下着を見た。彼は蝋燭の明かりに近づいて、下着を火にかざして見た。彼の胸に激しい怒りがこみ上げた。

靴下には繕った跡が何箇所もあった。シュミーズもペチコートも継ぎはぎだらけだ。清潔で染みひとつないが、目の粗いリネンで作られていて、度重なる洗濯でくたくたになっていた。レースもひだ飾りもついていない。これがダレンヴィル卿の花嫁が結婚式につけていた下着だとは！　レティシアはこれを知っているのだろうか？　マグナスは下着をぎゅっとつかんで壁に投げつけた。

つかつかとドアに歩いていき、ふと立ち止まって後ろを振り返った。部屋の隅に下着が投げ捨てられていた。下着は使い物にならないほどずたずたに引き裂かれている。彼女が目を覚ましてこれを見たらどう思うだろう？　マグナスは小声で毒づき、下着を拾ってポケットに押し込んだ。

彼はドアを乱暴に閉め、足音も荒く階段を下りていった。宿の主人を叩《たた》き起こし、いちばん上等なブランデーを持ってこさせると、客間にこもって不可解な結婚と失敗に終わった初夜について考えた。

「今朝はいくらでも食べられそうな気がします」タリーはそう言って、焼きたての分厚いパンにたっぷりバターを塗った。コーヒーをひと口飲んでうっとり目を閉じ、パンにかぶりつく。

マグナスは恨めしそうな目で彼女を見た。彼は二日酔いに悩まされていた。小さな部屋には暖炉の煙が立ち込め、宿の主人は北西から風が吹くと煙突が役に立たないのなんのと言い訳を言ったが、マグナスは少しも関心を示さなかった。

「まだ朝食を召し上がる気になれませんか、伯爵さま?」タリーは伯爵の手元に置かれたジョッキをちらりと見た。「エールのほかになにも召し上がらないのでは、お体に毒ですよ」

マグナスはふんと鼻を鳴らして、ジョッキを唇に運んだ。

タリーは彼女の左側にあるきれいになった皿を申し訳なさそうな目で見た。「ミセス・ファローはベーコンエッグを喜んで作ってくださると思います。全部食べてしまうつもりはなかったんですけれど、今朝、目を覚ましたら、とてもおなかが空いていたものですから」

マグナスは油っこいベーコンエッグが目に浮かんだだけで吐き気がして、一瞬目を閉じた。

タリーは蜂蜜の入った壺に手を伸ばし、スプーンで器用に蜂蜜をからめ取ってパンにつけた。それを見てマグナスは、枕の上に広がった彼女の髪が蝋燭の明かりを浴びて蜂蜜色に輝いていたのを思い出した。彼は心のなかでうめいた。

「ミセス・ファローが冷肉とゆうべの食事の残りの羊肉のパイがあると言っていました。朝食にお肉を召し上がる紳士は多いと聞きましたけど」タリーはしきりに勧めた。

マグナスは目を丸くして、苦いエールをもうひと口飲んだ。

「ゆうべの食事はとてもおいしかったようですね。なぜ、起こしてくださらなかったんですか？　わたし、おなかがぺこぺこだったんです。わたしを忘れるなんて、少し冷たいんじゃありませんか！」タリーは怒ったように言うと、指についた蜂蜜をなめた。

〝わたしを忘れる！〟マグナスはあっけにとられて彼女を見つめた。口を開いて抗議しようとしたが、タリーの言葉はまだ続いた。

「将来、わたしが夕食の前にうたた寝するようなことがあったら、忘れずに起こしてくださいね」タリーは笑顔で要求をやわらげ、伯爵にはもっとそつなく接しなければと心に留めた。彼は朝は不機嫌になるタイプのようだ。伯爵はゆうべよく眠れなかったのかもしれないと、タリーは思った。「ゆうべはよくおやすみになれなかったのですか？」彼女は同情するようにほほえみかけた。「ベッドが変わると、よく眠れない方もいらっしゃいますから。わたしは違います。初めてレティシアの屋敷にやってきたときも、すぐに新しいべッドに慣れました。あなたのベッドはあまり寝心地がよくなかったのですか?」

マグナスは怒りのあまり言葉を失った。彼女の胸にぐさりと突き刺さるようなことを言ってやろうと頭のなかで言葉を探したが、彼女の唇の端に蜂蜜がついているのを見ると、気が散ってなにも考えられなくなった。

タリーはさらに続けた。「わたしはぐっすり眠れました。寒くて目が覚めたんですけれど」彼女は赤くなって目をそらした。「ミセス・ファローが寝かせてくれたんですね。彼女にお礼を言わないと。でも、どうしてナイトドレスが見つからなかったのかしら。旅行鞄《かばん》のいちばん上に入れてあったのに。それに、下着もなく……いいえ、きっと洗濯するために持っていってくれたんだわ」

マグナスの耳がほんのりピンク色に染まった。彼は暖炉に歩いていくと、燃えている薪《まき》をブーツで蹴飛《けと》ばした。もうもうと煙が上がった。

「伯爵さま」

「伯爵さまはやめてくれ!」彼は大声で怒鳴った。「きみはわたしの妻なのだ。これからはマグナスと呼びたまえ。わたしはタレイアと呼ぶ。いいな?」

タリーは鼻にしわを寄せた。「タレイアとはお呼びにならないでください」

「ほかになんと呼べばいいのだ? レディ・ダレンヴィルか?」

「とんでもないですわ」タリーはそう言って、ナプキンで口元をごしごし拭《ぬぐ》った。「そう呼ばれても、お返事しません」

マグナスは眉をひそめた。「伯爵夫人と呼ばれるのが不満なのか？」マグナスは唖然《あぜん》とした。爵位は妻が最初に使いたがるものだと思っていた。爵位と彼の財産を。

タリーは夫を怒らせてしまったと思って、なだめるようにほほえんだ。「まだ自分が伯爵夫人とは思えないんです」輝くばかりの笑みを浮かべて言う。「すぐに慣れると思います」

「とにかく、タレイアと呼ばなければならない理由はない。ミス・ロビンソンがいいのか？」マグナスは皮肉たっぷりに言った。

「いいえ。ただタレイアという名前はどうしても好きになれないんです」

「その点ではわたしも同じ意見だ。タレイアとはまたおぞましい名をつけたものだ」

タリーはむっとした。確かに自分の名前は好きではないけれど、他人にまで批判される覚えはない。「エウプロシュネやアグライアでなかったのがせめてもの救いです！」彼女は噛《か》みつくように言った。

マグナスは目を見開いた。「どういう意味だ？」

「エウプロシュネもアグライアも美と優雅《グレース》の女神です」

「いいではないか。だが、どうして――」

「タレイアもグレースなんです」

「グレースはよくある名前だ」マグナスは肩をすくめた。「きみをグレースと呼ぶことになんら異論はない」

「わたしはグレースとは呼ばれたくありません！」

「それなら、いったいなんと呼べばいいのだ？ エウプロなんとかか、アグライアか？」

タリーは唇をきゅっと結んだ。「タレイアとエウプロシュネとアグライアは美の三女神と呼ばれているんです。ゼウスの娘で、ほかの神々に仕えていました」彼女はきつい口調で説明した。「母は娘に女神にちなんだ名前をつけるのはロマンチックだと考えたんです」

「ロマンチックだって！ きみの母上は頭がどうかしている」マグナスはずけずけと言った。「娘が三人欲しかったんだろう。きみは最初に生まれたことを感謝すべきだ」

タリーはくすくす笑った。

マグナスは彼女を見て、彼女にはもっと寛大になろうと思った。「タレイアがいやなら、ルーシーはどうだ？」彼はタリーのセカンドネームを覚えていたことに自己満足を覚えた。

タリーは顔をしかめて首を振った。「ルイーズもいやです」彼女はためらった。「学校の友だちやレティシアの子供たちはタリーと呼んでくれました。そう呼んでください。もしよろしければ」

「タリー……タリー」彼は考え深げに言ってうなずいた。「うむ、きみに合っている。これからはわたしをマグナスと呼びたまえ。わたしはきみをタリーと呼ぶことにする」

「わかりました、伯爵、いえ、マグナス」タリーは自分の手が、マグナスの手に包み込まれているのに気づいて顔を上げ、恥ずかしそうにほほえんだ。

マグナスは彼女のきらきら輝く琥珀《こはく》色の瞳を見つめて、彼女の手をさらに強く握り締めた。「さあ、タリー、三十分以内に発《た》つぞ」

「どこへですか、伯爵、いえマグナス？」彼女は息を切らしてたずねた。

マグナスは妻の興奮にほほえみを禁じえなかった。「パリへ、だ！」

7

「このにおいはなんでしょう、伯爵、いえ、マグナス？」タリーは馬車の窓から呼びかけた。

馬車は険しい谷に差しかかった。馬は並足に速度を落とし、マグナスも出立してから数時間ぶりに会話ができる距離にまで近づいてきた。

マグナスは顔をしかめ、においを吸い込んで首を振った。「なにもにおわんが」

「においます」タリーはそう言って鼻をひくひくさせた。「これは……これは……なんと言ったらいいんでしょう。こんなにおいは嗅《か》いだことがありません」もう一度においを嗅ぐ。「ぴりっとしていて……とてもすがすがしいにおいです」

マグナスはにおいを嗅いで再び首を振った。「なにもにおわんが。海はほかのにおいをかき消してしまうのだ」

「海！」タリーは叫んだ。「これは海のにおいなんですか？　わたし、一度も海を見たことがなくて。前から一度、海を見てみたいと思っていたんです」彼女は馬車の座席の上で跳びはねて、窓から思いきり首を伸ばした。

マグナスはなにやら考え込むような顔をしてタリーを見つめた。

タリーは後ろを向いた。「教えてください、伯爵、いえ、マグナス、海はどちらの方角なんですか？」

「まだ見えない」マグナスは答えた。「だが、この丘を越えれば視界に入ってくる」

タリーは近づきつつある丘の稜線《りょうせん》に目を凝らした。もうじき、緑の谷間に青くきらめく海が見えるはずだ。彼女はにおいを吸い込んだ。

次の四十分間、タリーの視線は地平線に注がれていた。ときおり、彼女をじらすかのように青や銀色に輝く水面がちらりとその姿をのぞかせた。馬車が最後の丘の頂上にさしかかると、眼前にイギリス海峡の青い海原が広がっていた。

「わあ、海だわ」

無邪気に喜ぶタリーを見て、マグナスは御者に止まるように合図した。彼は馬を降りて、タリーのために馬車のドアを開けた。

「さあ」彼は手を差し伸べた。「降りて、心ゆくまで眺めるといい」

タリーは目を輝かせて急いで馬車を降りた。勢いあまってつまずきそうになりながら小高い丘を駆け上がり、生まれて初めて見る景色に見とれた。

「これは本当の海ではない。ただの海峡だ」

タリーは驚いたように振り向いてマグナスを見た。「本当ですか？　こんなに広いのに。向こう側がなにも見えないわ」

マグナスは肩をすくめた。「それはそうだが……」

タリーは向き直り、しばらく黙って海を見つめていた。「イギリス海峡……」胸の前で手を組んでうっとりつぶやく。「地図で見るよりもはるかに大きく感じられるわ。この向こうが大陸なのね」彼女は両手を叩《たた》いた。「こうしてはいられないわ！　早く行きましょう！」

タリーは馬車に駆け戻り、手を貸そうと待ち構えていた馬丁の前を素通りしてなかに乗り込んだ。

マグナスはため息をもらし、だれか妻にレディの正しい馬車の乗り降りを教えてくれる人を探さなければと心に留めた。

マグナスにとってドーバーはそれほど魅力的な町ではなかった。酒浸りの元船乗りが営む安酒場と安宿が立ち並び、紳士が安心して逗留《とうりゅう》できるような宿はわずかに二軒、シップ・インとキングズ・ヘッドだけだった。どちらかというとシップ・インのほうがおしゃれで、マグナスは当然そちらに向かった。

だが、あいにく宿は満室だった。主人の説明によると、ここ数日は風がなくて船が出航できず、それこそ町じゅうの宿はフランスに向かう客でどこもいっぱいだということだった。

「もう一度確認してくれ」マグナスは、カウンターに金貨を数枚置いた。主人は申し訳なさそうに首を振った。マグナスはさらに金貨を積み重ねた。

ダレンヴィル卿《きょう》の名は知られていないわけではなかった。シップ・インとしても、爵位のある紳士の宿泊を断るのは心苦しいかぎりだ。主人は少したらい、身を乗り出してマグナスに耳打ちした。「どうしてもとおっしゃるなら相部屋になります。もちろん、料金は差し引かせていただきます。相部屋でもいいとおっしゃる若い紳士が数名おいでになりますし、奥方さまにつきましては、ミセス・エントホイッスルが、喜んでお部屋をご一緒してくださると思いますが」主人は金貨に手を伸ばしかけた。

「相部屋だと？」マグナスは怒って金貨をかき集めた。わたしの妻にどこのだれとも知れない平民と同じ部屋で眠れというのか！　まったくふざけた話だ。彼女はわたしと同じベッドで眠るのだ。これ以上、待たされるのはごめんだ。

主人はお手上げだというように両手を広げて肩をすくめた。「わたくしどもにはこれが精いっぱいです。風が吹かないことには船が出ません。それまでは辛抱しませんと」

「ならば」マグナスは冷ややかに言った。「わたしと妻が宿泊できるようなしかるべき個人の住宅を紹介してはもらえないだろうか？」

主人は首を振った。「あいにくひとつも残っておりません。すでに六日も船が出ず、町は人であふれ返っています」そして、ためらいがちに言い足した。「海岸沿いの宿屋に空きがあるかもしれませんが、ご婦人にはお勧めできません」

「当然だ！」マグナスはぴしゃりと言った。彼は状況を考えた。今さら引き返すことはできないし、花嫁は疲れ、腹を空《す》かせて馬車で待っている。彼はしぶしぶ主人の条件をのむことにした。

マグナスが恐れていたとおり、ミセス・エントホイッスルは平民だった。金持ちの未亡人で、きかれもしないのに最近大きな羊毛工場を買ったと自慢げに話した。彼女はまた、絞め殺してやりたくなるほどおしゃべりだった。マグナスは彼女の相手をして十分もたたないうちに、なぜ彼女が若くして三人もの夫に先立たれたのかわかるような気がした。彼らは墓場に平穏と静けさを求めたのだ。だが、彼女が社会的に高い地位にあることは確かで、若き伯爵夫人と相部屋になることを喜んでいた。マグナスは安心して花嫁に部屋で食事をとらせることができた。

マグナス自身は悶々《もんもん》とした夜を過ごした。妻の裸が頭にちらついてなかなか寝つけなかったのだ。ようやくうとうとしかけたころ、相部屋になった若い貴族が大声で話しながら部屋に入ってきた。マグナスは最初は黙っていたが、やがて我慢できなくなってベッドの上に起き上がった。

「きみたち、ただちにベッドに入りたまえ。静かにな」マグナスは若い貴族が凍りつくような声で言った。「さもないと、きみたちの身になにが起きてもわたしは責任を持てない」

それ以降、部屋には抑えた息づかいしか聞こえなかった。

タリーに結婚を申し込んでからなにもかもうまくいかない。マグナスは苦々しく思った。なぜ結婚などという愚かなことをしてしまったのだろう？　フレディを訪ねさえしなければ……。

若者のひとりがいびきをかき出した。マグナスはあまりのうるささに背を向けた。すると、ひとり、またひとりといびきをかき始め、彼は騒音に耐えかねて頭から枕《まくら》をかぶった。


花嫁と朝食をともにするために混雑した宿の食堂に姿を現したマグナスは、不機嫌そのものだった。二日続けて眠れぬ夜を過ごし、いちばんいびきのうるさい男をベッドから放《ほう》り出すという強行手段に出たが、いびきから解放されることはなかった。

「おはようございます」タリーは笑顔で挨拶《あいさつ》した。「ゆうべはよくおやすみになれました？」

マグナスは恐ろしい目つきで妻を見て、腰を下ろした。彼は腎臓《キドニー・パイ》入りのパイとベーコンとエールを注文した。妻は朝から食欲旺盛《おうせい》で、にしんを食べていた。

「またよく眠れたようだな」マグナスは妻の澄んだ瞳となめらかな肌を見て言った。

タリーは首を振り、部屋をこっそり見まわしてから、身を乗り出してささやいた。「それが全然。信じられないでしょうけれど、ミセス・エントホイッスルはいびきがすごいんです！」

マグナスは思わず吹き出した。

「本当なんですってば」タリーはささやいて目を丸くした。「ものすごく大きないびきなんです」もう一度部屋を見まわし、いたずらっぽく目を輝かせて言う。「彼女は黙っていることができないみたいですね。眠っているあいだも！」

マグナスは不機嫌なのにもかかわらず、彼女にほほえみ返している自分に気づいた。

「わたしと相部屋になった男もそうだった」

「まあ、それならわかっていただけますわね。わたし、あの音が大嫌いです。いっこうに止まる気配がなくて、顔に枕を押しつけてやろうかと思ったくらいです」彼女はにしんをフォークですくって食べながら、妙な顔をしてマグナスを見つめた。「あなたは？　いいえ……なんでもありません」

「わたしがなんだというのだ？」マグナスはきいた。

タリーは赤くなった。「なんと言おうとしていたのか忘れてしまいました。今日は風が吹くと思われますか、伯爵、いえ、マグナス？　つまり、船は出るんでしょうか？　それにしてもいいお天気ですね。今日、船が出ないのなら、ウエスタン・ハイツまで出かけてみませんか？　そこからの眺めはすばらしいと聞いていますし、歩くと気分もよくなりますわ」

マグナスは眉をひそめた。彼女はわたしになにを言おうとしていたのだろう？　赤くなったところから見て、わたしがいびきをかくかどうかきこうとしていたのかもしれない。いびきなどかかないから安心したまえとマグナスは言おうとして、開きかけた口を閉じた。果たしてそうだろうか？

だれにもいびきをかくと言われたことはないが、考えてみれば、彼は関係を持った女性と朝まで過ごすことはなかった。いったん事がすむと、そそくさと自分のベッドに戻るのがつねだった。

いびきをかかないとは言えない。花嫁に眠っているあいだに顔に枕を押しつけられて窒息死させられる可能性もあるわけだ。マグナスは落ち着かなくなって、無言のまま朝食を終えた。

朝食のあと、マグナスはタリーを連れて町を見物に出かけた。彼が驚いたことに、妻は魚くさい浜がいたく気に入ったようだった。ウエスタン・ハイツにも登り、そこからの眺めに感嘆していた。わびしいドーバーの町で見つけられる娯楽といったら、それくらいしかなかった。

だが、妻と過ごす時間が長くなるにつれ、マグナスの欲望は高まっていった。タリーは彼が知っているどんな女性とも違っていた。タリーは小さなことにも喜びを見出《みいだ》し、そんな彼女を見ていると、これから彼女に教えようとしている肉体的な喜びにも同じように敏感に反応するのだろうかと思わずにはいられなかった。マグナスはその機会が早く訪れることを願ってやまなかった。タリーが貝殻を耳に当てたり、柵《さく》をよじ登ったり、歓声をあげて丘を駆け下りるのを見ただけで、大声でうめきたくなった。彼女への反応を抑えようとしたのだが、そうすればそうするほどいらいらして、つい癇癪《かんしゃく》を起こしてしまうのだった。

妻に欲望を抱くのは予想外のことだった。そんなことはありえないし、またそんな男は愚かだと思っていた。父がいい例だ。マグナスの父は母を愛するあまり、完全に母の言いなりだった。マグナスはどんな女性にも支配されるつもりはなかった。妻に対するこの異常なまでの欲情は、しばらく女性から遠ざかっていたからにすぎない。結婚が完了すれば、すぐに冷めるだろう。

マグナスは風が吹くことを祈った。

だが、イギリス海峡は相変わらず波ひとつなく穏やかだった。

夫は不機嫌だったが、タリーはなにも言わなかった。伯爵が気難しいということは最初からわかっていたことだ。それに、伯爵との結婚は想像していたほど悪いものではなかった。いつも不機嫌だけれど、優しい一面もあった。彼女が海が見られるように馬車を止めてくれたのがそうだ。無知だと笑われるのではないかと思ったが、そんなことはなかったし、文句ひとつ言わずに浜にも連れていってくれた。伯爵が浜が嫌いなのは明らかで、貴族的な長い鼻にしわを寄せながら、魚の内臓が捨てられた水たまりや生きた蟹《かに》の入った籠《かご》をよけて歩いていた。

伯爵のようなハンサムな紳士の腕につかまって町を歩くのはすばらしい気分だった。こんなに立派な男性が自分の夫だとはいまだに信じられない。夫の腕に手を置いたときに体が熱くなることや、歩いているときにときどき体がぶつかることも少しもいやではなかった。ほんの一度か二度だけれど、ほほえんでくれたこともある。伯爵が頬にしわを寄せ、灰色の海のような色の瞳を輝かせてほほえむのを見たとき、タリーは思わず息が止まりそうになった。

伯爵のすることなすことすべてが楽しく感じられた。町に出かけたとき、彼はタリーを守るように道路側を歩き、柵をよじ登ったときには、彼女がまるで人の手を借りなければ生きていけないか弱い存在であるかのように手を貸してくれた。まったくそんなことはないのに。でも、そう思われるのも悪い気はしない。彼にたくましいとはもはや思われていないのかもしれないと思うと、いちだんとうれしくなった。

もちろん、それは単に伯爵が礼儀正しいというだけなのかもしれない。伯爵はミセス・エントホイッスルに対しても同じようにするだろう。夫人が黙ってさえいれば。伯爵は礼儀正しくしようと思えば、かぎりなく礼儀正しくなれるのだ。

タリーはため息をついた。ときには伯爵と理解し合えるようになり、彼と結婚したことにわずかでも喜びを見出せるようになるのではないかと感じることもあった。だが、伯爵はなんの前触れもなく突然、氷の伯爵に戻ってしまい、そうなると、タリーがどんなに彼をなごませようとしても無駄だった。

そんなとき、タリーは自分が愛されて結婚したのではないと思い出した。伯爵は跡継ぎを産ませるために、彼女を仕方なく新婚旅行に連れてきたにすぎないのだ。いずれは田舎に引きこもることになるだろうが、今は新婚旅行を思う存分楽しみたかった。

タリーは自分を奮い立たせた。ドーバーは楽しい町よ、伯爵のことを気に病む以外にすることはたくさんあるわ。あの夜、伯爵が図書室で言っていたように、わたしは繁殖用の雌馬にすぎないのだ。伯爵は町を見物するのはもううんざりだろうけれど、わたしはまだ見たいものがたくさんある。

タリーは彼女がミセス・エントホイッスルと一緒だと夫が思い込んでいるのをいいことに、毎朝こっそり宿を抜け出して浜に出かけた。マグナスは夫人のくだらないおしゃべりに耐えられず、すぐになにかと理由をつけては席をはずしてしまうのだった。

タリーは浜の暮らしに大いに興味を引かれた。漁師が節くれ立った手で器用に網を編むのを眺めたり、二本マストの帆船《ブリガンチン》、一本マストの縦帆船《スループ》、スクーナーなど、船の見分け方を教わったりした。

ある朝、タリーは仲良くなった船乗りに誘われて、彼の漕《こ》ぐ小船に乗って港に停泊している船を見に行った。タリーがなによりも興奮したのはカッター船を見たときだった。タリーは船の内装が実に精巧にできていることに感心した。見学を終え小船で岸に向かっていると、伯爵が激高した姿で立っているのが見えた。

船が岸に着くと、マグナスはタリーの腕を乱暴につかんで岸に引き上げた。「いったいなにをしているのだ、マダム?」彼はタリーを引きずるようにして足早に浜を歩いていった。

「大きな船を見せてもらったんです」タリーは息を切らしながら言った。「とっても楽しかった――」

「付き添いも連れずに宿を抜け出すとはいったいなにごとだ?」マグナスはタリーの腕を引っ張って、小声で叱《しか》りつけた。「きみは自分のしていることがわかっているのか? このあたりにはならず者やごろつきがうようよしているんだぞ」

ならず者やごろつきくらいわかるわ。タリーはむっとした。わたしがいい人と悪い人の区別もつかないような愚かな娘だと思っているの? 伯爵が船にまるで関心がないようだったから、ひとりで行くしかなかったのだ。わたしは結婚したのよ。未婚の娘よりも行きたいところに行く自由があるはずだわ。彼は伯爵夫人らしく振る舞えと言いたいのだろうが、数日前までしがない家庭教師でしかなかったわたしに急に伯爵夫人らしくしろというほうが無理な話なのだ。それでなくても、事あるごとにわたしが伯爵夫人らしくないことを思い知らせるくせに！

「いいえ、そんなことはありません！」タリーは言い返した。「ここの人たちはみんな親切です」タリーはほほえみ、夫が怒るのを承知の上で居酒屋の店先に座ってパイプを吹かしている老婆に手を振った。「おはよう、ネル！」

老婆は口から離したパイプを上げて挨拶した。わずかに残る黒くなった歯を見せてにっこり笑う。「おはよう、ミズ・タリー」

マグナスは毒づき、タリーが小走りでなければついていけない勢いで歩いていった。足音も荒く宿の階段を上り、タリーの部屋のドアを乱暴に開けた。

「あら、おふたりそろって……」ミセス・エントホイッスルが言った。マグナスはお辞儀をしてドアをばたんと閉めると、タリーを引きずるようにして廊下を歩いて再び階段を上り、さらに階上の自分の部屋に連れていった。ドアを開けてタリーをなかに入れようとしたが、急に立ち止まってまた毒づいた。タリーは夫の体越しになかをのぞいた。六人近くの貴族の若者がごろりと横になって、たばこを吹かしたり、酒を飲んだり、カードをしたりしていた。

「どうぞ、ダレンヴィル卿」飲んで赤い顔をした若者のひとりが言った。「そのかわいい娘をみんなに紹介してくださいよ」

マグナスは怒りに身をこわばらせた。「これはわたしの妻だ！」それは穏やかだがぞっとするような声で、若い紳士を黙らせるには十分だった。彼はタリーを部屋の外に押し出し、ドアを閉めた。彼女を引っ張って階段を下り、冷ややかな声で主人を呼んだ。

「すぐに部屋に案内してくれ。だれにも邪魔されずに妻と話ができるような部屋を」

「誠に申し訳ございませんが」主人は言った。「空いている部屋はひとつもございません。今夜はロビーで寝ていただくお客さまもおりますくらいで」

それを聞いてマグナスは逆上した。「それならば、わたしの馬車を呼べ！」彼は怒鳴った。

「どこでもいいから走れ」マグナスはまわされてきた馬車に乗り込むなり御者に指示し、そのあとタリーにくどくどと説教を始めた。

タリーは目を伏せ、膝の上に手をのせておとなしく夫の話を聞いていた。

「あ、あんな刺青《いれずみ》をして耳に金の輪をつけたようなごろつきと一緒に知らない船に乗るとはいったいなにごとだ！　どんな目に遭わされていたかわからないんだぞ。さらわれたり、最悪の場合、あの男に喉をかき切られていたかもしれないのだ！」

タリーはぱっと顔を上げた。「そんなことはありません。ジャックはああ見えてもきちんとした人なんですよ。イヤリングはジャマイカにいる奥さんにもらった――」

彼は目をむいて歯ぎしりした。「あのボートでどこかに連れ去られていたかもしれないのだぞ」

「船です。ボートはもっと小さい――」

「わたしの話を聞いているのか?」マグナスは革のクッションをこぶしで叩いた。「あの男に薬をのまされて、外国に白人奴隷として売り飛ばされていたかもしれない!」

タリーはまじまじと夫を見つめた。彼女も白人奴隷の話は聞いたことがあった。夜になると、女学校の寮でそういう話がささやかれた。でも、わたしの身に危険はなかった。浜にいるだれもがわたしがどこに行ったか知っていたんですもの。「でも、どうやって?」

「そんなことは簡単――」

「風が吹いていないから船はどこにも行けません」彼女は結論づけた。「だから、わたしたちはまだフランスに行けないんでしょう? お忘れになったんですか?」

マグナスは答えに詰まってタリーをにらんだ。

馬車はがたがた音をたてて走っていた。タリーは窓の外に目をやった。すでに町を遠く離れ、緑の生け垣や木が飛ぶように車窓を過ぎていく。タリーは馬車の速度にすっかり慣れてしまった自分に驚き、旅慣れた旅行者になったような気がした。

タリーは夫である伯爵に目を戻した。伯爵はしかめっ面をして窓の外を見ていた。タリーはため息をついた。こんなにハンサムなのだからもう少し愛想よくすればいいのに。それなのに、伯爵はちょっとしたことで癇癪を起こす。でも、ミス・フィッシャーの女学校で育ったので、がみがみ叱られるのには慣れていた。タリーは再びため息をついた。

マグナスはタリーを見た。タリーは首をかしげ、問いかけるようにほほえんだ。

あのほほえみがそもそもの原因だ、マグナスはあとになってそう思った。タリーが自分の行動がいかに無謀で危険だったか、まるでわかっていないのは明らかだった。反省している様子はまったく見られない。マグナスはこらえきれなくなって、再び怒りを爆発させた。

「あのいかがわしい男に船で襲われたらどうなっていたと思うんだ？」彼は噛《か》みつくように言った。「え？　なにもできなかっただろう。男のなすがままだ！　それを考えたことはあるのか？　きみはなにもわかっていない。世間知らずもいいところだ」

「彼はそんなことをする人ではないわ」タリーは怒って言い返した。「万が一、そんな目に遭っても」きっと夫をにらむ。「自分の身は自分で守れます」

「どうやって？」

「それは――」タリーが言いかけると、マグナスはいきなり彼女に飛びかかって両腕をつかんだ。あっという間にその腕を背中にまわして彼女を馬車の座席に押し倒すと、上にのしかかって固く引き締まった体を押しつけた。タリーは驚きに目を見開いて、脚をばたばたさせた。

「こんなことをされたらどうするんだ?」マグナスはうなるように言った。「きみはどうすることもできない」マグナスはタリーの顔を食い入るように見つめながら、体を押しつけた。

タリーはおなかになにか硬いものが当たるのを感じ、身をよじって逃れようとした。夫の顔は恐ろしいほど真剣で、灰色の冷たい目でじっと彼女を見つめていた。タリーは肌に伯爵の温かい息がかかるのを感じた。伯爵はタリーの抵抗を無視して、片手で彼女の両手首をつかんだ。

「あの男にこんなことをされたらどうする?」彼は空いているほうの手でゆっくりタリーの胸を撫《な》でた。

タリーは驚いて息をのんだ。彼はいったいなにをしているの? わたしの体にこんなふうに触れるなんて。男性は女性の体にいかがわしいことをするとミス・フィッシャーから聞いてはいたけれど、そのいかがわしいことがどういうことなのか、タリーはなにもわかっていなかった。こういう状況に置かれたときに、レディはどうすべきなのか心得ているつもりだった。でも、タリーはそうしたいのかどうかわからなかった。マグナスに触れられているととても気持ちがよくて、やめてほしくなかった。今はまだ。

温かい大きな手に胸をまさぐられ、タリーの体は喜びに打ち震えた。池にさざ波が立つように、胸から始まった快感が徐々に下へ下へと広がっていく。タリーは伯爵の愛撫《あいぶ》にわれを忘れ、怖いほど真剣な顔をしている夫を見上げた。

「こんなことをされたらどうするのだ？」彼はくぐもった声でつぶやくと、タリーの唇を唇でふさいだ。

タリーは目を閉じた。強く押し当てられた唇が、ゆっくりと彼女の唇を探索し始めた。伯爵の唇の柔らかく温かい感触に彼女はうっとりした。伯爵は唇を押し当てているだけではなかった。彼女の唇をそっと噛んだり、吸ったり……舌でなぞったりしている。タリーは喜びに身を震わせて、彼に体を押しつけた。

上に覆いかぶさっている彼の体は恐ろしく重いはずなのに、その重みでさえ不思議と心地よく感じられる。伯爵は彼女の唇のあいだに舌を滑り込ませた！

こ、こんなこと……で、でも、なんだかぞくぞくする。タリーは体がとろけそうになり、同時に張り詰めたものが沸き起こるのを感じた。

伯爵はタリーの唇に再び舌を忍び込ませ、舌と舌をからませた。喜びが全身を駆け抜け、タリーは恍惚《こうこつ》に身を震わせた。伯爵は腿で彼女を押さえつけ、舌の動きに合わせてゆっくりとじらすように体を押しつけてきた。けだるさと興奮と不安が入り交じる。

ふと気づくと、彼の手は胸を離れていた。その手は靴下の上からタリーの脚を撫で、膝を過ぎ……素肌に触れた！　夫の手はさらに上へと動き、タリーは身をよじって逃れようとしながらも、無性にその手に体を押しつけたくなった。伯爵はうめいて、唇と舌で彼女のまぶたをなぞり、首筋に鼻をすり寄せ、腿に温かく力強い指を這《は》わせた。タリーは震えながら両脚を開いた。夫の手がさらに上へと動いて円を描いた。

突然、馬車ががくんと揺れ、タリーは自分がなにをしているかに気づいた。夫の手がどこにあるかも！　タリーはショックに身をこわばらせた。これがいかがわしい行為なんだわ！　タリーはミス・フィッシャーの教えを思い出した。

「ああ」タリーは大きな声でうめき、座席のクッションの上にぐったり横になった。

「タリー？　どうしたのだ？」マグナスは唇を離し、ぐったりした花嫁を見てまばたきをした。なんということだ！　つい自制心を失ってしまった。必死に抑えつけてきた欲望が唇と唇が触れ合った瞬間に激しく燃え上がり、抑制がきかなくなった。わたしは田舎道の真ん中で、馬車のなかで汚れを知らない花嫁の処女を奪おうとしたのだ！　そして、気を失うほど花嫁を怖がらせてしまった！

「タリー、大丈夫か？」マグナスはタリーの手を取って狂ったようにさすった。頬を叩き、あごをつかんだが、彼女の意識はいっこうに戻らず、両手で抱えた頭はだらりとしたままだった。

マグナスは体を起こして両手で髪をかき上げた。女性が気絶したときはどうすればいいのだ？　そうだ、気付け薬だ。彼は馬車を隅から隅まで探したが、気付け薬はどこにもなかった。

ほかには？　鳥の羽根を燃やしたものだ。燃やした羽根を鼻の下に当てられて意識を取り戻した女性を見たことがある。だが、ここに羽根はない。ほかには？　マグナスは必死に考えた。冷たい水？　そうだ、近くに小川か池があるはずだ。なんなら水たまりでもいい。彼は御者に止まれと叫び、馬車の速度が落ちると、勢いよくドアを開けた。

笑い声が聞こえたような気がして、マグナスはふと足を止めた。空耳に違いないと彼は思った。しかし、また聞こえてきた。まさかと思いつつ、振り向いてタリーを見た。彼女は肩を震わせて笑っていた。

「この魔女め！」マグナスは怒鳴った。「よくもだましたな！」

タリーは起き上がると、手提げ袋からハンカチーフを取り出して涙を拭《ぬぐ》った。

マグナスは怒りにわなわな震えてタリーを見つめた。よくもこのわたしを笑い物にしたな！　マグナスは長々と説教をしようとして口を開いた。

「これでわたしの身に危険がなかったことがおわかりになったでしょう」彼女の声はわずかに震えていたが、そのほかに変わったところは見られなかった。

危険はなかった？　マグナスは目を細めた。「どんな危険だ？」このおてんば娘は自分が今、絞め殺される危険があることにまるで気づいていない。夫となったばかりの男の手で！

「もし船乗りに襲われたらの話です」タリーは精いっぱい明るく答えたが、体は夫の情熱の余波でいまだに震えていた。あのときはとっさに気絶した振りをしたが、目を閉じてじっと横になりながら夫の愛撫を思い出していた。彼が体を離して起き上がったときには泣き出したくなった。でも、どうしたらいいのだろうと考えているうちに、どこからともなく笑いがこみ上げてきたのだ。彼女は続けた。「もし、彼にさっきあなたがわたしになさったようなことをされたら、今のように気絶した振りをします。彼がどうしたのだろうとおろおろしているあいだに逃げるんです」

タリーはマグナスに向かって勝ち誇ったようにほほえみ、手が震えているのを気づかれないよう祈りながらスカートのしわを伸ばした。キスがあんなにすてきなものだとは思わなかったけれど、それを彼に知られてはならない。

「さあ、町に戻りましょうか？」タリーは落ち着いてそう言えた自分を誇らしく思った。マグナスがまだ怒った顔をしているのを見て、タリーはなだめるように言った。「わたしの身の安全を心配なさる必要はありませんわ、伯爵さま。今ごらんになったでしょう。男性にいかがわしい行為をされそうになったときにはどうしたらいいか、きちんと学校で教わりました。ミス・フィッシャーに、これはとても大切なことだからよく覚えておくようにと言われたんです」タリーはこっそり打ち明けるように言った。「実際にそうしなければならない状況に追い込まれたのは初めてですけれど、初めてにしてはみごとな演技だったと思われませんか？」

みごとな演技？　マグナスはほんの数日前に妻になったばかりの娘を恐ろしい目でにらんだ。いかがわしい行為？　ふんっ！　そのいかがわしい行為がたまらなく好きになるように教育してやる。たとえその途中で命を落とすことになっても！

8

ハンサムな海賊が彼女の顔をのぞき込んだ。黒い巻き毛がひと房はらりと額にかかる。彼は灰色の海のような色の瞳を情熱に曇らせて、彼女の唇に唇を近づけた……。

「うう」タリーはうめいた。

彼の腕に抱き寄せられると、ここ以外にいたい場所はないように思えた。彼はほほえんだ。頬から口元にかけて刻まれたしわが深くなり、彼はもう一度彼女にキスをした。

「恐れる必要はない、愛する人よ」海賊はささやいた。「だれもわたしたちを捕まえることはできない。わたしからきみを奪うことはできない。風は強く……」

タリーは再びうめいた。こんなことってある？　わたしは海が大好きなのに。

「船は速く……」

「うう！」船も大好きだったのに。

「いるかのようにすいすいと波に乗り……上へ下へと……」

「もう、だめ。もう、やめて」タリーはべそをかいた。わたしは裏切られた。船と海に！

「さあ、これを」ダレンヴィル卿《きょう》は灰色の海のような色をした瞳を心配そうに曇らせて、タリーの顔をのぞき込んだ。タリーは差し出された洗面器をありがたく受け取り、船の揺れに合わせて左右に大きく揺れるランタンを見ないように再び目を閉じた。

タリーはしばらく洗面器を抱えていたが、やがて手から洗面器が取り去られるのを感じた。濡《ぬ》れた冷たい布で口元を拭《ぬぐ》われ、両手を毛布の下にたくし込まれる。温かくたくましい手に抱き寄せられ、ほっとため息をもらす。ところが、次の瞬間抱き上げられるのを感じ、タリーは驚いて目を開けた。

「大丈夫だ。甲板に行くだけだ」タリーが怖がって首にしがみついてくると、マグナスはささやいた。

「いや、やめて」

「大丈夫だ。風に当たれば気分もよくなる」マグナスはそう言うと、タリーを狭く暗い船室から連れ出した。

タリーは揺れの激しい甲板に出たら死んでしまうと思ったが、抵抗する気にもなれないほど惨めで疲れ果てていた。どうせもうじき死ぬのだ。航海がこういうものだとどうしてだれも教えてくれなかったのだろう？　船が大きく傾き、ぎいっと不気味な音をたててきしんだ。タリーは夫にしがみつき、そのぬくもりと強さに安らぎを見出《みいだ》そうとした。そして、勇気をもらおうとした。嵐《あらし》でもうじき船が沈むかもしれないというのに、夫は平然としている。

甲板に出ると、風は身を切るように冷たかった。マグナスはタリーを抱きかかえて手すりに向かい、座る場所を見つけた。タリーのじっとり湿った肌に波しぶきがかかり、マグナスはハンカチーフで彼女の顔を拭った。強い風が彼女の髪やスカートの裾《すそ》をはためかせる。マグナスは彼女の髪を撫《な》でつけて、毛布できっちりくるんだ。

「気分がよくなっただろう?」しばらくしてから、マグナスはたずねた。

タリーはぶるっと身を震わせて夫の胸にもたれた。風に当たって頭はすっきりしたけれど、胃はまだむかむかする。もう二度とにしんは食べないわ。

「航海には申し分のない天気だ」マグナスは言った。

タリーは信じられないという目で夫を見た。申し分のない天気ですって? 嵐だっていうのに。タリーは大きな波が船の横腹に当たって白く砕けるのを見てぞっとした。

「船長の話によると、この風のおかげで五時間もかからずにフランスに着くそうだ」マグナスはタリーをちらりと見て、かすかにほほえんだ。「あと二時間足らずだ」

「二時間」タリーはうめいた。

冷酷にもマグナスは笑った。

「これを飲めば胃が落ち着くだろう」マグナスは銀製の平たい携帯用の酒瓶を取り出すと、

ふたをはずしてタリーの唇に持っていった。

「いらないわ」タリーはつぶやいて顔をそむけた。もうなにも口に入れたくなかった。どうせすぐに戻してしまうのだから。

「大丈夫だ」マグナスはタリーのあごをつかんで、彼女の喉に酒瓶の中身を半分近く流し込んだ。

焼けるように熱い液体が喉元を通り過ぎて空っぽの胃に入ると、タリーは身を震わせて激しく咳《せ》き込んだ。「な、なんなの？」

「ブランデーだ」

タリーはマグナスの胸にもたれて目を閉じ、静かに死を待った。だが、しばらくすると、体が暖まって吐き気がおさまった。タリーはマグナスの首筋に顔を埋《うず》め、彼のつけているコロンの香りにほっとするのを感じた。頬にひげが当たってちくちくする。彼女は頬をすり寄せてその感触を楽しんだ。

彼はとても親切にしてくれた。タリーはうとうとしながら思った。ダレンヴィル卿がこれほど優しく思いやりにあふれた人だとはだれが想像しただろう。伯爵は気難しい人だから、船酔いになった彼女を見ていやな顔をするものとばかり思っていた。

ところが、彼は優しく介抱してくれた。タリーは思わず泣き出しそうになった。今まで彼女のことを気にかけてくれる人はただのひとりもいなかった。それが今、世間では氷の伯爵と呼ばれている人が彼女を優しく気づかってくれる。タリーの胸は張り裂けそうだった。氷の伯爵だなんてひどいわ。彼は冷たい人などではない。彼は……。

「とてもお優しいんですね」タリーはマグナスの肌に唇を当てたままつぶやいた。熱い涙がまぶたにこみ上げてくる。

優しい？ マグナスは耳を疑った。彼女はこのわたしを優しいと言ったのだろうか？ 彼はだれかに優しいなどと言われたことはただの一度もなかった。これを聞いたら、彼を知っているだれもが笑うだろう。マグナスはタリーを強く抱き締め、彼女の心地よい重みと、柔らかい頬の感触を楽しんだ。飛び出した巻き毛があごをくすぐり、彼はタリーの髪のにおいを嗅《か》いだ。彼女は石鹸《せっけん》と海と、船酔いによるかすかにすっぱいにおいがした。かわいそうに。船酔いはさぞかしこたえただろう。船が出航したとき、彼女は興奮に目を輝かせていた。ところが、三十分もたたないうちに真っ青な顔をして洗面器を抱え込んでいた。

彼女はわたしを優しいと言った……。彼女を介抱したのは優しさからではない。そうするしかなかったのだ。ほかにだれもいないし……彼女はわたしの妻なのだ。妻の面倒をみるのは夫の義務だ。

マグナスはタリーが腕のなかで静かに寝息をたてて眠っているのに気づいた。これがわたしの妻だ。

マグナスは波を見つめた。顔に吹きつける塩辛い波しぶきが心地よく感じられる。彼は妻を寒さから守るために、毛布を引っ張り上げてくるんだ。結婚は彼が想像していたものとはまるで違っていた。彼は子供のことしか考えていなかった。妻は健康で、手がかからなければそれでいいと思っていたのだ。彼は心のなかで笑った。タリーなら世話を焼かずにすむと考えた自分はなんと愚かだったのだろう。

レティシアの選んだ候補者のひとりと結婚していたら、新婚旅行はブライトンかバースか、あるいは田舎の領地あたりで簡単にすませていたかもしれない。そして、ロンドンで社交シーズンが始まるころにその妻が妊娠し、田舎の領地で出産を待つことになっただろう。病気になったとしても、母親が見舞いに来てくれるし、世話をしてくれる者は大勢いる。子供が生まれたあとはロンドンに戻り、社交界の慣習に従ってそれぞれの暮らしを楽しんでいただろう。

だが、マグナスは自分の義務を心得た洗練された女性を選ぶ代わりに、この無邪気な娘を選んでしまった。その結果、彼の人生は大混乱に陥った。マグナスは彼女がどれだけ孤独なのかまるで気づいていなかった。彼女には小間使いすらいないのだ。レティシアの小間使いのひとりがついてくるだろうと思い、なんの手配もしていなかったが、レティシアはそれを拒んだ。

レティシアの意地悪とマグナス自身の見通しの甘さから、彼は小間使いと従僕と看護人と保護者の何役をもこなすはめになった。まだ夫としての務めも果たしていないというのに。相部屋に寝かされ、魚くさい浜を歩かされたうえに、妻は刺青《いれずみ》をした荒くれ者の船乗りと仲よくなるわ、いまだに初夜はすんでいないわで、彼は大いに不機嫌だった。

それにもかかわらず、彼女はわたしを優しいと言った……。

自分が優しくなどないことは、マグナス自身がいちばんよくわかっていた。彼は父親から、先祖代々受け継いだ領地や家名を守り、自分に依存している者たちを守る義務があることを厳しく教え込まれたのだ。タリーはほかのだれよりも彼の庇護《ひご》を必要としているように見えた。優しいだって？　彼女は貴族の精神《ノブレス・オブリージュ》を理解していないだけだ。


船がカレーに着いたころには、タリーの船酔いは完全におさまっていた。「フランスに着いたのね！」

フランスの入国管理官がマグナスとタリーのパスポートを改め、疑わしそうな目つきで荷物を検査した。幸い、すぐに入国を許された。マグナスがイギリスから連れてきた御者で、この航海では世話係も兼ねているジョン・ブラックが、荷物を監督するためにふたりの先に立って進んだ。

乾いた地面を踏み締めるごとにタリーは元気を取り戻していった。初めて訪れた外国は見るもの聞くものすべてが珍しく、においですら新鮮に感じられた。この国がほんの少し前に血に飢えた革命と戦争を体験し、貴族の大半が殺害されたとはとても思えなかった。タリーは自分が結婚して貴族となったことを思い出して、少し怖くなった。彼女は夫に寄り添うようにして歩き、夫の存在を心強く感じた。

男性の多くは黒いひげをたくわえ、耳には金のイヤリングをして、三色旗の色である、赤や青や白の花形帽章《コケード》をピンで留めた三角帽をかぶっていた。途中、行進している兵士とすれ違ったが、太い口ひげを生やし、いかにも軍人らしく颯爽《さっそう》としていた。売り子《グリゼット》はおしゃれで、きらきら光る十字架やネックレスやイヤリングを身に着け、糊《のり》のきいた白い帽子をちょこんと頭にのせていた。

タリーは周囲で飛び交うフランス語を聞いて眉を寄せた。ミス・フィッシャーの学校で教わったフランス語とはだいぶ違っていて、単語がわずかに理解できるだけだった。

タリーは人々が陽気で親しみやすいのに驚かされた。アミアンの平和条約が結ばれてからほぼ一年たち、だいぶ落ち着いてきたようだ。あまり歓迎されないのではないかと思ったが、リオン・ダルジャンの主人は恭しくお辞儀をしてにこやかにほほえみ、伯爵夫妻を心から歓迎してくれた。

「あまりおなかが空《す》いていないんです」食堂に入ると、タリーは言った。胃はだいぶ落ち着いたが、それでもまだおかしな感じがする。

マグナスは眉をひそめた。「温かいものを食べたほうが気分がよくなる」彼は痩《や》せた、いかにも陰気そうなギャルソンを呼んで、コーヒーと卵とステーキと、エールをふたつ注文した。ギャルソンはフランス人らしく肩をすくめて、ここはイギリスではない、まともなフランス人はエールを飲んだりしないと指摘した。マグナスはそれに対抗して、なにも言わずにイギリス人らしく肩をすくめた。

タリーはギャルソンが出ていくまで待った。「わたしはなにも食べたくありません。おなかが空いていないんです」

「なにを言っているのだ」マグナスは言った。「黙って食べなさい」

ギャルソンがすぐに戻ってきて、タリーの前にポーチドエッグを置いた。マグナスは大きなステーキをレアで注文した。タリーは彼をにらんで、ポーチドエッグを脇《わき》に押しやった。どうして夫が優しい人だなどと思ったりしたのだろう？　少しでも思いやりのある人なら、さっきまで船酔いに苦しんでいた妻に半熟の卵を食べろと言ったり、油っこいステーキをがつがつ食べているところを見せたりはしない。タリーは胸の悪くなる光景から目をそむけて、窓の外を見た。ぼろをまとったふたりの男が、オルガンとタンバリンで共和国の歌を演奏していた。

マグナスはギャルソンに合図した。ほどなくして、いい香りのするいれたてのコーヒーとロールパンが運ばれてきた。タリーはマグナスがロールパンをちぎるのを見つめた。こんがりきつね色に焼けた皮からうっすらと湯気が立ち上り、たまらなくおいしそうなにおいがした。マグナスはちぎったパンにバターを塗ると、いきなりタリーの口のなかに放《ほう》り込んだ。タリーは仕方なくパンを噛《か》んでのみ込んだ。とてもおいしかった。

夫が彼女が食事をしないのを許すつもりがないのは明らかだった。タリーはしぶしぶパンを手に取ってバターを塗り、おそるおそる口に入れた。次に、コーヒーをひと口飲んでみた。コーヒーの味がまた格別だった。コーヒーを飲み干して、ふと顔を上げると、夫が物問いたげな顔をしてこちらを見ていた。目と目が合うと、口元のしわが深くなり、灰色の瞳は今にも輝き出しそうに見えた。

タリーは気まずそうにほほえんだ。「とてもおいしいわ。気分がよくなりました」

マグナスはうなずいた。「船酔いのあとは食べるのがいちばんだ。卵を食べてみたらどうだね？」

タリーは卵の黄身を見て、ぶるっと身震いした。「いいえ、ロールパンとこのおいしいコーヒーだけで十分です。イギリスのコーヒーとは違うんですね。あとで、お風呂に入って着替えたいんですけれど」

「急いでくれ。今夜はここには泊まらない」マグナスは言った。タリーは驚いて顔を上げた。「船では快適に過ごせたが、この町もじきにドーバーのように混雑してくる。相部屋はもうたくさんだ。できるだけ早くパリに向けて発《た》つ」彼は言った。「今夜はブローニュで一泊する。ここから数時間行ったところだ。今夜こそ、ちゃんとした宿でゆっくりやすめるだろう」

タリーはうなずいてナプキンで口元を拭った。「わかりました。入浴は夜、宿に着いてからにします」

マグナスは妙に熱っぽい目でタリーを見つめ、再び料理に目を戻した。「ジョン・ブラックが四輪馬車と馬を調達してきたら、すぐに出発する」


借りた馬車にはかすかにたまねぎのにおいが残っていたが、タリーはカレーからブローニュに至る道中を楽しんだ。「農場や畑はどこも同じだと思っていましたけれど、そうではないんですね」彼女はマグナスに言った。「人まで違って見えます」

マグナスはろくに聞いてもいないのに調子を合わせてうなずいた。貸し馬は見るからに劣っていたので、馬には乗らずに馬車に座って、車窓の風景に夢中になっている妻を観察した。どんな小さなことにも喜びを見出せる妻の能力に彼は改めて感心させられた。レティシアの選んだ令嬢と結婚していたら、彼が妻を楽しませなければならなかっただろう。そういう令嬢たちと違い、タリーには退屈させられるということがなかった。

ブローニュに着いたころには、英仏海峡は午後も遅い日差しを浴びてきらきら輝いていた。リオン・ダルジャンの主人が勧めてくれた宿を見つけ、マグナスはひと続きの部屋を取り、早めに夕食にするように申しつけると、散歩に出かけた。そのあいだ、タリーはひと足先に部屋に入った。

タリーはふかふかのベッドにごろりと横になって、羽毛の掛け布団にもぐり込んだ。使い慣れたウールの毛布に比べて軽くて心もとない気がしたが、十分に温かかった。

フランスに着いて最初の日。なにもかもが刺激的で楽しかった。マグナスは夕食の前にタリーを街に散歩に連れていってくれた。フランス料理はすばらしいとは聞いていたが、その味は噂《うわさ》にたがわぬものだった。フランス人の料理人の手にかかると、どこにでもあるような野菜でさえも、意外な組み合わせと絶妙なソースによって豪華な料理に変身した。料理の種類の多さには目を見張るばかりだった。タリーはうっとりとため息をもらして、ベッドサイドに置かれた蝋燭《ろうそく》の火を吹き消そうとした。すると、ドアをノックする音がした。彼女はベッドの上に起き上がり、上掛けで胸を押さえた。

「ど、どなた?」ためらいがちにたずねる。

「わたしだ」夫の声だった。

「ど、どうぞ」

マグナスは部屋に入ってくると、ドアを閉めて鍵《かぎ》をかけた。タリーは上掛けをぎゅっとつかんだ。

「なにかご用ですか、伯爵、いえ、マグナス?」

マグナスは一瞬謎《なぞ》めいた表情を浮かべてタリーを見下ろした。「ここはわたしの部屋でもあるのだ」

タリーは目をぱちくりさせた。「でも、ベッドはひとつしかありませんわ」

マグナスはゆっくりとほほえんだ。「わかっている」

「でも……」

「わたしたちは結婚したんだぞ、タリー。夫婦は同じベッドで眠るものだ」

タリーはぽかんと口を開けた。嘘《うそ》だわ。レティシアは自分のベッドで寝ていたし、客が夫婦揃《そろ》って訪れた際にはそれぞれ別の部屋を用意した。客が大勢来たときだけ、仕方なく同じ部屋を使ってもらったけれど。きっとこの宿も込んでいるんだわ。

「まあ」タリーはそう言って、ごくりと唾《つば》をのんだ。「着替えてくる」マグナスは化粧室に入ってドアを閉めた。

タリーはベッドの上に起き上がったまま途方に暮れた。マグナスはドーバーの馬車のなかでいきなりキスしてきたときと同じ目をしていた。

タリーはあれからあのキスのことを何度も考えた。ふつうの人はキスをするときに舌を入れたりはしない。ああすれば赤ちゃんができるのかしら？　アマンダ・フォレストは母親からそう聞いたと言っていた。男の人が女の人のなかに入ると赤ちゃんができると……。わたしのおなかのなかにもすでに赤ちゃんがいるのだろうか？　いいえ、船で全部戻してしまったから、彼はもう一度あの特別な方法でキスしようとしているのだ。タリーは少しもいやではなかった。マグナスのキスはすばらしかった。レティシアの話と違って、怖くも痛くもなかった。

化粧室のドアが開いて、マグナスが出てきた。豪華な刺繍《ししゅう》を施した絹のドレッシングガウンを着て、帯を締めている。彼はベッドに近づいてくると、ほほえんだ。「向こうに寄ってくれないか」堅苦しい笑みを浮かべてささやく。タリーはベッドの片側に寄った。マグナスはベッドの端に腰を下ろしてゆっくりと帯をほどいた。そのあいだ、彼の視線はじっとタリーに注がれていた。マグナスがドレッシングガウンを脱ぐと、タリーは息をのんで目をそらした。

彼はなにも身に着けていなかった。全裸で、寝巻きすら着ていなかった。

マグナスは立ち上がると、裸のまま椅子のところに歩いていって、ドレッシングガウンをきちんと椅子の背にかけた。タリーはマグナスをちらりと盗み見た。彼女は裸の男性を見たことは一度もなかった。肩や背中の筋肉が盛り上がっていて、脚が毛深い以外は女性とあまり違わないように思えた。そのあと彼が振り向くと、タリーは驚いて目を丸くした。男性は女性とは明らかに違っていた。夫は風呂に入れるときに見たジョージーとはまるで違っていた。

タリーは盗み見ているのを夫に見つかってしまったのに気づいて、急いで顔をそむけて目を閉じた。マグナスは笑って言った。「見るのはいっこうにかまわない」

タリーは答えなかった。ベッドに横になり、ぎゅっと目を閉じた。マグナスがベッドに入ると、彼の重みでマットレスが沈んだ。体と体が触れそうなほど近づいている。なにも着ていないから寒いはずなのに、彼の体は燃えるように熱くなっていた。

「蝋燭の火を消してくださいますか？」しばらくしてから、タリーは言った。

「いや、まだだ」耳元で低い声がした。「今度はわたしが見る番だ」

タリーはぱっと目を開けて、上掛けをあごまで引っ張り上げた。「あ、あなたが見る番？」彼女の声は震えていた。

「そう、わたしの番だ」マグナスはきっぱりと言った。「結婚した男女はそうすることになっている」彼はタリーの手から上掛けを引き離して膝まで下ろした。そして、彼女のナイトドレスのボタンをひとつ、ふたつとゆっくりはずし始めた。すべてのボタンがはずされたころには、タリーはぎゅっと目を閉じて震えていた。

「怖がることはない」マグナスは優しくささやいて、タリーの頬を撫でた。彼はさらに近づいて、熱くほてった体をタリーの体にぴったり重ね合わせた。彼女の上にかがんで唇に軽く口づけ、優しく唇を動かしながら何度もキスを繰り返し、まぶたや頬にもキスの雨を降らせた。タリーはわずかに緊張が解けるのを感じた。

彼の両手がタリーの頬を撫で、首筋から腕を撫で下ろして再び首筋に戻った。木綿のナイトドレスの上から胸に触れ、その手をそっと上下させる。マグナスが手を動かすたびに、タリーの体に震えが走った。キスが深まり、マグナスはタリーの首筋に舌を這《は》わせると、再び彼女の唇にキスをした。マグナスの唇は下へ下へと下りていき、タリーはあごでナイトドレスの前を押し開けられるのを感じた。

マグナスの濡れた温かい唇が胸の谷間に下り、ナイトドレスは肩から脱がされた。彼は片肘をついて、タリーを見つめた。

「美しい」

タリーは驚いて目を開けた。美しい？　彼はこのわたしを美しいと思っているのだろうか？

マグナスは温かく力強い手でタリーの胸のふくらみを包み込み、親指で先端をなぞった。薔薇《ばら》色のつぼみは固くなり、喜びが全身を走り抜けた。タリーは震えながら、マグナスが喉の奥で低くうめいて黒い頭を彼女の胸に埋めるのを見つめた。他人をこれほど身近に感じたことはなかった。タリーはマグナスの頭を引き寄せようとして両手を上げたが、そうしていいものかどうかわからず、すぐに下ろした。

「これを脱いでしまおう」マグナスはそう言って起き上がった。上掛けの下に手を伸ばし、ナイトドレスの裾を引っ張ろうとする。

タリーはマグナスを止めようとした。「さ、寒いわ。それに、上掛けはとても軽いし」

「わたしが暖めてやる」マグナスは裾を引っ張った。「お尻を上げて」

タリーは結婚の誓いを思い出して夫の言葉に従った。やがて、彼女は一糸まとわぬ姿で夫とともにベッドに横たわっていた。マグナスは上掛けをはずして、灰色の目でタリーを食い入るように見つめた。タリーは彼の視線に肌が燃えるように熱くなるのを感じた。両手で体を覆い隠そうとすると、マグナスはその手をつかんで離させた。「わたしは夫だ、タリー。わたしに隠す必要はない」

マグナスが再び胸に唇を押し当てると、タリーは快感に飛び上がりそうになった。マグナスは低くつぶやいて、手と唇と舌で彼女を愛撫《あいぶ》した。タリーは痙攣《けいれん》を起こしたように体を震わせた。こんなふうに感じさせるなんて彼はどんな魔法を使っているのだろう？　両手で彼の頭を抱えて胸に引き寄せたかった。彼が触れるように触れてみたかった。でも、タリーはそうするだけの勇気がなく、代わりに髪に小さくキスをした。

そして、マグナスの肩に手を置いた。彼の肌は温かく、うっすらと汗ばんでいた。いつもつけているコロンと、彼自身の麝香《じゃこう》のようなにおいがした。タリーは大胆になって、たくましい肩と毛深い腕に手のひらを滑らせた。彼はこんなにも力強いのに、こんなにも優しくなれるのだ。

マグナスは両手で彼女のおなかと腰を撫で下ろした。少しざらざらした手のひらが柔らかい肌に心地よい摩擦を引き起こす。手が腿のあいだに滑り込んでくると、タリーは体を震わせて無意識のうちに脚を開いた。マグナスは彼女の脚のあいだを手のひらで包み込み、小さな円を描くように指を動かした。タリーは思わずあえぎ声をもらした。彼の指がひだの奥に入ってくると、彼女は全身を駆け抜ける喜びに身をよじった。

マグナスはうめいてタリーの脚をさらに押し開き、そのあいだに膝をついた。愛撫を続けながら、熱い唇で彼女の唇をふさぐ。タリーは両脚のあいだになにか固いものが押しつけられるのを感じて、身をこわばらせた。

マグナスは動くのをやめて、タリーの目をのぞき込んだ。「きみを傷つけたくはないが、初めてだから少し痛い思いをさせてしまうかもしれない」

タリーは急にレティシアの教えを思い出し、目を閉じてシーツをぎゅっとつかんだ。マグナスが押し入ってくると、身をよじって逃げ出したくなったが、じっと耐えた。マグナスはうめきながらさらに深く押し入り、タリーは思わず息をのんだ。彼も自分と同じように痛みを感じているのだろうか？　そう思った次の瞬間、彼女は鋭い痛みに全身を貫かれ、じっとしているように自分に言い聞かせた。

マグナスはためらった。「もう終わった」彼はささやいて、タリーの頬を撫でた。タリーはあえぎながらほっと胸を撫で下ろし、彼が離れるのを待った。だが、マグナスは彼女のなかで動き始めた。最初はゆっくりと腰を前後させていたが、それがだんだん速くなっていった。再びキスで唇をふさがれ、タリーは彼が腰の動きに合わせて舌を動かしているのに気づいた。彼はその舌と腰の動きで再び彼女の体にすばらしい喜びをもたらした。

もうあまり痛みは感じなかったが、張り詰めたような感覚が耐えがたいまでに強くなっていった。タリーは身もだえ、マグナスの背中に爪を立てたかったが、自分自身や彼の名誉を汚すようなことはしてはならないと自分に言い聞かせた。

これがわたしの夫なのだ。わたしはこれで本当の意味で彼の妻になった。これは夫が妻を身ごもらせるために行う行為だ。タリーはそのあいだ、夫に抱きついて自分の体を強く押しつけたくてたまらなかった。でも、そうすることは許されていない。

タリーは夫を愛していることにそのとき初めて気づいた。それは予想もしていないことだった。冷たいが、優しいときもある無愛想な紳士に恋をしてしまうなんて。タリーは叫んで彼の顔にキスを浴びせたかったが、それは夫をおとしめる行為だった。

たとえ夫に愛されなくても、誇りに思ってほしい……。

マグナスの動きがいよいよ激しくなり、タリーはなにかが起ころうとしているような……波に押し流されるような感覚に襲われた。それでも、彼女はじっと耐えた。マグナスは獣のようなうめき声をあげて最後にもう一度腰を突き上げ、苦しんでいるかのように、あるいは歓喜の絶頂にあるかのように――タリーにはどちらなのかよくわからなかった――背中を弓なりにそらし頭をのけぞらせて、彼女の上にぐったりと覆いかぶさった。ふたりはあえぎながらじっと横たわっていた。

タリーはマグナスがまだなかにいるのを感じた。もう不快感はなかった。彼女にのしかかったマグナスの体は重く、息をするのも苦しかったが、彼の力強さやぬくもりに包まれているのはとても心地よかった。タリーはためらいがちに手を上げて彼の髪に触れ、首の後ろと肩を撫でた。マグナスはため息をもらして身を震わせると、彼女から離れた。彼が出ていくのを感じて、タリーは一瞬喪失感に襲われた。蝋燭の火はまだ燃えていた。タリーはゆらゆら揺れる金色の光のなかで夫に見つめられているのを感じた。

マグナスはタリーの顔にかかる濡れた巻き毛を払いのけた。「大丈夫か？」彼はささやいた。

タリーは夫の顔をまともに見ることができず、ただうなずいた。

マグナスはベッドから下りると、化粧室に入っていった。タリーは夫の後ろ姿を見つめて、思わず泣き出しそうになった。彼は服を着て自分の部屋に戻るのだ。

だが、マグナスは裸のままタオルを手に持って戻ってきた。タリーはマグナスをちらりと見ただけで、すぐに目をそらした。

マグナスはベッドに戻ってくると、タリーの腿に手を伸ばした。

「またなの？」タリーは飛び上がった。

マグナスは苦笑いを浮かべた。「いや、今夜はもう終わりだ」

タリーがほっとしたのもつかの間、マグナスが彼女の腿を開いて、そのあいだを水で濡らしたタオルで拭《ふ》き始めた。タリーはショックに身をこわばらせた。恥ずかしさのあまり真っ赤になってやめさせようとしたが、マグナスは聞く耳を持たなかった。ようやく、彼は終えて立ち上がった。

夫が再び化粧室に入っていくのを見ながら、タリーはタオルに血の跡がついているのを見てぎょっとした。エマリーン・ピアースの言っていたことは本当だったのだ。それなのに、彼女は嘘つき呼ばわりされ、ミス・フィッシャーに厳しく罰せられた。確かに血が流れ、レティシアの忠告がなかったら、タリーは叫び声をあげていただろう。

マグナスは戻ってくると、ベッドに入り、ふたりの体を上掛けで覆った。「さあ、眠ろう」蝋燭の火を吹き消し、彼女のウエストに腕をまわして抱き寄せた。

たった今、愛を交わし、夫を愛しているとわかっていても、全裸でベッドにいるのは奇妙な感じがした。「ナイトドレスを着てはいけませんか?」

マグナスはタリーをさらに強く抱き寄せ、片手でお尻を撫で、手のひらで胸のふくらみを包み込んだ。「寒い思いはさせない。さあ、眠りなさい」

タリーは目を閉じた。すぐにマグナスの寝息が聞こえてきた。タリーはわけもなく悲しくなり、ため息をもらした。涙がひと粒、頬を伝って流れ落ちた。

9

「パリに？」タリーは驚いて声をあげた。「六カ月ですか？」

マグナスはうなずいた。「もちろん、それまでにきみが微妙な状態になれば別だが」

タリーは頬を染めた。〝微妙な状態〟がなにを意味するのか今はわかっていた。おなかにマグナスの子供を宿しているかもしれないと思うと、胸の鼓動が速くなった。でも、そうなると、なおさら急がなくてはならない。妊娠する前になにがなんでもイタリアに行かなければ。

「半年では問題があります」

マグナスはタリーが彼の決定に異を唱えたときにいつもそうするように、見下したような目で彼女を見た。「半年では短すぎると言いたいのかね？」

「いいえ、違います」タリーは言った。「半年では長すぎます。そんなに長くパリにいたら、冬になってしまいます。そうなると、アルプスを越えてイタリアに行くのを来年まで待たなければなりません」

「アルプスを越える？」マグナスは黒い眉を上げた。

タリーは力強くうなずいた。「ええ。アルプス越えの話はいろいろ聞いています。それは楽しいそうですよ。わたし、どうしても行ってみたいんです。イタリアに……」タリーの声はしだいに小さくなり、気まずそうにワイングラスをいじった。「両親のお墓がイタリアにあるんです」彼女はマグナスを見ずに言った。

マグナスはタリーを見つめた。タリーが両親のことを口にするのはこれが初めてだった。

「両親が死んだとき、きみはいくつだったのだ？」

「十一歳。十二歳になる直前でした」

「死んだ原因は？」

タリーはしばらくためらい、アプリコットのペストリーをいじった。「はっきりしたことはわからないんです」ようやく彼女は言った。「馬車の事故だと聞いています」

マグナスは眉を寄せた。「聞いている？」

タリーはうなずいてペストリーを口に運んだ。「馬車が横転して即死したという知らせを受けたんですけれど、あとになって母の知り合いだったという人から手紙が届いたんです。その手紙によると、母は父よりも先に亡くなり、死因は事故によるものではないと……」タリーは指についた砂糖をなめた。

「どういうことなんだ？」マグナスは眉間《みけん》にしわを寄せてタリーを見つめた。

タリーは肩をすくめた。「それ以上のことはわかりません。だから、どうしてもイタリアに行きたいんです。両親のお墓を見てみたいんです」本当はそのほかにも理由があったが、夫に話すつもりはなかった。ブローニュを発《た》ってから夫はずっと不機嫌でよそよそしかった。タリーはため息をついた。

あの夜から一週間がたとうとしている。夫は元の冷たくて無愛想な氷の伯爵に戻ってしまい、あの夜のことは夢だったのではないかという気がした。だが、彼女の体には伯爵に抱き締められ、愛撫《あいぶ》されたときの記憶が残っていた。

夫はあれからタリーとベッドをともにしようとはしなかった。馬車の乗り降りに手を貸す以外には触れようともせず、そのときも、熱い金属に手を触れてしまったかのようにあわてて手を引っ込めるのだった。話しかけるときにも、まるで議員相手に話しているかのように堅苦しかった。

わたしは本当に氷の伯爵と結婚してしまったのだ。

マグナスは彼女の顔にさまざまな表情がよぎるのを見て、再び眉を寄せた。どうしてこうも計画どおりにいかないのだろう。ブローニュで初夜をすませれば妻への欲望はおさまると思っていたが、かえってつのるいっぽうだった。指についた砂糖をなめている彼女を見て、マグナスは思春期の少年のように興奮するのを感じた。

余計なことは考えるな、と彼は自分に言い聞かせた。彼女はあの晩が初めてだったのでまだ痛みが残っているだろう。彼が近づくと身を硬くすることからもそれがわかる。ベッドをともにするのはパリに着くまで待とう。そうするのが夫の優しさというものだ。

タリーの唇に砂糖の粒がついて光っていた。マグナスは気づかない振りをした。

「明日パリに着く」マグナスはそう言ってテーブルから立ち上がった。「早朝に宿を発つから、今夜は早くやすみなさい。では、おやすみ、マダム」彼はお辞儀をした。

マダム。タリーは夫のよそよそしい態度に涙が出そうになった。立ち上がり、かすれた声でおやすみなさいとささやいて、客間をあとにした。

「タリー」

タリーは階段の上で振り向いた。夫の声に彼女はかすかな期待を抱いた。

「パリが気に入るだろう」マグナスは戸口に立ったまま言った。「最初にドレスと帽子を新調しよう。恐怖政治や戦争があってもなお、パリが流行の先端の町であることに変わりはない」

「そうですね」タリーは気のない返事をした。

「考えてみたまえ。絹やサテンやレースのドレスだ。昼のドレス、夜のドレス、金で買える最高のものを揃《そろ》えてやろう」

タリーは黙って夫を見下ろした。

「手袋に靴に香水。舞踏会に夜会に華やかな催し。きっと楽しめるはずだ」マグナスはなおも言って、眉を寄せた。

「伯爵さまがそうおっしゃるなら、きっと楽しいのでしょうね」タリーは向き直って、寝室に通じる階段を上っていった。

まったく！　なにが不満だというのだ？　マグナスはおぞましいドレスを着て腰を振りながら階段を上っていく妻を見て思った。あまりにひどい服を着ているので、最高のドレスを買ってやろうと言ったのではないか。せめて感謝のしるしにほほえんだらどうだ。かつての愛人なら、大喜びして彼の首に抱きついただろう。

これだから女はわからない！　マグナスは悪態をついて、だれもいない寒い部屋の冷たいベッドに向かった。服を脱ぎながら妻の不可解な態度について考えた。彼は不器量でもいいから、世話を焼かずにすむ、つねに夫への感謝の気持ちを忘れない妻を求めていた！　彼はきつい上着を脱いでベッドの上に放《ほう》った。彼女はそのどれにもあてはまらない。

不器量だって！　おぞましい服を着ていても彼女の魅力は隠しようがなかった。マグナスはクラヴァットとシャツをはぎ取るように脱いで椅子に放った。

世話を焼かずにすむことに関してはまったくの見当違いだった。彼女のおかげでさんざんな目に遭わされた。彼は乱暴にブーツを脱ごうとした。彼女がフランスに行きたいなどと言うから、フランス革命を逃れてイギリスに渡ってきた従僕は、母国に帰るのを恐れて逃げ出してしまった。マグナスはなんとか足からブーツを抜き取った。なのに、わたしは礼儀正しく思いやりを持って彼女に接してやったのだ。

彼女は夫の寛容さと忍耐に少しでも感謝の気持ちを示しただろうか？　いや、まったく示していない！　マグナスはブーツを放り投げた。服を買ってやると言ったのに、うれしそうな顔ひとつせずに部屋に下がってしまった。今ごろ服を脱いで、ぬくぬくとひとりでベッドに入る準備をしているだろう。あのおぞましい服を脱ぎ……。マグナスは彼女がなめらかなふくらはぎからほっそりとした足首に靴下を下ろすのを想像した。ペチコートとシュミーズを脱いで、今この瞬間にもピンク色に輝いた素肌をあらわにして、あの奇怪なナイトドレスとやらに着替えようとしているのかもしれない。

もう我慢できない！　彼女はわたしの妻なのだ。夫には権利がある。パリに着くまで待つことはない！　マグナスはベッドの端に置いてあったドレッシングガウンをつかんで着ると、裸足《はだし》のままふたりの寝室をへだてる廊下を横切り、ノックをするのも忘れていきなりドアを開けた。

「マグナス！　どうかなさったんですか？」

「なぜドアに鍵《かぎ》をかけておかないのだ？」彼は声を荒らげてタリーをにらんだ。彼女は肘まで石鹸《せっけん》の泡にまみれていた。おぞましいナイトドレスを着て、さらに悪いことにドレッシングガウンまで着ている。素肌はちらりとも見えない。

「うっかりしていました」

「これからは忘れないように気をつけたまえ。これではだれでも入ってこられるではないか」

　タリーはマグナスをじっと見て、くすりとほほえんだ。「もう入ってきました」

「いったいだれだ？」マグナスは恐ろしいけんまくで部屋を見まわした。

　彼女は笑って唇を噛《か》んだ。「あなたです」

　マグナスは一瞬タリーを見つめた。耳の先がピンクに染まっている。

「なにをしているのだ？」

　タリーは頬を赤らめた。「洗濯です」

　マグナスは彼女に近づいて、洗面器のなかをのぞき込んだ。「そんなことはメイドにさせればいいではないか。わたしの妻が洗濯をすることはない！」

「こまごましたものを洗っているだけです」タリーは夫に見えないように隠そうとしたが、うまくいかなかった。マグナスはつぎはぎを見て、それが彼女の下着であることに気づいた。彼の旅行鞄《かばん》のなかにも同じようなものが入っている。紐《ひも》を切り取られたものが。

「なんでもいいから、メイドにやらせなさい」

「でも、メイドに見られたくない――」タリーは赤くなって言葉を詰まらせた。

「なぜだ？」マグナスは困惑してたずねた。彼はふと思った。「月のものなのか？」

　タリーは真っ赤になった。「違います！」ぎょっとして息をのむ。男性がそんなことを知っているとは思いもしなかった。

マグナスは真っ赤になった妻に熱いまなざしを注いだ。うぶな妻の姿に妙にそそられるのを感じたが、それを知られたくはない。彼は肩をすくめた。「それなら、なぜメイドに見られたくないのだ？」

タリーは夫の執拗《しつよう》さに怒りを覚えた。「あなたには関係のないことです。わたしは自室で自分のしたいことをしているまで。だれも見ていないんですもの、他人の目を気にする必要はありませんわ！」

「わたしの言うことが聞けない――」

「わたしはあなたの妻で、奴隷では――」

「そうだ！　だからこそ、伯爵夫人に洗濯などさせられないのだ！」

マグナスは妻のかたくなな態度に面食らって、じっと彼女を見つめた。いったいどうしたというのだ？　彼女の生い立ちを考えたら、召使いをあごで使える身分になったことを喜んでもよさそうなものなのに。なぜ自分で下着を洗おうとするのだ？　なぜメイドに見られたくないのだ？　メイドは下着は見慣れている。

マグナスはようやく真相に気づいて、みぞおちをしたたか殴られたようなショックを受けた。彼女はつぎはぎだらけの下着をメイドに見られたくないのだ。彼の小さな妻にもプライドはある。彼はひそかにレティシアを呪《のろ》った。着るもののことで二度と妻に恥ずかしい思いはさせない、とマグナスは誓った。パリに着いたら、最高の品を買い揃えてやろう。

マグナスはさりげなく肩をすくめた。「わかった。今回は大目に見よう。だが、パリに着いたら、そういったことは召使いにさせたまえ。いいな」彼はベッドにぶらりと歩いてきて、腰を下ろした。

タリーは夫の態度が急変したことに驚いて、探るようにその顔を見つめた。そのあと、彼女は気づいた。夫は彼女の寝室にやってきてベッドに腰を下ろしている。ドレッシングガウンを着て。

彼はもう一度わたしとベッドをともにしようとしているのだ。

タリーは震える手で急いで洗濯をすませた。不安と期待が胸に押し寄せる。ちらりと夫を見やると、大きな力強い手でベッドサイドテーブルに置かれたものに触れていた。もうじきその手で愛撫されるのかと思うと、喜びに全身が震えた。

洗濯物を夫の目につかないよう木の椅子の背にかけ、タリーは恥ずかしそうにベッドに歩いていった。

タリーは頬を染め、ナイトドレスを脱いでベッドに入った。「マ、マグナス……」彼女はささやいた。

マグナスは振り向くと、片手でタリーのあごをつかんで目をのぞき込んだ。

「早すぎないか？　いいんだね？」マグナスの息がタリーの肌を愛撫し、低い声が音楽のように彼女の魂を揺さぶった。

タリーはうなずいて顔を上げ、彼のキスを待った。

タリーはその夜、夫婦の交わりについて新たにふたつのことを学んだ。二度目はまったく痛みを感じなかった。そして、レティシアの教えに従って夫の下で声もあげずにじっとしているには、ありったけの意思の力と集中力を必要とした。

でも、タリーはなんとかやってのけた。

暗闇《くらやみ》に横たわりながら、彼女は考えた。わたしは妊娠したのだろうか？　もし、妊娠したとしたら、どうやってそれがわかるのだろう？


プリンセスは牢獄《ろうごく》の格子越しに下をのぞき、耳を澄ました。だが、浮かれ騒ぐ町の人々がはるか下に見えるだけで、だれかが助けに来る気配はなかった。彼女は冷酷な伯爵の城の塔の最上階に閉じ込められていた。でも、待って。なにかを引っかくような音がする。彼女は再び背の高い格子窓を振り返った。たくましい手がにょきっと現れ、窓の格子を一本、二本といとも簡単にはずしていく。「タリー、わたしの愛する人よ」ぞくぞくするような男性的な低い声が聞こえてきた。彼女は窓に走り寄って下をのぞいた。縄につかまっているのは、ならず者の王子だった。黒い髪を風になびかせ、灰色の瞳は……。

いいえ、灰色じゃないわ。青か茶色か緑よ。絶対に灰色じゃないわ！　灰色の目をした人は身勝手で無愛想で感じが悪いと決まっているもの！

タリーは宿の一室でむっつりと窓の外を見ていた。外のにおいや景色や音が、ここはパリだと叫んでいる。タリーははじかれたように立ち上がって、ぷりぷりしながら部屋を行ったり来たりした。

せっかくパリにやってきたのに、彼女は尊大な夫の命令で息苦しい宿の部屋から一歩も外に出られないでいた。いったいどこに行ったのかしら？

外に決まっているわ！　このすばらしく魅力的な都会をひとりで探索しているのだ。四時間も妻を置き去りにして。

公平じゃないわ。パリの街に出る前にわたしには準備が必要だとかなんとか言っていたけれど、偉大なる伯爵さまにはなんの準備も必要ないらしい。彼女はこの四時間、ガイドブックを眺める以外にすることがなかった。本物はドアの外にあるのに。タリーはクッションをつかんでドアに投げつけた。

「あら、ごめんなさい」怒りの対象がひょいと首をすくめたのを見て、タリーは息をのんだ。夫は眉を上げて彼女を見ると、静かにドアを閉めた。無表情な夫の顔を見てタリーは気分が沈むのを感じた。彼はまた氷の伯爵に戻ってしまった。彼は足元に転がったクッションを無視して部屋に入ってくると、茶色の紙にくるまれた大きな包みをタリーに渡した。

「もうじき仕立て屋が来る。彼女が来る前にそれに着替えなさい」マグナスはふらりと窓際に歩いていくと、新聞を開いて読み始めた。まるで、タリーに言うことはほかになにもないというかのように。

タリーは困惑し、包みを胸に抱えて夫をじっと見つめた。贈り物かしら？　最後に贈り物をもらったのはいつだっただろう？　結婚式のときに贈られた真珠は別だけれど。なんの理由もないのに贈り物をもらうのは初めてだ。タリーは震える指で紐をほどいて包みを広げた。柔らかい絹のような手触りのなにかが彼女の指をすり抜けて、はらりと床に落ちた。

「まあ」タリーはため息まじりに言った。かがんでそれを拾い上げる。シュミーズが六枚。上等なローン地とモスリンのペチコートにはレースの縁取りがついている。絹の靴下はそれこそ何ダースもあった。細かい刺繍《ししゅう》を施したナイトドレスが六枚、繊細で透けるほど薄かった。

タリーは残された品を手に取って眉をひそめた。それはピンク色で最高級のローン地でできていた。ある種の女性がこのようなものを身に着けるとは聞いていたが……。レティシアでさえこんなものは持っていなかった。

「わたしには着られません」タリーはささやくように言った。

マグナスは振り向こうともしなかった。「寝室に行ってすぐにそれに着替えなさい、マダム。もうじき仕立屋が来る」

マダム。タリーは下着を集めて部屋を出た。初めてもらった贈り物にはしゃぐことも許されないのだろうか？　いいえ、夫に〝マダム〟と言われたときには、黙ってそれに従わなければならない。

タリーは寝室で服を脱いで新しいシュミーズとペチコートを身に着け、そのひんやりとしたなめらかな肌触りを楽しんだ。ペチコートはごく薄いモスリン地で作られていて、まるでなにも身に着けていないような着心地だった。大胆で洗練された女性になったような気がした。

タリーはベッドの上に残された下着にちらりと目を走らせた。問題のズロースだ！　ピンクで裾《すそ》に美しいフランス製のレースの縁取りがついている。こんなに破廉恥なものは見たことがない。ズロースは男性がはくもので、女性がはくものではない。ミス・フィッシャーが見たら気絶しかねない。タリーはズロースを手に取って体に当ててみた。こんなもの……でも、夫に着るように言われたからには……。

タリーは素早くかがんでズロースをはいた。とても奇妙な感じがした。下半身をすっぽり包み込まれる感覚は生まれて初めて経験するものだった。窮屈なような気もするけれど、はき心地はよかった。

でも、用を足すときにはどうしたらいいのかしら？　タリーはズロースのなかをのぞいた。スリットが入っている！　破廉恥だけれどとても実用的だ。

ドアをノックする音がして、タリーはあわててつい立ての裏に隠れた。「どなた？」

ドアが開いた。夫だった。

「その……体に合うかどうか見に来た」

タリーは頬を赤らめ、つい立ての陰でうなずいた。「ありがとうございます。合います」

「見せてくれないか？」マグナスは少しいらだったように言った。

タリーは真っ赤になってひとつ深呼吸すると、つい立ての裏から出た。

マグナスは上等な下着以外になにも身に着けていない妻を見て目を細めた。絹のシュミーズから透けて見える胸のふくらみとつんと上を向いたピンク色の先端を見て、口のなかが乾くのを感じた。視線を下ろし、ペチコートの下にピンクのズロースらしきものを発見し、彼は驚いて眉を寄せた。

マグナス自身が下着を選んだわけではなかった。店の女主人に、最高に贅沢《ぜいたく》で最高におしゃれな下着を持ってこさせたのだ。娼婦《しょうふ》だけでなく、しかるべきレディのなかにもズロースをはく女性がいるとは聞いていたが、実際に見るのはこれが初めてだった。

「ペチコートを脱ぎなさい」マグナスは低くかすれた声で言った。

タリーは紐をほどき、深く息を吸い込んで目を閉じると、ペチコートをはらりと床に落とした。

マグナスは妻が男性用の下着を身に着けているのを見て、息が止まりそうになった。正確には、男性用の下着の女性版だが。こんなにエロチックなものを見るのは生まれて初めてだ。ズロースは膝のところでひだを寄せてあって、マグナスはなかに手を入れたらどこまで届くのだろうと思った。薄い生地がつかず離れず腿を覆い、白く輝く素肌とVの字になった腿の付け根の茂みが透けて見えた。

「後ろを向いて」マグナスは言った。

タリーは目を閉じたままゆっくり一回転した。

マグナスは目を見張った。丸みを帯びたお尻の形がはっきりとわかり、急にかがんだ姿勢を見たくなった。「新しいペチコートが床に落ちている」彼がかすれた声で言うと、タリーはかがんでそれを拾い上げようとした。生地が引っ張られてお尻が丸見えになり、マグナスはこれ以上自分をおさえられなくなった。後ろからタリーを抱き締め、両手で胸のふくらみを包み込んで固くなった先端を捜し当てた。

「マグナス！」タリーは驚いて叫んだ。「まだ昼間よ」

マグナスはタリーの言葉を無視して前を向かせると、ベッドの上に抱え上げた。破廉恥な下着を身に着けた体に手を這《は》わせ、手のひらで膝の裏をさすって、サテンのようになめらかな腿の感触を楽しんだ。上に覆いかぶさり、シュミーズの上から固くなったピンク色のつぼみを口に含んだ。タリーの体に震えが走った。マグナスは両手でお尻を撫で、その手を足の付け根に滑らせる。そしてスリットを見つけて感嘆の声をあげた。タリーを愛撫し、彼女が身を硬くすると顔をしかめた。

「でも、仕立て屋がすぐに来るんじゃありませんか」タリーは声を絞り出すようにして言った。

「仕立て屋がなんだ！」マグナスは優しく愛撫した。今度こそ燃え上がらせてみせる。

「でも――」

「待たせておけばいい！」マグナスはためらう妻に腹を立て、うなるように言った。片方の手で愛撫を続けながら、もう片方の手で自分自身を解き放った。やがて完全に抑制を失い、彼女のなかに押し入ってわれを忘れた。

タリーは歯を食いしばり、動いたり声をあげたりして夫に恥をかかせてはならないと強く自分に言い聞かせた。よき妻として振る舞うのがこんなにつらいことだとは思いもしなかった。夫に求められていると思うと、ぞくぞくするほどの喜びを感じた。うれしくて泣き出したいくらいだった。それでも、彼女は脚に力を入れてまっすぐに伸ばし、いつものように頭のなかで繰り返し呪文《じゅもん》を唱えた。そうでもしないと、妻としての務めを果たせなかった。

残りの一日はあっという間に過ぎた。さいわい、仕立て屋のマドモワゼル・セレスチーヌは少し遅れてやってきた。大勢の助手を引き連れ、生地にひだを寄せたり、ピンを刺したり、はさみで切ったりしながら、伯爵夫人にはどんな装いがふさわしいか派手な身振りを交え、ときには悪態をつきながら話し合った。タリーはフランスの最新流行の装いに唖《あ》然《ぜん》とし、眉をひそめた。ドレスは薄い紗《しゃ》やモスリンの生地を重ねただけのもので、裸も同然だった。だが、仕立て屋と助手は笑って〝完璧です〟と請け合い、流行遅れだと思われたくないでしょうと言うのだった。

タリーは透けた胸と、体のほかの部分を覆う刺繍を施した薄いモスリンの生地を疑わしげに見下ろし、これなら流行遅れと思われたほうがましだと思った。本当にこんな透けるような服を着て人前に出るのだろうか？　でも、仕立て屋は伯爵夫人たるもの完璧な装いをしなければならないと言うし、ローマやパリではこれが……。

そのとき、マグナスが部屋に入ってきた。「ちょっと様子を」マグナスは急に足を止め、タリーの透けるほど薄いドレスを見て怒りに目を燃やし、大声で怒鳴った。「けしからん！　それはだめだ」

「でも、伯爵さま」マドモアゼル・セレスチーヌが言いかけた。

マグナスはつかつかと前に進み出て、長い指で刺繍を施したモスリンの生地に触れた。

「これでは薄すぎる。粗悪品ではないか」

「とんでもない《メ・ノン》ですわ、伯爵《ミロード》さま」マドモアゼル・セレスチーヌはぎょっとしたように言った。「これは最高級の――」

「そんなことはどうでもよい」マグナスは彼女の説明をさえぎった。「こちらの要望をはっきりさせておくべきだった。妻にはこれよりも厚い生地で服を作ってもらおう」いらだたしげに生地を指ではじく。「妻はこう見えても生まれつき繊細なのだ」

タリーは激しい怒りに息をのんだ。

「妻は少し風に当たっただけでも風邪を引く。たかが流行のために健康を害するのはくだらん。マドモワゼル、レディ・ダレンヴィルには、厚手の暖かい生地で襟の詰まったドレスを頼む」

そう言うと、マグナスはタリーを残して大股に部屋を立ち去っていった。生まれつき繊細ですって！　わたしをたくましいと言ったのはどこのだれかしら！　わたしの服をさんざんけなしていたくせに！　タリーは透けていようがいまいが、フランスの新しい装いが急に着心地よく感じられた。

「夫の言ったことは気になさらないでください、マドモアゼル・セレスチーヌ。男性にはドレスのことはわかりません」タリーはきっぱりと言った。「これでお願いします」

マドモアゼル・セレスチーヌは澄ました顔でほほえんだ。「でも、ご主人の意見を無視してはいけませんわ、奥方さま。それでは、もう少し襟ぐりを高くしましょうか？　スリップをお召しになれば」彼女はくすんだ色の下着を取り出して見せた。「みなさん、靴下も肌色のものをお召しになるんですよ。それに、そのすてきなピンクのズロースをはいていらっしゃれば、お体を冷やす心配もありませんわ。男性は肌色の下着を見て、もしやと……ええ、もしやと……」彼女はほほえんで表情豊かな顔をした。「粋《いき》でありながら、品位《ウィ》も失わない。嫉妬《しっと》深いご主人もこれなら……折れてくださるでしょうし。ご婦人の装いに男性は口を出すべきではありませんわ」仕立て屋と助手は一緒になって笑った。

仕立て屋とおしゃべりな助手が帰っていったときには、タリーは疲れ果てていた。だが、夫は仕立て屋だけでなく髪結いも呼んでいた。ムッシュー・レイモンドという小柄なめかし込んだ男で、きれいに整えた口ひげを蝋《ろう》で固めていた。髪結いはタリーの髪に触れ、その手触りのよさと天然の巻き毛に感嘆の声をあげた。髪結いがはさみを手にしたちょうどそのとき、マグナスが部屋に入ってきた。「その美しい髪にはさみを入れるとはなにごとだ！」彼が怒鳴ると、ムッシュー・レイモンドは驚いてはさみを落とした。どれくらいまでなら切っていいかをめぐって、マグナスと髪結いのあいだで長々と議論が続いた。

ようやく、ふたりは妥協し、顔のまわりには短い巻き毛を散らし、ほかは長いままにしておくことになった。

タリーは鏡に映った自分を見て目を疑った。まるで別人のようだ。エレガントで……美しくさえ見える。目が大きく見え、鼻が上を向いているのもあまり目立たない。頬にかかる巻き毛が高い頬骨を際立たせている。

ムッシュー・レイモンドはタリーに髪の結い方を何通りか教えてくれた。月の女神ダイアナのように髪を上げて三日月の形をした髪飾りを飾ったり、ギリシアの女性詩人サッフォーのように、スパンコールのついたスカーフを髪にねじって巻きつけたり、そのほかにも個性的なスタイルを考え出してくれた。「これで奥方さまも流行の最先端をいく貴婦人になられました」

タリーが自分では髪を結えそうもないと不安を口にすると、マグナスはしゃれた格好をした若い女性を部屋に呼び入れ、タリー付きの小間使いで着付け係のモニークだと紹介した。タリーはぽかんと口を開けた。彼女は生まれてこの方だれかに服を着せてもらったことはなかった。

だが、タリーが意見を言う間もなく、今度は靴屋がやってきた。靴屋はタリーの足の大きさを測ると、当座にはく綾織《あやお》りのハーフブーツとしゃれたキッドの上靴を二足置いていった。そして、今週中に一ダースの新しい靴をお届けしますと約束した。

マグナスは、明日約束どおり仕立て屋が新しいドレスを届けてきたら、モニークと一緒に女性に必要な装身具を買いに行くようにと言った。タリーは頭痛がして、思わず夫に怒りをぶつけた。

「明日は買い物になど行きたくありません」タリーは言った。「わたしは身を飾るものなどなくても幸せに暮らしてきました……たいがいは」彼女は正直に訂正した。深く息を吸い込み、胸の前で手を組んで夫と向かい合った。「どうか恩知らずだとはお思いにならないでください。わたしのためにこんなに美しいものを買い揃えてくださって心から感謝しています」

マグナスは気まずくなって身をこわばらせた。妻に感謝されることをあれだけ望んでいたのに、自分が妻に求めているのが感謝ではないことにそのとき初めて気づいたのだ。

「だいぶお金が……」タリーは頰を染めてつぶやいた。「申し訳ありません。お金の話をするのは下品だとわかっていますけれど、どうしてもお礼が言いたいのです。だれかにものを買ってもらったことなど……」タリーは言葉を詰まらせ、床に敷かれたトルコふうの敷物を爪先でこすった。彼女が下を向く前に、目に涙が光っているのにマグナスは気づいた。短い間のあと、彼女は続けた。「ただ……買い物でこれ以上時間を無駄にしたくないんです。わたし……わたし、どうしてもパリの街が見てみたいんです。パリに着いてもう一日になろうとしているのに、この部屋しか見ていません。もしよろしければ……」懇願するような目で夫を見つめる。「外套《がいとう》を着れば、だれにもわたしの服を見られる心配はありません……」

恥ずかしさのあまりマグナスは立ち上がった。タリーはわたしが彼女の服を恥じ、彼女と一緒にいるところを人に見られるのを恐れていると思っていた。人前に出せる状態になるまで、わたしが彼女を隠していると思っていたのだ。恥ずかしいことに、そこには真実が含まれていた。だが、マグナスは彼女を恥じているのではない。贅沢なドレスを買い与えたのは、彼女に引け目を感じてほしくなかったからだ。

「外套を着るには暖かすぎる」マグナスは言った。「でも、きみがどうしてもと言うなら、まだ街を見物する時間はある」

「今からですか?」タリーは驚いて言った。

「そうだ、すぐに行こう。きみがあまり疲れていなければの話だが」

「そんな、疲れてなんて」タリーは目を輝かせた。「ああ、マグナス、ありがとうございます。今、帽子を取ってきます」彼女は急いで部屋を出ると、すぐに時代遅れのボンネットをかぶって戻ってきた。マグナスは彼女が帽子の紐を結ぶのを見つめた。

「きみを喜ばせたかっただけだ」マグナスは堅苦しい口調で言った。「一日じゅうここに閉じ込められているきみの気持ちをまるで考えていなかった。きみはパリに着くのをとても楽しみにしていたのに」

タリーはうつむいた。「あなたを批判する……」

マグナスは彼女をさえぎった。「それではまいりましょうか?」彼はそう言って腕を差し出した。

タリーはパリの街にすっかり魅了された。狭い路地と、七階はあろうかという石造りの家が気に入った。公共の建物には必ずといっていいほど、自由、平等、友愛、個人、というスローガンが書かれていた。広々とした美しい大通りには木がびっしり植えられ、大きく張り出した枝が天然の緑のアーチを作り出していた。屋外のカフェに大勢の人々が繰り出して、レモネードやワイン、またはシードルやビールやコーヒーを飲んでいた。ふたりは公園を散歩し、タリーは、手品、人形劇、動物園とさまざまな見せ物小屋が立ち並ぶ〝庶民のための劇場〟を見物して楽しんだ。

ようやくあたりが暗くなり、タリーがそろそろ宿に戻らなければと思ったころ、マグナスは蛍かと見まがうほどのたくさんのランプが灯《とも》された場所に連れていってくれた。小さなテーブルの上で蝋燭《ろうそく》の炎が揺れ、マグナスはシャンパンと料理を注文した。料理はすばらしかったが、タリーはパリの街とハンサムで無口で思いやりのある夫にすっかり魅了されて、なにを食べたのか覚えていなかった。

そのあと、ふたりは歩いて宿に戻り、マグナスは再びタリーの部屋を訪れた。

10

タリーは歯を食いしばり、両手でシーツを握り締めた。

「お願い、早く終わって」彼女はあえぎながら言った。「もう耐えられないわ」

マグナスは凍りつき、結婚して二週間になる妻を恐ろしい目でにらんだ。マグナスはベッドで女性に不満をもらされたことはただの一度もなかった。それが、ついこのあいだまで処女だった小娘に批判されるとは！　マグナスはタリーの上からぱっと離れた。タリーはシーツで体を覆った。

タリーは夫の怒った顔を見て自分のいたらなさを痛感した。あんなことを言うつもりはなかったのに、つい口から出てしまったのだ。

「も、申し訳ありません」

「こんなひどい侮辱を受けたのは生まれて初めてだ」

「でも……」

「死体のように動かない花嫁を相手に毎晩愛し合うのが楽なことだとでも思っているの

か？」

「そうとは知りませんでした。でも、夫婦の営みがお嫌いなようには思えませんけれど。わたしだって楽ではないのです！」タリーはかっとなった。「わたしがどれだけ耐えているかあなたにはおわかりにならないでしょう。これは拷問そのものです！」

「拷問！」マグナスの灰色の瞳が怒りに燃え上がった。「拷問と言ったのか？」彼はこの場で妻を絞め殺してやろうかと思ったが、シーツで体を覆った彼女の姿に否応《いやおう》なく体が反応するのを感じた。シーツをはぎ取って、彼女がやめてほしいと泣いて訴えるまで愛し合いたかった。

すでに彼女はそうしているではないか！

わたしは夫だ！　夫にはいつでも好きなときに好きなように妻を抱く権利がある！　それに、彼女には子供を産む義務があるのだ。

「マダム」マグナスは堅苦しい口調で言った。「残念だが、子供ができるまで拷問に耐えてもらわねばならない」

「わかっています」タリーは言った。「わたしはやめてほしいとは言っていません。早く終わらせてほしいと言っただけです。早く子供ができるに越したことはありませんから」

「よし、わかった」マグナスは低くつぶやくと、タリーの手からシーツを奪い取って再び彼女の上にのしかかった。今度こそ感じさせてみせる！

マグナスは持ちうるかぎりのありとあらゆる技術を駆使して、手と唇でタリーを愛撫《あいぶ》した。

「もういや！」タリーは叫んでマグナスを押しのけた。「もうできないわ」

「なにができないと？」マグナスはうなるように言った。「きみはなにもしていないではないか！」

「確かにわたしはなにもしていません。でも、ほかにどうしろとおっしゃるんですか？わたしは集中するので精いっぱいなんです。どうして早く終わらせてくれないのですか？どうしてこんなに時間がかかるのですか？」

マグナスは毒づいた。長すぎると不満を言われたのは初めてだった。彼は服を着始めた。これ以上ここにいたら、今度こそ彼女を絞め殺してしまいそうだった。新婚旅行で花嫁を殺害するような不名誉なことはできない。

「レティシアの言っていたことがよくわかりました。これに毎晩耐えなければならないなんてあまりにも残酷です」タリーはシーツを体にきつく巻きつけた。

マグナスはズボンに片足を突っ込んだところで動きを止めた。「レティシアが言っていた？」

「レティシアは、夫婦の営みはつらく、痛みを伴うものだと言っていました」

マグナスは眉を寄せた。「痛み？　わたしはきみに痛い思いをさせているのか？」

「い、いいえ……正確には痛みではありません。ただ……耐えられないだけなのです」

タリーが枕《まくら》に向かってつぶやいているあいだにマグナスは着替えを続けた。そうか、わたしと愛し合うのが耐えられないのか。そのとき、ある言葉が耳に飛び込んできて、彼はその場に凍りついた。

「夜ごとベッドに横たわり、夫がすばらしい喜びを与えてくれるあいだ、動くことも声を出すことも許されないなんて……」

すばらしい喜び？　マグナスはシャツを落とした。「今、なんと言った？」厳しく問い詰める。

タリーは目をぱちぱちさせて夫を見上げた。その目には涙が浮かんでいた。

「きみは〝すばらしい喜び〟と言った」

タリーは真っ赤になってうつむいた。「ええ……」

マグナスはベッドに腰を下ろした。「話してごらん、タリー。われらが親愛なるレティシアは、夫婦の営みについてきみにいったいなにを教えたのだ？」

タリーはためらい、赤くなりながらレティシアに教えられたことを話した。「じっとしていようと努力したんです」彼女はうなだれた。「で、でも、あなたがしてくださることはあまりにすばらしくて……」

タリーは涙に濡《ぬ》れた瞳でちらりとマグナスを見ると、小さな手で急いで涙を拭《ぬぐ》った。爪は噛《か》んで短くなっていた。マグナスはだれかに心臓をぎゅっとわしづかみにされたような気がした。

「お願いです、伯爵、いえマグナス。もう一度チャンスをお与えください。今度は恥ずかしいまねはいたしません。頭のなかでかけ算を唱えれば……」

マグナスは耳を疑った。「かけ算がどうしたというのだ？」

タリーはさらに深くうなだれた。顔は茶色の巻き毛に隠されてしまったが、華奢《きゃしゃ》な白いうなじがあらわになった。マグナスはそのうなじにキスしたくてたまらなかったが、その前にどうしてもきいておきたいことがあった。

「わたしと愛し合っているあいだ、きみはずっと頭のなかでかけ算を暗唱していたのか？」

「ええ」タリーはささやくような声で言った。

「わたしの行為に反応しないように？」

タリーはすすり泣きながらうなずいた。

「わたしがそれで喜ぶと思ったのか？」

タリーは再びうなずいた。

「反応したら、わたしに軽蔑《けいべつ》されるとレティシアに教えられたからか？　死体のようにじっとしていないと一族の恥になると？」

「ええ」タリーはすすり泣いた。

マグナスは笑ったらいいのか怒ったらいいのかわからなかった。だが、怒りのほうが勝っていた。

「なんという女だ！」マグナスは激しく罵《のの》った。

タリーが縮み上がり、それを見てマグナスは再び毒づいた。

「きみのことではない」タリーの肩に手を置き、彼女が身をこわばらせるのを感じて、再び心臓をわしづかみにされたような気がした。「そばに来なさい」彼はささやいた。「きみのことを怒っているのではない。もう泣くことはない」彼はあらがうタリーの体に腕をまわして抱き寄せた。タリーはまだ彼を見ようとせず、肩を小刻みに震わせて泣いていた。

「レティシアは意地の悪い女だ」マグナスは静かに言った。「彼女がきみに教えたことはまったくの嘘《うそ》だ」

タリーはぴたりと泣きやんで、震えながら大きく息を吸い込んだ。

マグナスはタリーの柔らかくなめらかな肌を撫《な》でた。「彼女はわたしたちのあいだを気まずくさせようとしてわざとそんなことを言ったのだ」言葉を切り、タリーの体にまわした腕に力を込める。「だが、うまくいかなかった。そうだろう？　わたしはきみを怒っているのではない。彼女に対して怒っているのだ」

タリーは長いため息をもらして、ようやくマグナスの腕にもたれかかった。マグナスはからみ合った糸がほぐれるのを感じた。

「タリー、わたしを見てごらん」マグナスはささやいて、タリーのあごの下に指を当てた。

タリーはゆっくりと顔を上げた。涙に濡れた顔は青ざめ、上を向いた鼻は赤くなっていた。

「わたしのことを怒っていらっしゃらないんですね？」ささやくようにたずねる。

マグナスは首を振った。「もちろんだ。きみはわたしのことを怒っているのか？」

タリーは驚いてマグナスを見た。目に再び涙があふれ出す。「もちろん、怒ってなどいません。愛しているわ、マグナス」タリーはささやき、マグナスの裸の胸にもたれてわっと泣き出した。マグナスはタリーを強く抱き締め、今まで彼を支えてきたものが粉々に砕け散るのを感じた。

〝愛しているわ、マグナス〟

タリーはマグナスの肩のくぼみに顔を埋《うず》め、もう二度と離さないといわんばかりにしがみついた。マグナスは彼女の髪に頬を寄せて目を閉じ、いったいどうしてしまったのだろうと思った。だれかにこんなに強い結びつきを感じたのは、二十九年間生きてきてこれが初めてだ。彼はどうしたらいいのかさっぱりわからなかった。

どれくらい時間がたったのだろう。マグナスが気づいたときには、タリーは彼の腕を離れ、つい立ての裏で顔を洗っていた。彼はベッドに横になりながら水のはねる音を聞いた。一瞬、臆病風《おくびょうかぜ》に吹かれ、彼女が戻ってくる前にこっそり自分の部屋に戻ろうかと思った。

ひと晩じっくり考えたかった。起き上がってベッドを抜け出そうとしたちょうどそのとき、タリーが新しいナイトドレスを着て戻ってきた。マグナスは期待を込めた彼女の瞳を見て気が滅入《めい》るのを感じた。彼女はマグナスの隣に滑り込んだ。

「それで……」タリーは頬を染めて目をそらした。「レティシアが言ったことがすべて嘘なら……」彼女はシーツの縁を指でなぞった。「あ、あのときに……わたしはどう振る舞えばいいのでしょう?」

マグナスは喉を締めつけられるのを感じた。いったいなんと答えればいいのだ? かつて関係を持ったさまざまな女性の顔が彼の脳裏をよぎった。高級娼婦《しょうふ》、人妻、未亡人――男を喜ばせる術《すべ》に長《た》け、男の欲望と懐具合をいち早く見抜く目を持った女たち。

マグナスは妻にそんな女性にはなってほしくなかった。汚れを知らないタリーが、ベッドで彼を喜ばせる技を熱心に学ぶ姿は想像するのさえ耐えられなかった。だが、なにか言わなければならない。レティシアの悪意に満ちた教えに代わるものを。だが、いったいなんと言えばいいのだ? マグナスは途方に暮れた。

「マグナス?」タリーは促した。

「ただ……」マグナスは額の汗を拭った。「ただ、ありのままのきみでいてくれさえすればそれでいい」気がつくとそう言っていた。

「でも……」

「素直に反応してくれればいい」

タリーは説明を求めるような目で彼を見た。

「なにも隠さずに」マグナスはそのときふいに危険地帯に足を踏み入れたような気がした。

「したいことをして、思ったことを口にする。正直に。わたしが望むのはそれだけだ」

「正直に?」タリーはためらいがちに言った。「それだけでよろしいのですか?」

マグナスはうなずいた。

タリーはマグナスに向かってにっこりほほえみかけた。日が昇って朝の霧が晴れたような気がした。「それなら簡単です」

マグナスは自信に満ちたタリーの表情を見て不安になった。彼女が自分の気持ちに正直になり、彼の母親でさえもしなかったような大胆な行動に出たらどうすればいいのだ?

「簡単?」マグナスは疑わしげに眉を上げた。

「ええ、簡単です」彼女は輝くばかりの笑みを浮かべ、マグナスの指に指をからませた。

「かけ算よりずっと簡単です。わたし、いつも八の段でつかえてしまうんです」

マグナスは一瞬あっけにとられ、そのあと腹の底から笑いがこみ上げてくるのを感じた。

「八の段?」笑いをこらえながら言い、タリーのウエストをつかんでベッドに引き倒した。

マグナスの笑い声が部屋に響き渡り、タリーも一緒に笑いながらベッドの上を転げまわった。やがて笑いがおさまると、マグナスは頭を上げ、もう一度タリーを見て首を振った。

「八の段?」彼は繰り返した。

「全然だめなんです」タリーはくすくす笑った。

マグナスの瞳が情熱に曇った。「今から」低い声でゆっくりと言う。「足し算だけを考えればいいんだ。一足す一から始めて」彼はタリーの唇に唇を重ねた。


タリーはあくる朝遅く目覚めた。開いたカーテンの隙間《すきま》から日が差し込み、寝室の床に金色の光を投げかけている。彼女は伸びをして宙に舞う埃《ほこり》を見つめた。ベッドにひとりきりだったが、寂しくはなかった。夜明けに夫に起こされ、再び愛を交わした。夫はそのあと彼女にキスをして、眠りなさいと言うと、部屋を出ていった。

タリーはその夜、愛の行為についてさらに多くのことを学んだ。もう自分を抑えなくてもいいと思うと、それは言葉にならないほどすばらしいものだった。牧師が結婚は聖なるものだと言っていたのがこれでようやくわかった。夫と愛し合っていると、天国にも地上にもこれ以上にすばらしい場所はないように思えた。愛し合ったあと、タリーは夫の腕に抱かれ、髪を撫でられながら夫の胸の鼓動がしだいに正常に戻っていくのに耳を澄ました。天使のように雲にのって宙を漂っているような気分だった。

最初は不安だったが、マグナスに励まされてありのままの自分をさらけ出すことができた。そのあと、マグナスが抑制を失い……。タリーはそのときのことを思い出してひとりほほえんだ。なんの取り柄もないタレイア・ロビンソンがマグナスのようなとびきりハンサムな男性をあんなふうにさせることができるなんて。彼女は枕に顔を埋めた。夫のにおいが残っていて、目を閉じると、まだ夫がベッドにいるような気がした。

「奥方さま？」

タリーは目を開けた。新しい小間使いのモニークが立っていた。

「奥方さま、朝食の支度ができました」モニークはタリーの大好きなフランス式の朝食――甘いペストリーとホットチョコレート――ののった盆を示した。タリーはしぶしぶ起き上がり、なにも身に着けていないのを思い出して真っ赤になり、シーツで体を覆った。モニークは驚いた様子も見せずに化粧着を持ってきた。「旦那《だんな》さまに、朝食がすんだら奥方さまを買い物にお連れするようにとおおせつけられました。お風呂の用意もできておりますし、お召し物も揃《そろ》えてあります。最初に帽子屋に寄って次に手袋屋、次に……」

「そのあとは、パリの街を見物しましょう」タリーは言った。買い物をしなければならないのはわかっていたが、イタリアに発《た》つ前にもっとパリの街を見てみたかった。「夫はどこにいるの？」

タリーはたずねて、ペストリーを手に取った。

「旦那さまはお出かけになりました。夕食までには戻っておいでになるそうです」

夕食？　夕食まで会えないの。タリーはがっかりした。彼女は夫に会いたくてたまらなかった。ゆうべあんなに愛し合ったのに。

「でも……」

「従僕のクロードがお供しますからご安心ください」モニークは言った。「旦那さまが外出の際は必ず従僕に供をさせるようにとおっしゃいました。心配なさる必要はありませんよ。旦那さまがなにからなにまで手はずを整えてくださっていますから」

確かにそのようね、タリーは失望を隠せなかった。彼女は従僕ではなく、ハンサムな夫にエスコートしてほしかった。メイドや従僕とではなく、マグナスとパリの街を歩きたかった。

「買い物で一日無駄にしなければならないようね」タリーは沈んだ口調で言った。「急げば今日じゅうにすむかもしれないわ」

タリーはモニークが変な目で見ているのに気づいたが無視した。ペストリーとホットチョコレートを平らげ、風呂に入り、着替えて階下に下りた。新しい従僕のクロードがホールで待っていた。タリーは従僕を見て、驚いて目をぱちくりさせた。

クロードはおよそ従僕らしからぬ風貌《ふうぼう》をしていた。背が低く樽《たる》のような胴体に長い腕をして、まるでゴリラのようだった。顔かたちもどことなく猿に似ていて、歯がほとんど抜け、肌には醜いあばたができていた。こんなに醜い男は見たことがないとタリーは思った。

夫はなぜこんな異様な風貌の男を雇う気になったのだろうと思いながら、彼女はモニークとクロードを供に買い物に出かけた。

冷たい地面を蹴《け》る馬の蹄《ひづめ》の音が静けさに包まれたブローニュの森に響き渡った。汗をかいた馬が草の塊や湿った土を蹴り上げ、木の枝を揺らした。だが、馬上の男はみごとな手綱さばきで馬を駆り、心に棲《す》む悪魔を追い払おうとするかのような勢いで走っていた。だが、不安や恐怖を振り払うのは容易なことではなかった。マグナスは猛然と馬を走らせた。周囲の景色はなにも目に入らなかった。

父も初めはこんなふうだったのだろうか？　清純な花嫁に愛を告白され……生涯妻に支配され、破滅の道を歩むことになったのだろうか？

マグナスは馬を止めて降りると、小川に連れていった。馬はごくごく水を飲んだ。馬の脇腹《わきばら》にもたれ、澄んだ川に目をやった。光が反射して、タリーの瞳のようにきらきら輝いた。

マグナスはうめいた。わたしも父と同じ運命をたどることになるのだろうか？　父は地位も名誉もある強い男だったが、盲目的に妻を愛し、妻の奴隷に成り下がった。その妻は金と肉体的な快楽にしか興味がなく、ハンサムな従僕、美しい顔立ちの厩《うまや》番の少年、夫の友人や通りがかりのジプシーと見境なく関係を持った。

マグナスは父のような男にはなるまいと誓って大人になった。生涯独身を誓い、女性には決して心を許さなかった。それが特に大変なことだとは思わなかった。小さな子供を腕に抱き、自ら子供を持つ機会を放棄していたことに気づくまでは。そして、結婚した。うまくやっていけると思った。妻とは一定の距離を置けると信じて疑わなかった。

だが、マグナスはタリーを選んでしまった。世間知らずでうぶなタリーを。彼女はほかのだれよりも保護を必要としているように思えた。だが、彼女は結婚した瞬間から彼の心に張りめぐらされた強固な防御の壁を突き崩し始めた。いや、結婚する前からだ。あの日迷路ですすり泣いていた彼女の泣き声は一生忘れることができないだろう。あのとき立ち去るべきだったのだ。だが、彼女をひとり残していくことはできなかった。

みすぼらしい身なりをした孤児をこれほど欲するようになろうとは思ってもみなかった。マグナスは絶望に襲われて目を閉じた。こんなに欲しいと思った女性は彼女が初めてだ。ゆうべ、彼女はマグナスに抱かれる喜びを素直に表し、ふたりは情熱的に愛し合った。あれから何時間もたつというのに……。

彼女への欲望はとどまることを知らなかった。

マグナスは男女の営みで体験できることはすべて体験し尽くしたと思っていた。だが、あんなふうに感じたのは初めてだった。彼女とひとつに結ばれ、自分ですらあることに気づいていなかった心の空白が埋められるのを感じた。

決してだれも愛さないと誓ったのに、彼女に涙ながらに愛を告白された瞬間、生涯守り抜こうとしていた誓いはあっさり破られ、マグナスは奈落《ならく》の底に突き落とされた。

〝愛しているわ、マグナス〟

マグナスは再び馬にまたがって走り出した。

マグナスが戻ってきたのは夕方になってからだった。タリーは急いで迎えに出てキスを待ったが、彼は横を向いて上着と帽子を脱いだ。タリーに向き直ったとき、夫の顔は無表情でひどくよそよそしかった。「今日は楽しい一日を過ごせたかね？」そう言うと、マグナスはタリーを通り越してサイドボードに近づき、自分で酒を注《つ》いだ。

「え、ええ」タリーは夫の冷ややかな態度にうろたえて口ごもった。

「買い物は楽しかったかね？」

「いえ……え、ええ、おかげさまで。モニークに勧められるままたくさん買ってしまいました」

「それはよろしい。そろそろ夕食の時間だ。きみも支度をしなさい。レティシアの友人のご夫妻に食事に招待されているのだ。レディ・パメラ・ホートンとご主人のジャスパー卿《きょう》だ。夫妻も現在パリに滞在しておられる。それでは一時間後に」夫はそれだけ言うとグラスを置いて立ち上がり、ぽかんとしているタリーを残して部屋を出ていってしまった。

いったいなにがあったの？　わたしがなにか怒らせるようなことをしてしまったのだろうか？　ゆうべの夫はどこに行ってしまったの？　ゆうべは二度もかわいい人《スイートハート》と言って、

泣いているわたしを優しく抱き締めてくれたのに。そのあと、愛し合い……一度だけでなくひと晩に三度も。夜明けに愛を交わしたのを含めたら、四度も。

傷つき、混乱したままタリーは新しいドレスに着替えた。モニークに髪を整えてもらいながら鏡に映る自分の顔を見つめ、くよくよするのはよしなさいと命じた。

夫に愛情を求めるのは間違っている。わたしたちの結婚は便宜上の結婚にすぎないのだ。夫が礼儀正しいというだけの理由で思い悩むなんてあまりにばかげているわ。

タリーは自分にそう言い聞かせて部屋を出ると、玄関ホールで夫と落ち合った。


「ダレンヴィル卿ご夫妻」従僕が高らかに告げると、広々としたエレガントな客間に小さなざわめきが起きた。緑色の美しいドレスに身を包んだすらりと背の高いレディ・パメラが前に進み出て、マグナスを温かく迎えた。

「マグナス。悪い人ね。遅刻よ。こちらがあなたのかわいらしい奥方ね。はじめまして」

彼女は無関心そうにタリーをちらりと見た。タリーは最新流行のドレスを着ているにもかかわらず、急に自分が小さくみすぼらしくなったように感じられた。

「さあ、マグナス、あなたと旧交を温めたいとおっしゃっている方が大勢お見えになっているのよ。ああ、ジャスパー。レディ・ダレンヴィルのお相手をお願いね」彼女はマグナスの腕に腕をからませて、人だかりがしているところに彼を連れていった。

タリーはがっかりして夫を見つめながら、くよくよするのはよしなさいと再び言い聞かせた。結婚して初めて顔を出した公の場で夫に恥はかかせられない。タリーはジャスパー卿にほほえみかけた。

「シャンパンはいかがですか、レディ・ダレンヴィル?」ジャスパー卿はタリーの返事も待たずに従僕を呼び寄せて、彼女にグラスを渡した。

「これはききますよ。さて、どなたかお会いになりたい方はおられますかな? どなたかお知り合いは?」タリーは首を横に振った。「そうですか」ジャスパー卿はタリーを少人数のグループに連れていった。彼はタリーを紹介すると、すぐにどこかに去ってしまった。タリーはグラスの柄を握り締めてなんとか会話に加わろうとしたが、話題に上るのは彼女が知らない人や彼女が行ったことのない場所ばかりだった。ミス・フィッシャーの学校で人生の大半を過ごしてきた者にとって、社交界での会話に加わるのは容易なことではなかった。学校では黙っているのがよしとされ、おしゃべりが許されるのは月に一度の薄い紅茶と固くなったケーキが出される親睦会《しんぼくかい》だけだった。今夜のパーティーとミス・フィッシャーの親睦会とではあまりにも違う。

ようやく食事の用意ができたと告げられると、タリーはほっと胸を撫で下ろした。マグナスが連れに来てくれる。これでひと息入れられるわ。それに、とてもおなかが空《す》いている。

タリーはレモンのシャーベットをスプーンですくいながら、夫とレディ・パメラが座っている長いテーブルの端をできるだけ見ないようにした。夫はいかにも楽しそうに夫人と話していた。タリーはため息をついて向き直ると、隣の老人に再び大声で答えた。老人は元将軍でほとんど耳が聞こえなかったが、タリーに次から次へと質問し、タリーは彼のらっぱ形の補聴器に向かって怒鳴らなければならなかった。もういっぽうの側に座っている客はひょろりと背の高い陰気なポーランド人で、英語はおろかフランス語も片言しか話せなかったが、食欲だけは旺盛《おうせい》だった。がつがつしていて、お世辞にもテーブルマナーがいいとは言えなかった。

向かいの席に座っている潑剌《はつらつ》としたフランス人の中年女性は、隣の男性と気軽にふざけ合っていた。何度かタリーと目が合うと、女性は親しげにほほえみかけてくれた。タリーは恥ずかしそうにほほえみ返し、話に加われたらいいのにと思った。でも、テーブルをはさんで話をするのはひどく不作法なこととされている。タリーは老人と大食漢のあいだにはさまれてにっちもさっちもいかなくなっていた。

ようやく女性たちが部屋を出て、男性がポートワインを楽しむ時間になった。タリーは声を張りあげて老人の質問に答えていたので、喉ががらがらになっていた。いずれにせよ、元将軍以外はだれもタリーに話しかけてこなかった。あの気さくなフランス人女性は早々に帰ってしまい、ほかの人たちはみな子供のころからの知り合いのようだった。

タリーは紅茶を飲みながら、白人の上流社会に紛れ込んだアフリカの部族のプリンセスになったような気がした。

ホッテントットのプリンセスは外国の侵略者に椅子に縛りつけられていた。彼女は夫の礼儀正しい振る舞いのせいで囚われの身も同然となっていたが、おびえることもなく、また不在の夫に裏切られたとも思っていなかった。彼女の前でべらべらしゃべっている愚かで傲慢《ごうまん》な者たちが敵の侵略者だった。ホッテントットのプリンセスは敵に向かってほほえんだが、それは眠れる虎《とら》のほほえみだった。彼女が敵の言葉を理解していることを彼らは知る由もなかった。

すぐにでもハンサムな夫が助けに来るだろう。「タリー、最愛の人よ」夫は言うだろう。「このおしゃべりな猿どもからきみを助けに来た。わたしにとっては王位よりもきみのほうが大事だ。どこか遠くに行こう。ふたりきりになれる場所に」ホッテントットのプリンスはその美しい灰色の瞳を情熱に曇らせ、顔を近づけて彼女の体を震えさせずにはおかないあの低い声でこう言い足すのだ。「愛するタリーよ、ひと晩じゅう、そして朝も愛し合おう」

ところが、マグナスがタリーを宿に連れて帰ったのは夜もだいぶ更けてからで、彼はおやすみと非常に礼儀正しく言うと、自分の部屋に入っていってしまった。

タリーは惨めな気分で大きなベッドの真ん中に丸くなっていた。今夜の食事の席で、夫を怒らせるようななにかとんでもないことをしてしまったに違いない。今夜、夫と何度か目が合ったが、夫は背筋が凍りつくほど恐ろしい目で彼女をにらんでいた。

まるでわたしが彼を裏切ったかのように……。わたしを憎んでいるかのように……。だが、タリーにはまったく心当たりがなかった。大成功とは言えないけれど努力はしたし、少しは社交界になじんだつもりだった。でも、よく考えてみたら、夫はその前から冷たくてよそよそしかった。

ひと晩じゅう愛し合い、朝にはキスをしてスイートハートと呼んでくれた夫が、午後になって戻ってきたら、まるで別人になっていた。

いくら考えても思い当たる節がなく、しまいに気分が悪くなってきた。

翌朝目覚めると、モニークから夫がヴェルサイユの近くにある友人の家に狩りに出かけたと知らされた。滞在は一週間か、あるいは二週間になるという。

マグナスがいなくなった最初の夜、タリーは泣きながら眠った。昼間は美術館を見学した。次の日の夜も泣きながら眠りについた。でも、昼間は人形劇を見て、モニークとクロードを連れて公園に散歩に出かけた。彼女は不幸せで夫のことを怒っていたが、世間の人にそれを知られたくはなかった。

次の日の朝、来客があった。レディ・パメラのところで会ったフランス人のマダム・ジロドゥーだ。タリーは憂鬱《ゆううつ》な気分であまり人には会いたくなかったが、居留守を使うだけの度胸もなかった。なによりも寂しかったし、話をすれば少しは気が晴れるかもしれないと思って会うことにした。

マダム・ジロドゥーは優雅な身のこなしで部屋に入ってきた。彼女は四十代の未亡人で、おしゃれで洗練されていたが、切れ長の黒い瞳には優しさが感じられた。長椅子に座ってしばらくおしゃべりをしていると、夫人はいきなりタリーの手を取って言った。「差し出がましいと思われるかもしれないけれど、わたしもかつては不幸な花嫁だったから、黙ってあなたを見ていられないの」

タリーは夫人の言葉に思わず涙ぐんだ。

「さあ、あなた《シェリ》」しばらくしてから夫人は言った。「ご主人は自分で自分がわからなくなっているのよ」

タリーは目をぱちくりさせた。「どういう意味でしょうか?」

「あなた方は便宜上の結婚をなさったんでしょう?」タリーはうなずいた。「でも、あなたは彼に恋をしてしまった、そうよね《ウィ》?」タリーは再びうなずいた。マダム・ジロドゥーはほほえんだ。「それはあなただけではないわ」タリーは再び目をぱちくりさせた。「ご主人があなたをじっと見つめていたのに気づいたわ――あれは妻に無関心な夫の視線ではないわ」

「で、でも、彼は……わたしはてっきり嫌われているのかと――」

「そんなばかな！　ご主人の噂《うわさ》は聞いているわ。氷の伯爵と呼ばれているんでしょう？」

タリーはまたもやうなずいた。「あなたを見る彼の目は氷どころか、炎のように熱く燃え上がっていたわ」

「炎？」

「ええ、絶対に。氷を火に入れると、ぱーんとはじけるでしょう？　ご主人は恐れているのよ。でも、必ず戻ってくるわ。そのときには氷は溶けてなくなっているでしょう」夫人はタリーの手をそっと叩《たた》いた。「きっと彼はあなたと長く離れてはいられないわ、かわい《プティ》い人《ート》。彼はすぐに戻ってくる。あなたも幸せになれる。そうじゃなくて？」夫人は鋭いまなざしでタリーを見た。「ベッドが恋しいのね？」

　タリーは真っ赤になった。

　マダム・ジロドゥーはくすくす笑った。「図星だったようね。ベッドは氷を溶かす手段ですもの。わたしの助言を聞いていただけるかしら？　わたしは二度結婚し、二度とも幸せだったけれど、最初のときは泣く泣く結婚したようなものなの」タリーはあけっぴろげな夫人に多少戸惑いはしたが、その助言には大いに興味があった。「ご主人が戻ってきたら、あなたは彼を喜ばせるためならどんなことでもしようとするでしょうね。ベッドに誘うかもしれない」

タリーは再び顔を赤らめた。

マダム・ジロドゥーは再びくすくす笑った。「恥ずかしがることはないわ、シェリ。女は体だけでなく頭も使わなくてはだめよ。女は多少謎《なぞ》めいていたほうがいいの。男は追われれば逃げ、逃げれば追うものなのよ」

タリーはわかったような振りをしてうなずいた。

マダム・ジロドゥーは立ち上がった。「さあ、二階に行って顔を洗っていらっしゃい。三十分後に甥《おい》のファブリスが来ることになっているから、一緒に音楽会に行きましょう。ご主人が戻ってきたときに、ただ彼を待ちわびていたと思われるのは癪《しゃく》でしょう？　わたしがいろいろな社交界の集まりに連れていってあげるわ。出歩いたほうがあなたのためよ」

タリーは頭がくらくらするのを感じた。でも、頼れるのは夫人しかいない。彼女はまばたきして涙を押し戻した。「見ず知らずのわたしにこんなに親切にしていただいて。なんてお礼を言ったら――」

「いいえ《ノン》」夫人は言った。「わたしたちは最初はみんな他人同士よ。でも、知らん顔をしていたらいつまでたっても友人にはなれないわ。さあ、上で顔を洗っていらっしゃい。ファブリスがすぐに来るわ」

約束どおり、マダム・ジロドゥーは次の十日間のタリーの予定をすべて考えてくれた。夫人の甥のファブリスはおしゃれな若者で、彼のエスコートでタリーはパリの別の顔を知ることができた。朝の訪問をしたり、音楽会や夜会にも出かけたが、それでもマグナスが恋しくてたまらなかった。

一週間たってもマグナスからはなんの知らせもなく、タリーは再び不安に襲われた。あの夜は彼にとってはなんの意味もなかったのだろうか？　タリーにとっては人生でいちばんすばらしい夜だった。それなのに、朝になったら夫はひと晩じゅう情熱的に愛し合ったことなど忘れてしまったかのように狩りに出かけてしまった。わたしに愛されていようがいまいがそんなことはどうでもいいのだ。そうでなければ、こんなふうに妻をほったらかしにはしないだろう。

最悪なのは、それでも彼を――氷の伯爵を愛していることだった。

11

それから二日後の夕方にマグナスは戻ってきた。タリーは音楽会に出かけるためにちょうど玄関ホールに下りてきたところだった。マダム・ジロドゥーの教えに従い、彼女は冷ややかな態度で夫を迎えた。マグナスもそっけなく応じ、妻を二週間もほったらかしにしたことに対する説明はひと言もなかった。そのことがかえってタリーに勇気を与えた。彼女はかしこまって〝ごきげんよう〟と言うと、速やかに宿をあとにした。

マグナスは見知らぬ馬車にいそいそと乗り込む妻を見てあっけにとられ、次の瞬間、激しい怒りがこみ上げてくるのを感じた。この二週間というもの妻が恋しくてたまらず、すぐにでもパリに戻りたかったが、父の二の舞になるのではないかという恐れからそうすることができなかった。昼間は乗馬や狩りをしたり、カードや酒で気を紛らしたりしたが、夜になると、彼の愛撫《あいぶ》に反応する妻の悩ましい姿が絶えず目に浮かび、〝愛しているわ、マグナス〟という言葉が耳から離れなかった。

マグナスはその言葉がもう一度聞きたくて、あわただしく礼を言って友人宅を辞すと、はるばるパリまで馬を飛ばしてきた。彼に会って喜ぶタリーの顔が見たい一心で。

マグナスはそのときの光景を何度も頭に思い描いた。タリーは一瞬驚き、そのあとうれしそうにほほえんで彼を迎えてくれるだろう。マグナスはゆっくり帽子と外套《がいとう》を脱ぐ。彼女に会いたくてたまらなかったことなどおくびにも出さずに。彼女はじれったそうに待つだろう。澄んだ琥珀《こはく》色の瞳を期待と欲望に輝かせて。それでも待たなければならない。夕食は期待と欲望がスパイスとなってさぞかし刺激的なものになるだろう。

食事がすみ、彼女があの大きな瞳でじっと見つめてきたら、もう待つことはない。マグナスはナプキンを置いて立ち上がり、テーブルをまわって彼女に手を差し伸べる。彼女は震える小さな手をマグナスの手に預け、ふたりは寝室に向かう。そして……。

それなのに、あのそっけない態度はなんだ！　他人行儀な挨拶《あいさつ》をして、どこのだれとも知れないフランス女と音楽会に出かけてしまった。しかも、めかし込んだフランス人の若い男を連れて！

「いったいどこに行っていたのだ、マダム？」翌朝マグナスは朝食室までタリーを追いかけてきた。「それに、たった今きみを馬車から降ろしたあのはなたれ小僧はだれだ？」マグナスはその若い男がゆうべタリーをエスコートしたのと同じ男だということに気づいた。タリーが十一時ごろ戻ってくる音を聞かなかったら、彼は今ごろ生きてはいなかっただろう。マグナスはタリーが部屋に鍵《かぎ》をかける音を聞いてさらに腹を立てたが、詳しい話を聞くのは朝になってからにすることにした。だが、今朝起きて予備の鍵で彼女の寝室の鍵を開けてなかに入ってみると、彼女はすでにいなかった。マグナスは怒り狂った。

タリーは夫のとがめるような口調に足を止めた。どこに行っていたかですって！ 自分は二週間も妻をほったらかしにしておいたくせに！「ゆうべお話ししました」タリーは怒ったように言った。

マグナスはタリーをにらんだ。「こんな朝早くから出かけるとは聞いていない。いったいだれとどこに行っていたのだ？」

タリーはマダム・ジロドゥーの助言を思い出し、内心びくびくしながらもゆっくり帽子を脱いでサイドテーブルに置いた。鏡の前に立ち、まだ濡《ぬ》れている髪を丹念に撫《な》でつけた。そのあいだ背中に夫の視線を痛いほど感じた。

わたしは夫にとがめられるようなことはなにもしていない。彼は忘れているようだけれど、きちんと行き先は告げたし、わたしは彼の従順な僕《しもべ》であるクロードを供に連れずに外に出たことはない。だいいち、夫婦はお互いの行動に干渉すべきではないと言ったのは彼ではないか。

髪を整えると、タリーはサイドボードに行って、ロールパンと白身魚入りバターライス《ケジャリー》とスクランブルエッグを選んでテーブルについた。

「このケジャリー、おいしそうなにおいがするわ。もう召し上がりましたか、伯爵さま?」彼がわたしを〝マダム〟と呼ぶなら、こちらも対抗して〝伯爵さま〟と呼ばせてもらおう。

マグナスはこぶしでテーブルを叩《たた》いた。「タリー、いったいどこに行っていたのだ? わたしが起きたときにはきみはベッドにいなかったではないか」

タリーの怒りはたちまち消え失《う》せ、代わって体がかっと熱くなるような喜びがこみ上げてきた。マグナスは目を覚ましてすぐにわたしが欲しかったのだ。わたしが恋しかったのだ。こんなに不機嫌なのは欲求不満のせいね。タリーはふっと笑い、スクランブルエッグを口に運んだ。

「お忘れですか、伯爵さま?」タリーは口に入れたものをのみ込んでから言った。「マダム・ジロドゥーと入浴施設を訪れると申し上げたはずです」

「朝の七時半に?」

タリーはケジャリーを口いっぱいにほおばりながらうなずいた。「ええ。でも行ってみるだけの価値はありました。ご存じですか? お湯に好きな香りの香水を入れることができるんですよ。オーデコロン、ローズウォーター、ラヴェンダー、塩水でもいいんです。塩水はとても体にいいと思います。調香師がわたしのために特別な香りを調香してくれると言ってくれたのですけれど」彼女はめかし込んだ調香師が手にキスをして、麗しきイギリス夫人と言ったときのことを思い出してぽっと頬を染めた。

マグナスは妻が頬を赤らめるのを見て眉をひそめた。彼の欲望は耐えがたいまでに高まっていた。

「わたしはすずらんの香りを注文しました」タリーは手首に鼻を近づけた。「いい香りだとお思いになりませんか？　本当にすてきなところでした。浴槽はどれも大きくて、首までお湯につかることができるんです。いい香りのするお湯につかって、赤い薔薇《ばら》が咲き乱れる小さなお庭を眺める。あんなに美しくて異国ふうなものを見たのは初めてです」タリーはいちばん深い浴槽につかりながら、マグナスに抱かれることを想像していたのを思い出して再び赤くなった。

マグナスは眉間《みけん》に深くしわを寄せた。ピンク色の肌をした妻が裸で浴槽につかっている光景が目に浮かんだ。芳《かぐわ》しい香りのする白い湯気が立ち込め、外に見える赤い薔薇の咲き乱れる庭がまるで屋外にいるような錯覚を与える。浴槽はふたりの人間が入れるほど大きかったのではないだろうか？　マグナスはごくりと唾《つば》をのんだ。口のなかが急にからからになり、股間《こかん》が痛いほどこわばった。

「あのフランス人のはなたれ小僧はどこにいたのだ？」マグナスはうなるように言った。

タリーはぷっと頬をふくらませた。「彼ははなたれ小僧ではありません。礼儀正しい好青年ですわ、伯爵さま。名前はファブリス・デュボウ、マダム・ジロドゥーの甥《おい》です。わたし、お風呂に長くつかりすぎてしまって、マダムがほかに予定があるというので、ファブリスがわたしを宿まで送ってくれたんです」タリーはロールパンをほおばった。

「知り合って間もないのに、もうファブリスと呼んでいるのか？」

タリーはテーブル越しに夫をにらんで、音をたててカップを置いた。「そうです！」

二週間もわたしをほったらかしにしておいたくせに、帰ってくるなりわたしの行動をあれこれ詮索《せんさく》するなんて！　まるでわたしがふしだらなことをしているかのように。

マグナスはわたしが彼を愛していることを知っているはずだ。わたしは彼にはっきりそう言った。たとえこの疑《うたぐ》り深い夫を愛していなかったとしても、神の前で貞節を誓ったのだから、それがどんなに当節の流行だとしても、決して誓いを破るつもりはない。夫を裏切ろうにも、どこへ行くにもクロードがついてくるのだから、なにもできはしない。

いいえ、マグナスはわたしが彼が期待していたように振る舞わなかったのが不満なんだわ。彼が目を覚ましたときにも、彼はわたしが当然ベッドにいるものと思い込んでいた。マダム・ジロドゥーの言うとおりだわ。夫は少し不安にさせるくらいがいいのかもしれない。

「今朝お茶《テ》の会に招待されているんです。伯爵さまもご一緒にまいりませんか？」

「なんだって？」マグナスは眉間にしわを寄せたままだったが、タリーは怖《お》じ気づいたりしなかった。

「〝テ〟です」タリーはほほえんだ。「英語ではお茶の会と――」

「そんなものには耐えられん」

「ええ、わかります。フランス人は、テがなにからなにまでイギリス式のティーパーティーに似ていたとしても、それは偶然にすぎないと固く信じています」タリーは最初にテに招待されたときのことを思い出してふっとほほえんだ。

タリーを驚かせたのは、お茶と同じくらいに大量に消費されるアルコールの量でも、子供の遊びと賭事《かけごと》が同時に行われることでもなく、フランス人のレディが着ている茶会服《ティードレス》だった。

彼女たちは衣服よりも化粧品で身を飾っているように見えた。ドレスの生地は透けるほど薄く、腕と首が大胆に露出されていた。ルーブル美術館にある彫像のように薄布をまとっただけの年輩の貴婦人に話しかけるときには、タリーは目のやり場に困った。パリの女性ほど大胆ではないけれど、こちらで作らせたティードレスを着たわたしを見て夫はどんな顔をするだろう、とタリーは思った。

「わたしがそのテとやらにきみをエスコートしていかなければ、あのはなたれ小僧がついていくことになるのだな」マグナスはとげのある声で言った。

「ええ、ファブリスがエスコートしてくれます。わたしが頼めば……」タリーは夫の目をまっすぐに見つめて言った。

「ふん！」マグナスはしばらくコーヒーカップをもてあそんでいた。「フランス人が素朴なティーパーティーをいかに台なしにするのか見てみるのもおもしろいかもしれんな」彼はようやく言った。

タリーは笑みを隠した。「それならばすぐに着替えてきます。十時にはここを出なければなりませんので」

マグナスは急いで部屋を出ていく妻のなまめかしい腰の動きや、うなじにかかる濡れた巻き毛に目を留めた。かすかに漂うすずらんの香りに誘われて、ついタリーを寝室まで追いかけていきたくなった。

くそっ。これではタリーの思うつぼだ。今朝、寝室をのぞいて彼女がいないのに気づいたとき、マグナスは一瞬、気が狂いそうになった。悪いことばかり頭に浮かび、彼女が気取ったフランス男の手を借りて見知らぬ馬車を降り、その手にキスされるのを見たときにはほっとすると同時にはらわたが煮えくり返るような思いがした。

マグナスはタリーがまるでフランス女のように男をもてあそぶ手練手管を身に着けつつあるのに気づいた。

タリーをパリに残していったのは間違いだった。彼女はわたしに放《ほう》っておかれた腹いせにこんなことをしているのだ。タリーは母とは違う。違う、違うに決まっているではないか……。

マグナスは不安にさいなまれた。

くそっ！　お茶の会に出れば妻がおとなしくしていてくれるなら、何杯でも飲んでやる。

「マダム・ジロドゥーに今夜、放浪に誘われたんです」ホテルに戻る馬車のなかでタリーは言った。マグナスは馬車の隅に座って怖い顔でタリーをにらんでいた。彼女がお茶の会の会場に着いて外套を脱いでから、マグナスはひと言も口をきいていない。彼女の淡い金色のフランス製のティードレスが気に食わないのだ。ほかの女性が着ているドレスに比べたら、タリーのドレスはおとなしいものだったが、マグナスはひと目見るなり不機嫌な顔になった。

あの礼儀正しいマグナスが午後のあいだだれとも口をきかず、一瞬たりともタリーから目を離さなかった。夫に冷たい視線でにらまれ、マダム・ジロドゥーがそれでいいのよというようにほほえんでうなずいてくれなかったら、タリーはすっかり自信をなくしていただろう。

タリーはマグナスが反対するのを承知の上で、放浪に誘われたことを話した。

マグナスはふんと鼻を鳴らした。「マダム・ジロドゥーだけでなく、にやけた甥も一緒なのだろう」

タリーは肩をすくめた。「マダムはほかにどなたがお見えになるかおっしゃっていませんでしたが、ファブリスが含まれていても驚きではありませんわ。彼はマダムのお気に入りですもの」

マグナスはうなるように言った。「その〝放浪〟とはいったいなんなのだ？」

「わたしもよくはわからないんですけれど、夜にパリのあまり上品とは言えない場所を探索するそうなんです。わくわくすると思いません？」タリーはどきどきしながら、マダム・ジロドゥーに教えられたとおり夫ににっこりほほえみかけた。これも夫の関心を引くための作戦だ。

マグナスはタリーをにらんだ。「わたしもマダムや彼女のお気に入りの甥に劣らずパリの夜の娯楽には詳しい。わたしの案内ではご不満かな？」

「マグナス、すばらしいわ！」タリーは飛び上がり、マグナスの首に抱きついて唇にキスをした。

マグナスは驚いて一瞬躊躇《ちゅうちょ》した。タリーが身を引こうとすると、彼女を乱暴に引き寄せて荒々しく唇を奪った。そして、膝の上に抱き上げ、いっぽうの手で彼女の頭を抱え、もういっぽうの手で体を撫でまわしながら貪《むさぼ》るようなキスをした。

「ああ、マグナス」タリーはマグナスの予想もしなかった行動に圧倒されてあえいだ。タリーはありったけの愛を込めてキスに応《こた》え、彼のシャツの下に手を滑らせて胸をまさぐった。マグナスが興奮に身を震わせるのを感じて、女としての満足感を覚えた。

馬車が止まり、従僕がドアを開けると同時にふたりはぱっと離れた。マグナスは先に降りてタリーに手を差し伸べた。タリーは夫の熱いまなざしに頬を染めながら馬車を降りた。宿に入るときもまだふたりの手は固く握られたままだった。

玄関のドアが閉まるやいなや、マグナスはタリーを抱き上げて階段を一度に二段ずつ上っていった。寝室のドアを蹴《け》り、再び蹴って閉めると、タリーをそっとベッドに下ろした。

マグナスはタリーのドレスの胸元をつかんだ。「人前で二度とこの服を着てはならない」彼はそう言うと、タリーのドレスをびりっと引き裂いた。タリーはたまらなく興奮するのを感じた。あらわになった彼女の胸のふくらみを見て、マグナスは情熱に目を曇らせた。美しい形に結ばれたクラヴァットをむしり取って、シャツを脱ぎ捨てる。「マダム、午後の約束はすべて取り消してもらおう」

タリーはいたずらっぽくほほえんで夫を見上げた。「でも、どうしようかしら」

マグナスは一瞬驚いたような顔をしたが、そのあと飢えたような目でタリーを見た。

「取り消せ、取り消すのだ」彼はうめいてタリーの唇に唇を重ねた。

その夜、マグナスはタリーを放浪に連れていってくれた。彼はタリーに耳当てをつけさせ、首まで覆われたドレスを着せるのを忘れなかった。マグナスはタリーが一度も見たことのないような場所に馬車を向かわせた。路地は狭くて暗く、どことなく物騒な感じがした。にもかかわらず、通りにはあらゆる階層の人々があふれていた。タリーは油の跡が残る舗道に足を滑らせそうになったが、マグナスがしっかり脇を支えてくれた。数歩あとからついてくる恐ろしい風貌《ふうぼう》のクロードの存在が、これほど心強く感じられたことはなかった。

「きみから先に」マグナスは明るい色に塗られたランタンの灯《とも》る戸口で足を止めた。タリーがマグナスに促されて階段を下りると、そこはキャバレーと呼ばれる薄暗く神秘的な場所だった。ふたりはテーブルについて酒を注文した。タリーは運ばれてきた明るい緑色の飲み物を疑わしそうに見た。

「奥方さまのお気に召しませんか?」マグナスは眉をつり上げて言った。

タリーはおそるおそるひと口すすり、そのあとほほえんだ。「ペパーミントの味がするわ」

マグナスは白い歯を見せてほほえんだ。

タリーはグラスを置いてあたりを見まわした。煙った薄暗い店内には、ありとあらゆる階層の人々がひしめき合っていた。小さなステージの前に、どぎつい赤い幕がかかっている。

「あの幕の裏にはなにがあるんですか?」

「見ていてごらん」

ほどなくして真っ赤なトルコ帽をかぶり、トルコ人の扮装《ふんそう》をした小人が現れた。なにやらわけのわからないことをわめいて幕を引くと、ぱらぱらと拍手が沸き起こり、妖艶《ようえん》で異国ふうな女性がステージに現れた。赤いサテンに黒いレースをあしらった大胆な衣装を身に着け、何曲か歌を歌った。マグナスを含め、店内の紳士はみんなくすくす笑った。

「彼女、きれいな声をしているわ」タリーはささやいた。「でも、なにを歌っているのかわかりません。教えていただけませんか？」

マグナスはタリーを見てかすかにほほえむと、首を横に振った。タリーが口を開いて抗議しようとすると、わずかな衣服しか身に着けていない踊り子の一団がダンスフロアに登場し、太鼓の音と哀調を帯びた音楽に合わせてきらびやかなスカーフをくるくるまわしながら踊り出した。タリーはその動きを見て、その踊りがなにを表現しているかに気づいた。彼女は目を丸くし、頬が熱くなるのを感じた。マグナスは顔をしかめて席を立つと、そっけなく言った。「そろそろ出よう」

タリーはがっかりした。「もう宿に帰るのですか？」

マグナスはタリーを見下ろして表情をやわらげた。「見るものはほかにまだたくさんあるんだ、小さな放浪者よ。ここだけではない」

「そうですね」彼女はしぶしぶ答えた。「あの踊り子たち、不道徳極まりないとお思いになりませんか？」

マグナスはくっくっと笑ってタリーの腕を取った。「さあ、外へ出よう」

ふたりの乗った馬車はセーヌ河畔に向かった。大道芸が行われていて、そのまわりを取り囲むように大きな人垣ができていた。マグナスはタリーの腕を取り、人込みをかき分けてよく見える場所に彼女を連れていった。

きらびやかな衣装を身にまとった軽業師が、足が片方しかない男の弾く陽気なオルガンの音に合わせて、すり切れた赤と金の布の上で跳んだり跳ねたりした。続いて、まだあどけなさの残る少女がふたり、火のついた松明《たいまつ》を宙に投げては受け取る芸を披露した。最後に、ふたりは口のなかに火を入れて火を噴き、観客の度肝を抜いた。ふたりがお辞儀をしてにっこりほほえむと、みなほっと胸を撫で下ろした。タリーは手のひらが痛くなるまで拍手を送った。

大道芸に飽きると、ふたりは静かに流れるセーヌ河畔をそぞろ歩いた。屋台で火であぶった木の実を買って食べ、タリーはマグナスにハンカチーフを借りて手を拭《ふ》いた。暗闇《くらやみ》で交わしたキスは塩の味がした。

そのあと、音楽に誘われて暗い路地に入っていくと、小さな中庭に出た。松明の下でジプシーがもの悲しいギターの伴奏に合わせて、髪を振り乱しながら歌い踊っていた。タリーは言葉は理解できなかったが、ジプシーの歌に心を打たれ、マグナスの腕につかまって涙を流しながら聴き入った。

マグナスはタリーの涙を拭いて彼女を宿に連れて帰り、ふたりは愛し合った。一度目は荒々しいまでに情熱的で、タリーはあっという間もなく昇り詰めた。二度目はマグナスがあまりにも優しく、タリーは思わず泣き出した。マグナスはキスで彼女の涙を拭《ぬぐ》い、ふたりは抱き合って眠った。

次の日の夕方はフランス一有名な俳優のフルーリを見にシアター・フランセーズに出かけた。タリーは劇場を訪れるのは初めてだった。劇場は込んでいて蒸し暑かったが、タリーは芝居に魅了された。マグナスは芝居に夢中になっている妻の顔から目が離せず、その夜ふたりはゆっくりと官能的な愛を交わした。マグナスはタリーの情熱的な反応に驚き、彼女からもう一度あの言葉を聞くのを恐れると同時に待ち望んでいた。

〝愛しているわ、マグナス〟

だが、彼女からその言葉を聞くことはなかった。

マグナスはタリーをあらゆるところに連れていった。パレ・ロワイヤルにも出かけた。パレ・ロワイヤルには図書館、賭博《とばく》場、カフェ、質屋、宝石商、氷屋、展示場、劇場にチェスクラブまで揃《そろ》っていた。ふたりは舞踏会や仮面舞踏会に出かけ、毎晩のように愛し合った。

だが、〝愛しているわ、マグナス〟という言葉はついに聞かれなかった。

「奥方さま」ある朝モニークはタリーの髪を結いながら言った。「赤ちゃんはいつごろお生まれになるんですか？」

タリーはぽかんとして鏡に映るメイドの顔を見た。「赤ちゃん？　どうしてそんなことをきくの？」

「ええ、妊娠《ウィ》されているんじゃありませんか？」

「妊娠？　まさか」

メイドは眉を寄せた。「でも、奥方さま、わたしは奥方さまにお仕えしてもう七週間になります」

「もうそんなになるかしら。それがどうかしたの？」

「月のものが来ないのではありませんか？」

タリーは目を丸くした。「ええ、確かに」彼女はゆっくりと言った。「よく気づいたわね。でも、それと赤ちゃんとどんな関係があるの？」

モニークは説明した。

「そうなの？」タリーは言った。「それでわかるのね……。本当にわたしが妊娠していると思う？」

「ええ。月のものが不規則ならば別ですけれど」

タリーは首を横に振った。「いいえ。結婚したり、旅行したりで飛んでしまったのかと思っていたの」タリーは喜びで全身が打ち震えるのを感じた。赤ちゃん。なんてすばらしいの。

モニークは女主人に向かってほほえんだ。「旦那《だんな》さまもさぞかしお喜びになるでしょうね」

タリーははっとした。マグナスは彼女が妊娠したことを知ったら、イギリスへ、ダレンヴィル邸に連れて帰ろうとするだろう。彼ははっきりそう言った。

そんなことになったら、二度とイタリアの地を踏むことはできない。

タリーにとってイタリアに行くことは子供を産むのと同じくらい重要だった。パリに長居しすぎた。楽しむことよりもっと大切なことがあったのに。快楽の誘惑に屈してしまうなんて、わたしはなんて身勝手で愚かだったのだろう。「ねえ、モニーク」タリーはゆっくりと言った。「このことは夫には黙っていてほしいの。わたしたちだけの秘密にしてもらえないかしら?」

モニークは困ったような顔をした。「奥方さまがそうおっしゃるなら」

「お願い」タリーは言った。「それで、よかったら、パリを発《た》つ荷造りをしてくれないかしら」

「パリを発つ?」モニークは驚いたように言った。「ええ、三日後に」タリーは断言した。

「一緒に来てくれるでしょう? イタリアに」

モニークは肩をすくめた。「もちろんですわ、奥方さま。わたし一度もイタリアに行ったことがないんです。でも、旦那さまがなんとおっしゃるか」

タリーはほほえんだ。「旦那さまのことはわたしに任せてちょうだい」

12

「わあ」タリーはキャンバス地を張った椅子の上で大きく伸びをして、過ぎゆく川の風景を眺めた。一行は三日前に馬車でパリを発《た》ち、今朝、艀《はしけ》に乗り換えた。「船がこんなに快適だとは思ってもみませんでした。畑や葡萄《ぶどう》園の美しいこと。川の流れも穏やかですし」

マグナスはほほえんだ。艀で行くことを勧めたのは、旅の手配をさせるために雇ったルイージ・マグワイアーだった。イタリア人の母とアイルランド人の父を両親に持つフランス人で、なかなか役に立つ男だった。

「馬車で行くよりも楽だと言ったじゃないか。船酔いを起こすのが心配だったのか？」

タリーはうなずいた。「いつもながら旦那《だんな》さまの言うとおり。それにしてもローヌ川は美しい川ですね。あとどれくらいでイタリアに着くんです？」

マグナスは顔を曇らせた。彼はタリーが急にイタリアに行きたいと言い出したことに疑問を抱いていた。両親の墓があるのでイタリアに行きたいとは言っていたが、パリで楽しく過ごすあいだにそんなことは忘れてしまったのだろうと思っていた。ところが、彼女の意志は固く、どうしてもとせがまれるとマグナスもいやとは言えなかった。最近ますます妻の頼みを断りきれなくなっている。いやな考えが頭をかすめたが、彼はそれを締め出した。

だが、イタリアに行くにはモンスニ峠を越えなければならない。マグナスは内心身震いした。彼は高いところが苦手で、できることならば船で行きたかった。だが、タリーが船酔いしやすく、平底船でローヌ川を下るよう説得するのでさえ大変だったのを考えると、船旅は断念せざるをえなかった。それに、地中海では海賊に襲われる危険があった。

「マグワイアーによると、アヴィニョンに着くまで少なくともあと五日はかかるそうだ」彼は言った。「アヴィニョンに一週間ほど滞在しようかと思っている。きみも法王の宮殿や、ほかにも訪れたいところがあるだろう」

「いいえ、わたしはあまり興味がありません」タリーは嘘《うそ》をついた。「宮殿はもうたくさん見ました。たとえローマ法王のものだとしても、それほど見たいとは思いません」

マグナスは考え込むような顔をしてタリーを見つめた。「わたしが聞いた話では」さりげなく切り出す。「月明かりに照らされた法王の宮殿の眺めはすばらしいそうだ……」

「月明かり?」彼が予想したとおり、タリーは目を輝かせた。彼女は一瞬考えた。「アヴィニョンに一日か二日滞在するのも悪くないかもしれませんね」

マグナスは笑みを押し殺した。最近、妻の好みがわかってきた。彼はタリーが河岸に目を戻すのを見つめた。結婚する前は人生は退屈だと思っていたが、好奇心旺盛《おうせい》な彼女の影響でマグナスも違った目で世界を見られるようになった。これはよくない徴候だとわかっていたが、どうすることもできなかった。

アヴィニョンからは、艀で一緒に運んだ馬車に乗り換えた。悪路で馬車が激しく揺れ、マグナスはタリーの気分が悪くなるのではないかと心配したが、彼女は車窓の風景を眺めて道中の大半を過ごし、駅で騎乗御者が交替するときに、御者が鐙《あぶみ》に大きなひざ上まで《ジャック》の長靴《ブーツ》を残したまま馬を降り、次の御者がまたそのブーツをはくのを見て喜んだ。

アルプスの山中に奥深く入っていくと、いよいよ道幅は狭くなり、歩みは遅くなった。タリーは馬にまたがったマグナスに声をかけた。「マグナス、これ以上馬で行くのは無理なのではありませんか？　道はどんどん険しくなります。ほかに交通手段はないのでしょうか？」彼女は山を見上げた。「馬で山を越えるのは無理です」

「次の村で泊まる」マグナスは言った。「馬車をばらばらにしてろばと人で運ぶ。わたしたちもだ」

「馬車を運ぶ？」タリーは驚いて声をあげた。「わたしをからかっていらっしゃるのね？」

マグナスはにやりとした。「見ていてごらん」

一行は次の村で一泊した。翌朝タリーは馬車がばらばらに解体され、縄でくくられているのを見た。小さな宿の前には大勢の人と、同じくらいの数のろばが集まっていた。怒号が飛び交うなか、マグワイアーの監督の下、ろばの背に荷がくくりつけられた。

「かわいそうだわ」タリーはマグナスの袖《そで》をつかんで言った。「小さなろばにあんなに大きくて重い荷物を背負わせるなんて」

「人夫は心得ている。人もろばも何度もアルプスを越えているんだ」

タリーはあたりを見まわした。「わたしたちはどうするんですか？」

「ろばに乗るんだ」マグナスは答えた。

タリーは唖然《あぜん》とした。「わたしはろばには乗れません」

マグナスは顔をしかめた。「仕方がない。馬はいないのだから」

「いたとしても変わりはありません。わたしは馬にも乗れませんから。一度も馬に乗ったことがないんです」

マグナスは当惑した。この世に馬に乗ったことのない人間がいるとは思ってもみなかった。彼の知り合いは、女性でもみな馬に乗れる。「本当に一度も馬に乗ったことがないのか？」

タリーはうなずいて、不安そうに唇を噛《か》んだ。

マグナスはマグワイアーと人夫の親方のところに行って、事情を説明した。マグワイアーが大声でなにやら命じると、少年が近くの納屋から奇妙な形をした大きな籠《かご》のようなものを持ち出してきて、ろばの背にくくりつけ始めた。

タリーは不安な面持ちでそれを見守った。

マグナスは唇の端を上げてにやりとした。

「あんなものに乗ってアルプスを越えるなんてわたしにはできません！」タリーは小声で反論した。

「ならば、すぐにパリに戻るまでだ」

タリーはきっとマグナスをにらむと、ろばのところに歩いていってだれかが籠に乗せてくれるのを待った。人夫が手を貸そうとすると、マグナスがすぐに現れ、妻を抱き上げて籠に横向きに座らせた。「これを」彼は熊《くま》の毛皮でタリーの体を覆った。毛皮には鼻につんとくるにおいが残っていて、もとの持ち主の姿を彷彿《ほうふつ》とさせた。タリーが鼻にしわを寄せると、マグナスはかがんで、彼女の鼻の頭にちょこんとキスをした。「暖かいだろう」

タリーはじろりと夫をにらんだ。「ばかみたいだわ。どうしてわたしもあの人たちみたいに歩くことができないのですか？」

マグナスはなにも答えず、きゃあきゃあ言いながらろばの背に乗せられているモニークのほうにちらりと視線を送った。

「わかりました」タリーはむっとして言った。「お行儀よくします……でも、ばかみたいだわ」

「ときには恥を忍ばなければならないこともあるんだ」マグナスはいかめしい顔をしてそう言うと、タリーのそばを離れた。

登りの道は険しく曲がりくねり、道幅が目に見えて狭くなった。どの道を行ったらいいのかわからなくなるほど道が枝分かれしていたが、人夫は交替で大きな荷物を運びながら迷うことなく進んでいった。タリーは多くの買い物をしたことに罪悪感を覚えた。

だが、アルプスの雄大な景観を目の当たりにしてすぐに元気を取り戻した。鋭く切り立った峰、ごつごつした岩、風雨にさらされ、奇妙な形にねじれ、節くれ立ち、折れ曲がった木。山を登るにつれて気温が下がり、夏とは思えないほどひんやりしていた。

道は狭く険しかったが、タリーが恐怖を感じている暇はなく、四方に広がる壮大な眺めにはただただ目を見張るばかりだった。道を曲がったり、小さな峰を越えるたびに新たな発見があった。ミセス・ラドクリフの本で読んで想像するしかなかった風景をこうして実際に目にしているのが信じられなかった。

あたりは静けさに包まれていて、聞こえるのはがっしりした靴をはいた人夫の足音と、ろばの蹄鉄《ていてつ》にときどき石が当たって鈴のようにちりんと鳴る音だけだった。その音が澄みきった空気を切り裂き、切り立った峰にこだました。

こんなに美しいこだまを聞くのは初めてだった。

「ヤッホー」タリーは思わず大きな声で叫んだ。はるか向こうの岩山からこだまが返ってきた。マグナスが心配そうに彼女を振り向いて見た。タリーは手を振った。「ヤッホー」もう一度大きな声で叫ぶ。「ヤッホー、ヤッホー、ヤッホー」

人夫のひとりが、タリーを見てにやりとして歌い出した。すると、あとを追うようにほかの人夫たちも歌い出し、若く力強い歌声が山に響き渡った。男たちの歌声は山に跳ね返ってより大きく聞こえ、わずかに遅れて聞こえてくるこだまと重なり合ってみごとなハーモニーを奏でた。人夫の歌は聖歌隊のどんな歌よりもタリーの胸を打った。聖歌隊のような厳かな雰囲気はないが、山道を歩きながら陽気に歌う男たちの声には、自信と力強さがみなぎっていた。

タリーは自分が今こうしていることが信じられなかった。平凡で目立たない生徒だったタレイア・ロビンソンが、旅をすることなど一生ありえないだろうと思っていた彼女が、世界一高いと思われる山の頂に立ち、おそらくこの世でいちばん美しいと思われる風景を眺めている。そして、世界でいちばん美しい歌を聴いている。前を行く夫はすばらしくハンサムで、イタリアはもうすぐそこだ。イタリアに行けば、母の死の真相を知ることができるだろう。そして、わたしのおなかのなかには新しい命が宿っている。冷たい山の空気が目に染み、彼女はハンカチーフを捜した。近ごろなぜか涙もろくなっている。

涙を拭《ふ》いてふと顔を上げると、人夫のひとりがじっと見ているのに気づいた。彼は歌に合わせて冷たくなったタリーの手を叩《たた》いた。歌のおかげで時間が早く過ぎるように感じられた。やがて人夫が止まり、マグナスが籠から降ろしに来てくれた。

「後ろで歌っているのが聞こえましたか？　すばらしい歌だったでしょう？」タリーは縮こまっていた手足を思いきり伸ばした。

「実にすばらしかった」マグナスは答えた。「寒くはないか？」彼はタリーの冷たくなった小さな手を取ってさすった。タリーは夫の手が冷たく、目がとろんとしているのに気づいた。

「大丈夫？」彼女は心配そうにたずねた。

マグナスは肩をすくめた。「風邪を引いたのかもしれない。いや、なに、大したことはない。人夫がブランデーかなにか酒を持っているだろう。体を暖めるために少し分けてもらうとするか」

タリーはあたりを見まわした。「マグナス、みんなはなにをしているの？」

人夫がろばの背から荷物を下ろしていた。マグナスは話を聞きに行き、渋い顔をして戻ってきた。

「ろばで行けるのはここまでだそうだ。悠々と運ばれていくのもここまでだ」

案の定、男たちは丸太に籐《とう》の椅子らしきものをくりつけた輿《こし》を持ち出してきた。彼らがマグナスに合図すると、タリーはしぶしぶ前に進んだ。

ものの数分もしないうちにタリーは椅子に縛りつけられた。彼らが言うには安全のため、さらには防寒のために熊の毛皮はもちろんのことその上からむしろでくるまれた。「みっともないわ」タリーは言った。マグナスは笑い、彼女の顔を厚手のウールのショールで覆った。

「とても楽しそうじゃないか」

タリーはほとんど動くことができず、夫には見えないとわかっていながらもにらんだ。

「ムッシュー?」人夫が言った。マグナスは振り向いた。人夫はタリーの横に置かれたもうひとつの輿を手で示した。「急いでください、ムッシュー」

「なに? わたしはそんなものには乗らん!」マグナスは怒って言った。

人夫は肩をすくめた。「乗っていただかないと困ります。この先はこの山で生まれた者しか行けません。早くお乗りください」

ぐるぐる巻きにされたタリーがくぐもった笑い声をあげた。マグナスは怒りに身をこわばらせた。

「不慣れな人に歩かれると、足手まといなんですよ。狼《おおかみ》や熊に襲われてもいいんですか?」

マグナスはおどしには屈しなかった。

「マダムが風邪を引いちまいますよ」

「わかった、乗ればいいんだろう！」マグナスは観念した。タリーは非の打ちどころのないエレガントな夫がやはりぐるぐる巻きにされるのを見てほくそ笑んだ。ふたりの人夫が輿を担いで歩き出した。

「マグナス？」マグナスの乗せられた輿が横に並ぶと、タリーは言った。人夫は足を止めた。

マグナスはタリーを横目でにらんだ。「なんだ？」嚙みつくように言う。

「ときには恥を忍ばなければならないこともあるんですよ」

マグナスは毒づいて、人夫に進むように命じた。

「心配なさらないで」タリーは言った。「楽しそうに見えますよ」

マグナスは再び毒づいた。タリーの笑い声が急な斜面を登って彼の耳に届いた。

人夫は四人ひと組で輿を担いでいたが、彼らはタリーなら平らな地面でも一分と持たないだろうと思うような勢いで急勾配《こうばい》を登っていった。

狭く曲がりくねった道の片側は目のくらむような急な崖《がけ》になっていて、もう片側には垂直に切り立った岩壁がそびえていた。一歩でも足を踏みはずせば、崖の下にまっさかさまに落ちてしまう。ごつごつした岩場に叩きつけられたらひとたまりもないだろう。そう遠くないところで狼の遠吠《とおぼ》えが聞こえ、タリーは恐怖に凍りついたが、人夫は立ち止まるところか、まばたきひとつしなかった。

休息のために峠で止まると、タリーはほっと胸を撫《な》で下ろした。そこからの眺めはすばらしかった。四方を山に囲まれ、白く輝く雪を頂く峰や、真っ青な空を背にそそり立つ峰が見えた。こちら側がフランスで、下のどこかがイタリアで、その向こうがスイスの山々だ。いつかこのときのことを子供に話して聞かせようと思い、タリーはまだふくらんでいないおなかに手を当てた。このなかで小さな命が育っているのがいまだに信じられなかった。

再び輿が持ち上げられ、人夫は走るような勢いで進んだ。道幅が狭く危険な箇所は歩幅を狭くし、平らで道幅が広くなると、大股でぐんぐん進んだ。

ようやく断崖《だんがい》にかろうじてしがみついているような小さな村にたどり着いた。人夫ははあはあ肩で息をしながら輿を下に置き、ひとりがタリーを椅子から降ろしてくれた。タリーはマグナスを捜した。マグナスは輿に乗ったままだった。彼女はまだよく動かない足で夫のそばに急いだ。

「マグナス、こんなにはらはらしたことは――マグナス、大丈夫ですか？」

マグナスの顔は真っ青だった。目も開けず、ぴくりとも動かない。

タリーは手袋をはずして夫の額に手を当てた。山の空気はひんやりしているにもかかわらず、彼の額は熱くじっとり汗ばんでいた。「マグナス？」

彼はゆっくりと目を開けた。「ああ、きみか」そう言って、椅子から降りようとした。

タリーが手を貸したが、マグナスはふらふらしてまっすぐ立つことができず、人夫のひとりが支えてくれなかったら倒れていたかもしれなかった。タリーはうろたえた。

「病気なんだわ！　近くにお医者さまはいないの？　マグワイアー！」

マグワイアーと人夫の親方がやってきた。

「夫は病気なんです」タリーは繰り返した。「お医者さまに見せないと。このあたりに宿か、どこか休めるような場所はありませんか？」

親方は首を振り、意味ありげにあたりを見まわした。タリーは彼の視線を追った。村は小さなコテージが六軒あるばかりだった。こんなところに医者がいるはずもない。タリーは恐怖に喉を締めつけられそうになった。

「夫をお医者さまに」タリーはなおも言った。

「わたしなら大丈夫だ」マグナスがかすれた声で言った。「少しめまいがしただけだ」

タリーはマグナスを無視して、親方の目をまっすぐに見据えた。「大至急、夫の手当てができるような場所に連れていってください」彼女はきっぱりと言った。「今すぐに！」

親方はうなずくと、ほほえんでタリーの肩を叩き、方言でなにかを言ったがタリーには理解できなかった。親方は人夫を呼び集め、弱々しく抵抗するマグナスを再び輿に乗せて山を下り始めた。今度ばかりはタリーも景色を楽しむ余裕はなかった。「急いで」彼女は人夫をせかした。

下りは悪夢のようだった。タリーは夫の様子を見たかったが、道は狭く険しく、一列で進むしかなかった。

途中、小さな村をいくつか通り過ぎたが、タリーは目もくれなかった。医者のいる大きな町に行かなければだめだ。人夫の歩みが少しでも遅くなると、タリーはせかした。「急いで。お願いだから急いでちょうだい」

ようやく人夫のひとりが遠くを指さして、ぶつぶつ言った。タリーは男が指さす方向を見た。はるか下の山の麓《ふもと》にテラコッタの屋根と教会の尖塔《せんとう》が見える。タリーは胸を躍らせた。それでもまだずっと遠くだ。彼女はうなずいた。「お医者さま?」

男はうなずき返した。「医者」

タリーはほっと胸を撫で下ろした。「よかったわ。さあ、急いでちょうだい」

人夫たちはどんどん山を下っていった。タリーは景色には目もくれず、輿に乗せられた夫とはるか下に見える町を交互に見た。

突然、銃声が鳴り響いた。人夫がいきなり止まって輿を下ろしたので、タリーは危うく椅子から投げ出されそうになった。止まったのは道の端だった。道の両側には岩壁がそそり立ち、前も後ろも見えない。あたりは不気味な沈黙に支配されていた。

「どうしたの?」タリーは言った。「なにがあったの? どうして止まったの?」

「黙れ」上のほうでだれかがイタリア語で叫んだ。タリーが見上げると、黒い髪に太い口ひげを生やした背の高い男が、銀色に鈍く光る銃を彼女に向けていた。痩《や》せているが肩幅は広く、ぼろぼろの軍服を着ていた。かつては金色だったと思われる上着の刺繍《ししゅう》は黄色にあせている。男は軍人なのだろうか？　だが、戦争はすでに終わっている。

前方でなにかがさっと動き、銃声が一発鳴り響いた。タリーの心臓は止まりそうになった。マグナス！　だが、彼女にはなにも見えなければ、なにも聞こえなかった。男は見えないだれかに向かってなにやら大声で言うと、身軽な動作でさっと道に飛び降りた。小石がぱらぱらと落ちる音が聞こえた。すると、数十人はいるかと思われる男たちが姿を現した。みな軍服らしきものを着て、手にはナイフか銃、あるいはその両方を持っていた。

「この人たちは何者なの？」タリーはすぐ横に立っていた人夫に小声でたずねた。

人夫は暗い目でタリーを見た。「山賊ですよ」

13

「山賊?」タリーは息をのんだ。

人夫は左前方の岩場にずらりと並んだ一団をあごでしゃくった。「悪い連中ですよ。山に住んでいるんです」唇をゆがめて吐き捨てるように言う。

山賊が方言でなにごとか命じ、人夫たちがゆっくりと前に進み出た。こちらの動きは岩の上に陣取った山賊の一団にすべて見張られていた。人夫たちは三方を岩の壁に囲まれ、もういっぽうは切り立った崖《がけ》になった小さな空き地に集められた。そこは崖に沿って人ひとりがやっと通れるくらいの狭い道が一本あるだけで、逃げるのはほぼ不可能だ。この待ち伏せは周到に計画されたものに違いない。

山賊はマグナスが雇った護衛の武器をすでに取り上げていた。タリーはふたりの人夫が怪我《けが》をしているのに気づいたが、なんとか歩けるところから見て、大した怪我ではないようだ。さいわい、護衛に怪我はなかった。

首領とおぼしきぼろぼろの軍服を着た背の高い男がてきぱきと手下に指図した。銃を持ったふたりの手下が人夫と護衛を小さな洞穴に連れていき、両手を頭の上にのせて座らせた。タリーはほっと胸を撫《な》で下ろした。だれも殺すつもりはないらしい——今のところはまだ。

手下の何人かが輿《こし》に乗せられて身動きできないでいる人質を取り囲み、銃やナイフや短剣で威嚇した。残りの手下は荷物に群がって中身を開け、金目のものをすべて取り出した。マグナスの上等な革のブーツも例外ではなかった。

山賊の首領は決闘用の銀のピストルをベルトに差して、肩で風を切るようにして歩いてきた。「さてと、どんな獲物が手に入ったかな?」彼はなまりはあるが、驚くほど洗練されたイタリア語を話した。「レディがひとり——いや、ふたりだ」彼はむしろをはぎ取り、その下でおびえていたモニークを見つけて言った。「そして、紳士が四人」彼はマグナス、マグワイアー、御者のジョン・ブラック、マグナスの従僕のギヨームの乗った輿をちらりと見た。「イギリス人の伯爵はだれだ?」彼は鮮やかな緑色の目でひとりひとりを注意深く観察した。

イギリス人の伯爵?　なぜイギリスの伯爵の一行だとわかったのだろうとタリーは思った。わたしたちはマグワイアーの助言を聞き入れて質素な身なりをし、ふつうの旅行者を装った。それなのになぜ見破られてしまったのだろう?

「このなかにイギリス人の伯爵がいることはわかっているんだ」

だれもなにも言わなかった。

首領は輿に近づいて口汚く罵《ののし》ると、マグワイアー、ギヨーム、ジョン・ブラックを次々に引きずり出した。ひとりひとりの顔をじろりと見て、手下に突き出す。手下は金目のものをすべて取り上げた。

装飾品を奪われたモニークが悲鳴をあげ、手下のひとりが彼女に平手打ちを食らわせて大声で笑った。ジョン・ブラックが英語で毒づいて前に飛び出し、彼ともみ合いになった。鈍い音がしてジョン・ブラックは地面に倒れ、頭を抱えてうめいた。ギヨームとマグナスは動かなかった。ギヨームは恐怖にすくみ、マグナスは動く力もないように見えた。そのあと、ジョン・ブラックが立ち上がるのを見てタリーはほっとした。だいぶふらついているが、どうやら無事なようだ。手下が彼の両手を縛った。

首領は振り向き、マグナスを輿から引きずり出した。

「放せ！」マグナスは山賊の手を振り払おうとしたが、言葉もはっきりせず、ふらふらして立っているのがやっとだった。

「これはまた横柄な伯爵さまだ」彼は流暢《りゅうちょう》なフランス語で言うと、マグナスの腰につけられた胴巻きを抜き取ってばかにしたようにお辞儀をした。

タリーは目を見開いた。このぼろをまとった男はただの山賊ではない。

マグナスがふらつくと、彼の上着をつかんで笑った。「酔っているのか、伯爵さま？

それとも、ほかのイギリス人と同じようにただ臆病《おくびょう》なだけか？」

「夫は臆病者などではないわ！　彼は病気なの」タリーは叫んで輿から這《は》い出ようとした。なんとか自力で抜け出すと、夫のそばに駆け寄り、夫と山賊のあいだに割って入った。

「夫をそっとしておいて。病気なのよ。見てわからない？」

山賊はふんと鼻を鳴らして、緑色の目を細めた。「そうでなければ、あなたは今ごろ夫に撃ち殺されているわ！」タリーは激しい口調で言うと、マグナスの体を肩で支えた。

首領はもう一度マグナスを見ると、地面に唾《つば》を吐いた。「こいつを見てみろ！　怖くてぶるぶる震えていやがる！」

「熱で震えているのよ」タリーはかっとなって言い返すと、ハンカチーフでマグナスの額の汗を拭《ぬぐ》った。

首領は驚くほどきれいな手を伸ばしてタリーの耳を指ではさんだ。タリーは凍りついた。彼はタリーの耳からゆっくり金のイヤリングをはずし、次に首に手を伸ばした。その手がドレスの襟のなかに入ってくると、タリーは思わずひるんだ。

「汚い手で妻に触るな！」マグナスはふらつきながらも首領に殴りかかっていった。こぶしはみごとに首領のあごに命中し、彼は後ろによろめいた。彼があごを押さえているあいだに、タリーはふらついている夫の体を支えた。ばらばらになった金のネックレスが地面に落ちていた。

首領はしばらく黙って立っていたが、やがて肩をすくめて言った。「こいつを連れていく」彼はかがんでタリーのネックレスを拾い上げた。

「連れていくって？　だれを？　わたしの夫を？」

「そうだ《シー》」山賊はイタリア語で答えた。彼は手下をふたり呼び寄せた。ふたりはマグナスの腕をつかんで連れ去ろうとした。

「待って！」タリーは叫んだ。「夫をどうするつもりなの？」

首領は振り向いて無表情な顔でタリーを見ると、再び肩をすくめた。「ご主人は身分の高いイギリス人の伯爵だ。彼を無事に取り戻すためにだれかが金を払ってくれるだろう」

「身の代金？」タリーは愕然《がくぜん》とした。「夫は病気なのよ。すぐにお医者さまに見せないと」タリーは怒って叫んだ。「だめよ！　そんなことはわたしが許さないわ！」

首領は振り向いて、かすかに驚いたような表情でタリーを見つめた。にやりとすると、金歯が日差しを浴びてきらりと光った。「許さない？」

「そうよ」タリーは夫のそばに立った。「夫をさらうなら、わたしを殺してからにして！」

「きみは黙っていろ」マグナスは怒ったようにつぶやいた。顔は真っ青だが、頬には赤みが差していた。

「いいえ、黙ってなどいられません。その体で山賊の隠れ家に連れていかれたらどうなると思っているの？　たとえあなたが健康だったとしても、そんなことはわたしが許しません！」

マグナスはよろめいて毒づき、いらだたしげに額に手をやった。「黙って、ジョン・ブラックとマグワイアーと一緒に待っているのだ」

「いいえ、あなたのそばについているのがわたしの役目です」タリーは手下のひとりを押しのけてマグナスの腕を取った。最初に弱々しい力で彼女の腕を振りほどこうとしている夫をにらみ、ついで、ふたりをおもしろそうに見ている首領をにらんだ。彼は笑い、そのあと真顔に戻ってタリーをそばに引き寄せた。マグナスはタリーを奪い返そうとしたが、手下に引き戻された。

「妻を放せ」マグナスはふらつきながら言った。「髪の毛一本でも触れてみろ。おまえを殺す」

首領はきらきら輝く緑色の目を細めて、タリーをつかむ手に力を込めた。「夫は妻を思い、妻は夫を思う。実に美しい夫婦愛だ。夫思いの妻はすぐに夫の身の代金を払ってくれるだろう」

「だめよ――」

首領はタリーの口を手で覆った。「そいつを連れていけ」彼は命じた。

タリーは身をよじって彼の手を振りほどくと、叫んだ。「だめよ！　夫は病気なのよ！　連れていっても死んでしまうわ」無我夢中で訴える。「そうなったら、どうやって身の代金を取るの？」

　首領はまた肩をすくめた。「危険は覚悟の上だ」

「夫の命が危険にさらされているのよ！　そんなことは絶対に許さないわ！」

　彼はにやりとした。「さあ、どうするね、奥方さま？」

　タリーは無性に腹が立った。自分の力ではどうすることもできない。だが、マグナスは寒さに震え、立っているのがやっとだ。このままでは死んでしまうかもしれない。そんなことがあってたまるものですか。なんとかしなければ！

「代わりにわたしを連れていって」彼女は言った。

「きみは黙って――」マグナスは止めようとしたが、口にぼろ布を押し込まれてなにも言えなくなった。さらにもうひとり手下がやってきて、三人がかりでマグナスを押さえつけた。

「あんたを連れていく？」首領は驚いたように言って、緑色の目を細めた。「遊びにつき合っている暇はないんだ」彼はマグワイアーをちらりと見た。マグワイアーはなにも言わなかった。

「遊びなんかじゃないわ。あなたは人質を取らずに帰るつもりはないんでしょう？　夫の今の状態ではいつまで持ちこたえられるかわからないわ。だから、代わりにわたしを連れていきなさいと言っているのよ。こんなにわかりやすい取り引きはないわ」

マグナスは猿ぐつわをはめられたまま大声でわめいた。灰色の瞳は怒りに燃え、血の気の失《う》せた顔は苦痛にゆがんでいた。

「女を人質に?」首領は疑わしげな目でタリーを見て、ふさふさした口ひげを指で撫でつけた。「それはイギリス流の不道徳なお遊びの一種ですか、伯爵夫人? ハンサムな山賊と山で過ごすのもロマンチックだとお考えで?」

タリーはかっとなった。「なにを言うの!」早口でまくし立てる。「侮辱するにもほどがあるわ。ほかに方法があれば、あなたとは一歩だって一緒に歩きたくないわ。でも、病気の夫を連れていかせるわけにはいかないの!」

「ご主人が病気じゃなかったら……?」

「ふん!」タリーは鼻を鳴らした。「夫が健康なら、わたしたちが人質になるようなことは絶対にありえないわ!」彼女はマグワイアーと、自分たちを山賊から守るために雇った護衛を蔑《さげす》むように一瞥《いちべつ》した。「夫は戦わずして降参するような人ではないわ!」

タリーが驚いたことに、山賊の首領はマグワイアーにウインクした。

「よしわかった」彼は言った。「あんたを連れていく。愛する夫には身の代金の調達に駆けずりまわってもらおう」

マグナスは怒って飛び出そうとしたが、男たちに押さえつけられた。

タリーは口のなかがからからになるのを感じて、ごくりと唾をのんだ。山賊がまさか本当にわたしを連れていくとは思わなかった。でも、自分で言い出したのだからもう後戻りはできない。山賊がわたしを人質にするなら、マグナスがそれだけ早く医者に連れていってもらえる。彼女はすっと背筋を伸ばしてマグナスに近づいていった。マグナスは怒りと絶望の入り混じった目でタリーを見た。

「いいのよ、マグナス。わたしは好きでこうするの」タリーは喉につかえた大きな塊をのみ下そうとするように再び唾をのんだ。「どうか怒らないで。ほかに方法が……もし、もし……」もう一度唾をのむ。「わたしの身になにかあったら――」

マグナスは猿ぐつわのまま激しく首を振った。

「お願い、これが最後になるかもしれないのよ。どうか怒らないでちょうだい」タリーは目に涙を浮かべてマグナスの頬に触れた。マグナスはじっとして、なにか言いたそうに彼女の目を見つめた。タリーは夫の猿ぐつわをはずそうとしたがはずれず、そばにいた手下にやめるように怒鳴られ、爪先立って冷たくなった夫の頬にキスをした。「愛しているわ、マグナス」彼女はささやき、夫の体を強く抱き締めた。

「もういいだろう」首領が言うと、タリーは涙を流しながらもう一度マグナスの頬にキスをした。首領はマグナスを真剣な目で見た。「奥方に危害は加えない。おれたちは山賊だが、女は傷つけない」彼はタリーの腕を取って、連れ去ろうとした。

「いけません《メ・ノン・ノン》。奥方さまを連れていかないで」モニークはなにが起きようとしているのか、そのとき初めて気づいて叫んだ。

首領は彼女を無視して歩き続けた。

「奥方さまは妊娠しているんです！」モニークは狂ったように叫んだ。

首領はぴたりと止まった。タリーの顔を見て、それから腹部を見下ろし、再び顔を見た。

タリーは夫を見つめていた。彼女の目には喜びと不安と懇願の表情が浮かんでいた。首領があえてたずねる必要はなかった。小間使いの話が確かなのは、タリーの目を見れば明らかだった。

首領はひとしきり罵ると、タリーの腕を離してマグワイアーにつかつかと歩み寄った。

タリーは激しく言い争うふたりを見て、突然気づいた。ふたりはゲール語で話していた。ミス・フィッシャーの学校にアイルランド人のメイドがいて、タリーは彼女から言葉を教わったことがあった。

「わたしたちを裏切ったのね、マグワイアー」タリーは叫んだ。

マグワイアーははっとして、岩に囲まれた小さな空き地の向こうからタリーを見ると、山賊の首領とそっくり同じしぐさで肩をすくめた。

タリーはふたりを見比べて、驚きに目を見開いた。

「あなたたちは……兄弟ね」とがめるように言う。

「細面の顔、同じ鼻の形、同じ緑色の目。あなたの目はお兄さんほど……」タリーは口をつぐんだ。

首領は振り向き、金歯を光らせてにやりとした。「奥方さまのおっしゃるとおりです」完璧《かんぺき》な英語で答える。「おれたちはマグワイアー兄弟です。以後お見知りおきを。おれはアントーニオ」お辞儀をする。「こちらは弟のルイージ」

タリーは彼を無視してマグワイアーを見た。「なぜなの、マグワイアー？　なぜこんなことを？」

マグワイアーは鼻を鳴らして肩をすくめた。「戦争が終わって、食い扶持《ぶち》を稼がなければならなくなった。イギリス人の貴族にはなんの同情も感じない。父と祖父を縛り首にしたのは彼らだ。おれたちは故郷の土地を追われ――」

兄がさえぎった。「母の家族のように山で暮らすようになってから、イギリスの貴族が安定した収入をもたらしてくれている」彼はタリーからマグナスに視線を戻した。「今回は荷物を頂戴《ちょうだい》するだけにしておいてやろう。イギリス人の貴族を人質にとって死なれたりすれば、警察は草の根をかき分けてでもおれたちを捜し出そうとするだろう。それに、子供を身ごもっている女をさらうのはおれたちの流儀に反する」

首領が振り向いて大声で命令すると、空き地は蜂《はち》の巣をつついたような騒ぎになった。手下は金目のものをすべて持ち去った。

「さようなら《アデュー》、伯爵さま」山賊の首領である、マグワイアーの兄は言った。「あんたが羨《うらや》ましくなるね。実にすばらしい奥方だよ。彼女こそあんたの宝さ。さようなら《オ・ルヴォワール》、奥方さま」彼はタリーの手を取って長々とキスをした。まるでぼろをまとった山賊などではなく、生まれながらの紳士であるかのように。山賊は弟のマグワイアーとにせの護衛とともにすぐに去っていった。彼らの足音が山にこだましなくなるまで、だれも動こうとしなかった。

　タリーはすぐにマグナスの猿ぐつわをはずし、手を縛っていた縄をほどいた。マグナスは口のなかに押し込まれていたぼろ布を吐き出し、あえぎながらなにか言おうとしたが、膝の力が抜け、がくんと地面にくずおれた。

「お願い」タリーは人夫に向かって叫んだ。「いつまでもこんなところにいたくないわ。夫を早くお医者さまに見せないと。早くして！」タリーは人夫を手招きしようとしたが、そのとき手首を強く握られるのを感じた。

「い、行かないでくれ」マグナスはうめき、すがるような目でタリーを見つめた。「行かないでくれ……」彼は地面に倒れて意識を失った。

「シニョーラ、熱はおさまりましたよ」ぱりっとした身なりの銀髪の医者は、タリーの上にかがんで優しい声で言った。タリーはぼんやりと医者を見上げた。「ご主人は峠を越されました」彼は説明した。「すぐによくなりますよ。一週間ほどで起き上がれるようになるでしょう。今は安静が必要です」医者はタリーを見て表情をやわらげた。「あなたもですよ、シニョーラ。あなたは疲れ果てている」

医者の言葉が疲れきった頭にしだいに染み込んでくると、タリーはまばたきして彼を見た。マグナスはよくなる。助かったのだ。目に涙があふれ、彼女はかたわらのベッドにじっと横たわる夫に向き直った。

「さあ、いらっしゃい」医者は言った。「カルロッタとジョン・ブラックがご主人に付き添ってくれる。あなたは小間使いを呼んでやすみなさい。眠らなければだめですよ。この三日間ほとんど寝ていないのでしょう?」

タリーはうなずいた。スーザの町に着いてから本当にまだ三日しかたっていないのだろうか? もっと長い時間が過ぎたような気がする……。山を下るのはまさに悪夢だった。意識を失ったマグナスをろばにくくりつけて運んだが、でこぼこ道で彼の頭が大きく揺れ、首を折るのではないかと気が気でなかった。さいわい無事に麓《ふもと》にたどり着いたものの、今度はなんの持ち合わせもなく、病人を抱えた一行を泊めてくれる家を探すのがひと苦労だった。

ありがたいことに、人夫のひとりの親類に当たるカルロッタが家に泊めてくれた。彼女はろばに乗せられたマグナスをちらりと見るなり、人夫と方言で言い争いを始めた。タリーはこの女性にも鼻先でドアを閉められてしまうのではないかと思い、人夫を押しのけ、学校で習ったイタリア語を駆使して夫を助けてくれるように頼み込んだ。カルロッタは人目を引く容姿の大柄な女性で、信じられないほど美しいさび色の髪をしていた。彼女はまだ年若いタリーの涙に濡《ぬ》れた顔を見て、すぐにドアを開けてくれた。

　それがわずか三日前のことだとは信じられなかった。記憶はすでにおぼろげになっている。昼も夜もマグナスに付き添い、何度も寝返りを打ってうわごとを言う夫を見守り、暑がれば汗を拭い、寒がれば布団をかけた。そのあいだ、夫をお助けくださいと神に祈り続けた。

「さあ、シニョーラ、あなたは眠りなさい。ご主人はもう大丈夫ですよ」医者は再び言った。

　タリーはうなずき、夫に握られた手をそっと引いて顔をしかめた。ぎこちなく立ち上がり、指を曲げようとして再び顔をしかめた。

　医者は眉を寄せて、タリーの顔をのぞき込んだ。タリーはあわててスカートのひだに手を隠した。

「シニョーラ、よろしいですか？」タリーは首を横に振って後ずさったが、医者はかまわず手を伸ばし、彼女の手をそっとつかんでよく見た。彼はイタリア語で小さく毒づいた。

「どうして黙っていたんですか？」怒ったように言う。

　タリーは決まり悪そうに首を振った。「なんでもありません。少しこわばっているだけです」

カルロッタがやってきて、医者の肩越しにのぞき込んだ。タリーの左手には青黒いあざができていた。熱に浮かされたマグナスが無意識のうちにつかんでできたあざだ。指は腫《は》れ上がり、動かすのもやっとだった。

「すぐに氷を持ってこさせなさい」医者は言った。カルロッタはイタリア語でタリーを優しく叱《しか》りながら寝室の外に連れ出し、急いで氷を持ってくるように召使いに指示した。

タリーはカルロッタに母親のように世話を焼かれるのに戸惑いはしたものの、悪い気はしなかった。学校で病気になったときにも、ここまでしてくれる人はいなかった。母もわたしが小さかったときにはこうしてくれたのだろう。タリーはあざができていないほうの手をかすかにふくらんだおなかに当てた。近い将来、わたしもカルロッタのようにこの子のためにあれこれ世話を焼くことになるだろう。なんてすてきなの。涙が頬を伝って流れ落ちた。わたしは思っている以上に疲れているようだわ。

「カルロッタ、わたしなんと言って……」あざの手当てを受けたタリーはお礼の言葉を言いかけた。だが、カルロッタは静かになさいとタリーをたしなめ、優しく髪を撫でて彼女を寝かしつけただけだった。そのあと、カルロッタは口元に微笑をたたえながら、子守り歌とおぼしきものをハミングし始めた。まるで子供の世話をする母親だ。結婚までしている大人の女にこんなふうに接するなんて愚かしいことだ。でも……とても安心できる。そう思う間もなく、タリーは眠りに落ちていた。

「マグナス、寝ていなければだめよ！　お医者さまが――」

「やぶ医者めが。いつまでもこんなところにぐずぐずしているわけには……」

マグナスは上掛けをはねのけてベッドの端に両脚を垂らした。しばらく座っていたが、やがてヘッドボードにつかまってそろそろと立ち上がった。

タリーははらはらして見守っていたが、思わず口元をほころばせた。カルロッタの亡くなった夫はマグナスよりもずっと背が低かったようだ。寝巻きの裾《すそ》はマグナスの膝の上までしか届かなかった。タリーは唇を噛《か》んで、できるだけ怖い顔をした。「まだ起き上がるのは早いわ」厳しくたしなめる。

「そんなことはない。最高の気分だ。それに、退屈だし――」

「でも――」

「それに、寂しくてたまらない」マグナスはそう言って、熱いまなざしでタリーを見つめた。

タリーは頬を赤らめた。今度はこらえきれずにほほえんだ。彼女も隣の部屋のベッドで寂しい思いをしていた。夫とベッドをともにすることにこんなに早く慣れてしまうとは驚きだった。ほんの数カ月前までは、だれかとひとつのベッドで眠ることは、迷惑で不便でプライバシーの侵害以外のなにものでもなかった。それなのに、今は夫の腕のなかで眠ること以外は考えられない。

「ガウンを取ってくれないか」マグナスは言った。「ここは寒い」

どこまで頑固な人なのかしら！　タリーがしぶしぶガウンを取りに行くと、マグナスは数歩歩いて大きくふらついた。タリーはあわてて駆け戻って、夫の体を支えた。

「だから、ベッドを出るのはまだ早いと言ったでしょう」叱るように言う。「もう何日か寝ているようにとお医者さまに言われたんですから。無理をすると病気がぶり返しますよ」

「やぶ医者めが！」

「あなたの命を救ってくださったのよ」

「田舎の医者になにがわかるというのだ？」

タリーは夫の頑固さに腹を立て、突然手を離して後ろに下がった。マグナスは大きくふらついた。タリーが軽く押すと、彼は悪態をついてベッドにあおむけに倒れた。

タリーは笑みをこらえて、マグナスの脚を持ち上げてベッドに戻した。すると、マグナスにいきなり腕をつかまれて抱き寄せられた。「このほうがずっといい」マグナスは満足げにつぶやいて、タリーの唇に唇を押し当てた。

タリーは抵抗するのをやめた。もう一度マグナスの腕に抱かれるのはこの上ない喜びだった。それに、キスをするくらいならあまり体に障らないだろう。タリーはありったけの情熱を込めてマグナスのキスに応《こた》えた。わたしはこの頑固な男性が好きでたまらない。キスが深まり、マグナスの手がドレスの紐《ひも》をほどこうとしているのにぼんやりと気づいた。

「なんてことを！　すぐにおやめなさい！　まだそんなことをする時間じゃありませんよ！」カルロッタが戸口に立っていた。

マグナスは毒づいた。タリーは離れようとしたが、マグナスが放そうとしなかった。これだけ力があればもう大丈夫だわ、とタリーは気まずい思いをしながらも思った。

「シニョーラ・タレイア、シニョール・マグナス、今すぐおやめなさい！　もういいかげんになさい」

「シニョーラ！　そっちこそ失礼だ！」マグナスは噛みつくように言った。「夫と妻がなにをしようと……くそっ……イタリア人はプライバシーというものを知らないのか？」

カルロッタはマグナスを無視してベッドにつかつかと歩み寄ると、ぶつぶつ言いながらタリーを引き離した。「急いで！」小声でささやく。「ドレスを直して。あなたもですよ、シニョール・マグナス」

「まったく――」

「お黙りなさい！」カルロッタはぴしゃりと言った。「神父《ファーザー》さまがお見えになるわ」

「父親《ファーザー》？　わたしに父親などいない」マグナスは怒って言い返した。「いったいなにをしているんだ？」マグナスはせっせと彼の寝巻きのボタンを留めているカルロッタの手を払いのけようとしたが、彼女はまったく意に介さなかった。

「神父《ファーザー》さまだわ！」カルロッタは小さな声で言った。廊下に足音がすると、彼女は振り向き、服の乱れを直して作り笑いを浮かべた。

「わたしに父親《ファーザー》はいないと言った――」

ドアが開き、黒い聖衣を着た神父が入ってきた。戸口で立ち止まり、小さなガラス瓶を取り出すと、ラテン語をつぶやきながら部屋に液体を数滴振りまいた。

「聖水よ」カルロッタはささやいて胸の前で十字を切った。

「はじめまして」神父はたどたどしい英語で言った。「わたしはアストゥート神父と申します。カルロッタからあなたが……」眉を寄せ、そのあとぱっと顔を輝かせた。「快方に向かわれていると聞きまして」彼はお辞儀をした。難しい言葉を思い出したのがうれしくてたまらない様子だ。「気晴らしに話し相手が必要でしょう。これでも英語は得意なほうなんですよ。さあ、お話ししましょう」

神父は聖水の入った瓶をベッドサイドテーブルに置くと、椅子を引っ張り出してきて座った。神父の期待に満ちたうれしそうな顔を見て、タリーは思わず吹き出しそうになった。マグナスはうめいて、目をぎょろりとさせた。

「あなたはまだ完全に回復してはおられない」アストゥート神父はマグナスの額に、静脈の浮き出た痩《や》せた手を当てた。「無理に話をなさることはありませんよ。あなたは楽にしてください。これまでのわたしの人生とわたしがした旅の話をしてさしあげましょう。イギリスのお方には興味深い話ですよ。わたしが生まれたのは――」

タリーはこらえきれずに笑い出した。マグナスがじろりとにらむと、タリーは口を手で覆って急いで部屋を出た。後ろでアストゥート神父の単調な声が聞こえた。

「シニョーラ・タレイア、コーヒーはいかが？」カルロッタはタリーのあとから階段を下りながら言った。「神父さまは少なくともあと三時間はお帰りにならないわ」

「さ、三時間？」

カルロッタはうなずいた。「ひょっとすると四時間かも」彼女は言って、タリーを横目でちらりと見た。「そのあいだご主人もおとなしくしているわ」

タリーはぽかんと口を開けた。信じられないという目で彼女を見つめる。「もしや――」

「安静にしていなければいけないとお医者さまに言われたんでしょう？　旦那《だんな》さまをベッドに縛りつけておくのに、アストゥート神父以外に適した人はいないわ。神父さまは英語が使いたくてたまらないの。これから毎朝いらっしゃるわ」カルロッタはウインクした。

「カルロッタ、なんて頭がいいの！」タリーは叫んだ。「マグナスはわたしの言うことは聞いてくれないけれど、元々礼儀正しい人だから、神父さまを――あんなに優しそうなご老人をむげに追い返したりはできないわ。なんてすばらしい思いつきなのかしら！」タリーは涙が出るまで笑った。

タリーはようやく腰を落ち着け、カルロッタとミルクを入れた濃いコーヒーを飲んだ。マグナスも順調に回復し、もう心配することはない。カルロッタとアストゥート神父がいれば、夫は少なくとも一週間はおとなしくしているだろう。母親の足跡をたどるのは今をおいてほかにない。

「シニョーラ・カルロッタ」タリーはおもむろに切り出した。「わたしの両親は亡くなったんです」

「まあ、お気の毒に……」カルロッタは同情するように言った。

「両親はイタリアで亡くなったんです」

「なんですって？　イタリアで？」

「ええ、チュリンという町と山のあいだのどこかで」

「ああ、トリノね。その近くということ？」

タリーはうなずいた。「ええ、でもはっきりとした場所はわからないんです。馬車の事故だったと聞きました。今から七年前のことです。このあたりでそのような事故があったという話をお聞きになったことはありませんか？」

カルロッタは眉間《みけん》にしわを寄せた。「あなたのご両親がその事故で亡くなったのね？」

彼女はゆっくりと首を振った。「イギリス人の男性が馬車の事故で亡くなったという話は確かに聞いた覚えがあるわ。亡くなった夫の義理の姉の叔父が住んでいた村の近くで起きたのよ。でも、馬車にイギリス人の女性が乗っていたという話は聞いたことがないわ。聞いたら忘れるはずがないもの。イギリス人の女性がこんな山奥まで来ることはめったにないから」彼女は慰めるようにタリーの手をそっと叩《たた》いた。「力になれなくてごめんなさいね」

タリーはしだいに興奮してくるのを感じた。手紙に書いてあったとおりだ。母は父と一緒に馬車の事故で亡くなったのではない。「でも、確かに馬車の事故でイギリス人の男性が亡くなったんですね？　七年ほど前に？」

カルロッタはうなずいた。

タリーは大きく息を吸い込んだ。「カルロッタ、あなたを信用してもいいですか？」

カルロッタは侮辱されたかのように顔をしかめた。「もちろんよ……」

「これは夫にも秘密にしていることなんです」タリーはあわてて言った。「特に夫には知られたくないんです」

カルロッタの目が輝いた。「聖母マリアの御名《みな》にかけて、あなたの秘密を墓場まで持っていくと誓うわ」彼女はそう言うと、胸の前で素早く十字を切り、手のひらに唾を吐きかけてタリーに差し出した。タリーはおそるおそるその手を取って握手をした。

「わたしも両親は馬車の事故で一緒に亡くなったものだと思っていました。でも、数年前にある人から手紙を受け取ったんです。その手紙には、父は事故で亡くなったが、母はその一週間前に小さな村で死んだと書かれてありました」

カルロッタは眉を寄せた。「そんな話は聞いたことがないわ」

タリーは急いで続けた。「手紙によると母は……小さな男の子を産み落として亡くなり、父はその子を不義の子だと思っていたそうなんです。父に他人の子供を育てる意思はありませんでした」タリーはカルロッタの目をじっと見据えた。「父は母が埋葬された村にその子を残して出ていったと手紙には書かれていました」

カルロッタは信じられないというように首を振った。

「もうお気づきでしょうけれど、わたしは天涯孤独の身なんです。わたしを愛してくれる人はだれもいません」

「でも、ご主人が——」

彼はわたしに欲望を抱いているだけで愛してはいないのだと、わざわざカルロッタに話すことはないだろう。「本当の家族とは違います。でも、手紙に書いてあることが事実なら、ここからそう遠くないどこかの村に、わたしと同じように自分は天涯孤独の身だと信じている小さな男の子がいるんです。自分を愛してくれる姉がいることを知りもせずに」

タリーの目には涙が光っていた。「弟を捜したいんです。カルロッタ、力を貸していただけませんか?」

「でも、ご主人がよくなってからにしたほうがいいんじゃないの?」

「夫には知られたくないんです」

「でも、どうして？」

「ダレンヴィル夫妻と名乗りましたが、夫はイギリスの由緒ある伯爵家の当主なんです。わたしのような身寄りのない者を妻にしたことだけでも、とやかく言われているのに、母が産み落とした父親の違う弟を、しかも私生児を捜し出したいなどとは、とても言い出せません」タリーは首を振った。夫を愛してはいるが、わたしはばかではない。マグナスが身寄りのないわたしを選んだのは、面倒をかけられることがないだろうと思ったからなのだ。

　マグナスは伯爵家の跡継ぎとなる男子にしか関心がない。父親がだれとも知れない――おそらく外国人だろう――村の農民の手で育てられたような私生児に関心を持つはずがない。マグナスが、あるいは世間の人がなんと言うか容易に想像できた。でも、どうしても弟を捜し出したい。頑固なのはマグナスだけではないのだ。

「本当に夫が協力してくれると思いますか？　スキャンダルになるのを恐れて、わたしを急いでイギリスに連れ戻そうとするんじゃないでしょうか」

　カルロッタの目は真剣そのものだった。彼女はうなずいた。「わたしが力になるわ。わたしも誇り高い貴族がどんなものか知っていますからね。ふたりで力を合わせれば、あなたの小さな弟さんが見つかるかもしれない。でも、本当にシニョール・マグナスが弟さんを庇護《ひご》するのを断ると思うの?」

「ええ」タリーは感情を込めて言った。「孤児院か学校に入れようとするでしょう。住む場所を与えてくれるかもしれません。でも、本当に弟がいるなら、できるだけのことをしてあげたいんです。わたしには家というものがありませんでした。弟にそんな思いはさせたくありません。もし、夫に反対されたら……」タリーの目には涙があふれていた。「自分でもなにをするかわかりません。でも、弟を見捨てることはできません。私生児であろうとなかろうと、わたしの弟に変わりはないんです」

14

「そういうことですから、ジョン・ブラックとモニークとカルロッタの甥《おい》を連れてトリノに行ってきます。あなたはカルロッタと一緒にここにいてくださいね。ちゃんと信用状と紹介状も持ちましたから」タリーは手紙の入った手提げ袋を叩《たた》いた。

「だが……」マグナスはベッドからタリーをにらんだ。妻が夫を残して旅をするなどもってのほかだ。だが、妻は頑として聞き入れようとしなかった。

「マグナス、こうするよりほかにないんです。みんなで行ってしまったら、カルロッタに逃げ出したように思われるじゃありませんか。それでなくても彼女には大変な迷惑をかけているんです。カルロッタの甥御さんたちとジョン・ブラックがついていてくれますから心配いりません。彼らが信じられなくて、ほかにだれが信用できるというのですか?」

「それはそうだが」

「わたしがここに残ったほうがよろしいのですか?　そのお体で旅をなさったら、命は保証できませんよ。まさか、カルロッタにわたしたちの面倒をみてもらったほうが都合がいいとお考えなのではないでしょうね。彼女はわたしたちを放《ほう》り出すようなことはしないでしょうし」

マグナスは憮然《ぶぜん》とした表情をした。「もちろん、そんなことは考えていない。いつまでも世話になって心苦しいと思っている。だが――」

「それなら、よろしいですね」タリーはきっぱりと言った。「心配なさらないで、マグナス。あなたのお金を盗んで勝手に旅を続けるようなことはしませんから。あなたを見捨てたりはしません」

マグナスがその可能性を考えてもみなかったのは愕然《がくぜん》とした表情を見れば明らかだった。だが、もしやと思ったのか、すぐに苦虫を噛《か》みつぶしたような顔になった。タリーは笑いを押し殺した。

「アストゥート神父がいらっしゃるから寂しいことはありませんわ。わたしがいないあいだ、もっと頻繁に来てくださるようにお願いしてみようかしら」

ベッドから低いうめき声が聞こえてきた。「これ以上あの神父をここによこすようなことがあれば、マダム、きみはいずれわたしと結婚したことを後悔することになるだろう」

「いずれ？　わたしがすでに後悔しているとは思っていらっしゃらないのね？」タリーは軽い調子で言うと、マグナスの唇に素早くキスをしてあわただしく部屋を出ていった。

まったく。近ごろ彼女はなんでもかんでもひとりで決めてしまう。わたしが結婚したか弱い娘はいったいどこに行ってしまったのだ？　マグナスはベッドの端に脚を下ろして立ち上がろうとした。くそっ、まだ力が入らない。早くよくならないと、妻が自分が一家の長だと勘違いしかねない。それでなくても、彼女はすでにズロースをはいているのだ。

マグナスはピンクのズロースをはいたタリーの姿を思い出して興奮するのを感じた。再びベッドに腰を下ろし、ピンクのズロース以外になにも身に着けずに彼の前に立つタリーの姿を想像した……。

「ああ、シニョール・ダレンヴィル、起きておいででしたか」

「アストゥート神父」マグナスはうなるように言った。

「どうぞ楽になさってください。わたしが聖都《エルサレム》で枢機卿《すうききよう》に謁見したときの話をしてさしあげましょう」神父は懐かしそうにほほえんだ。「あれは寒い雨の日のことでした……」

マグナスはベッドの上で体を丸くして、神父の話に耳をふさいだ。タリーが最後に言った言葉が頭に引っかかっていた。

彼女はわたしと結婚したことを後悔しているのだろうか？　マグナスは心穏やかではなかった。彼の目にはタリーはとても幸せそうに見えた。いや、女は生まれながらにして女優だ。彼女たちが口で言うことと腹で思っていることは別だと思って間違いない。タリーにかぎってそんなことはないと信じているが……。タリーはほかの女とは違う。だが、どう違うのだ？　彼女が幸せそうな振りをしていただけだとは考えられないだろうか？　思い当たる節がないでもない。彼女はときどき物思いに沈んだような目でわたしを見ているときがあった。

タリーをひとりでトリノになど行かせるのではなかった。ジョン・ブラックとカルロッタの甥が何人もついているとはいえ、やはり心配だ。また山賊に襲われたらどうする？　山賊がすべてアイルランドの血が流れるあの首領のように紳士的だとはかぎらない。マグナスは鼻を鳴らした。人の妻の手にキスなどしおって！　あつかましいにもほどがある。すばらしい奥方をお持ちで羨《うらや》ましいだと！　わたしがどんな妻を持っていようが山賊の知ったことではない。人の妻を見ること自体が不謹慎だ。緑色の目をした山賊めが。

マグナスは目を閉じ、山賊がタリーを人質にして山に連れていこうとしたときのことを思い出した。あのときのことを思い出すたびに胸が張り裂けそうになる。あんなに腹立たしく、恐ろしく、自分が無力に感じられたことは一度もなかった。

あのとき、小間使いが彼女が妊娠していると言わなかったら……。

マグナスは妻の妊娠に戸惑いを覚えた。喜んでいいはずなのに、なぜか怖くてたまらなかった。近ごろどうかしているぞ。自分の子供が欲しいから妻を娶《めと》ったのではないか。彼は母親譲りの蜂蜜《はちみつ》色の巻き毛と大きな琥珀《こはく》色の瞳をした小さな女の子を思い浮かべた。ちょこんと上を向いたかわいらしい鼻、前歯が一本だけ曲がった小さな真珠の粒のような歯。だが、お産で命を落とす女性のなんと多いことか。それを考えただけで冷や汗が出た。

彼女の身にもしものことがあったら、わたしはいったいどうすればいいのだ？

「〝奥方さまはご一緒ではありません〟とは、いったいどういうことなんだ、ジョン？　妻はどこにいるのだ？　まさかトリノに置いてきたのではあるまいな」

マグナスは心臓をわしづかみにされたような気がした。タリーがわたしを置いていくことはありえない。彼女はそんなことをするような、そんなことができるような女ではない。でも、いったいどこに行ったのだ？

「言いたまえ。妻はどこにいるのだ？」

「奥方さまはトリノには行かれませんでした」ジョン・ブラックはついに白状した。

「トリノには行かなかった？　なにを言っている？　わたしは妻が出かけるのをこの目で見たんだぞ」

ジョン・ブラックはうなずいた。「最初の数十キロはわたしと一緒だったのですが、そのあと山に行かれました」

マグナスは金槌《かなづち》で胸を叩かれたような気がした。あの緑色の目をしたハンサムな山賊だ！

「黙って行かせたのか？　彼女ひとりで？」もう一週間以上も前のことだ。今からではとても追いつけない。マグナスは胸にぽっかり穴が開くのを感じた。「いいえ、とんでもない」ジョン・ブラックはむっとしたように言った。「奥方さまはフランス人の小間使いとイタリア人の未亡人の親類の者を六人連れておいでになりました。そのなかには老婆がひとり含まれております」

「なに？」マグナスは御者をまじまじと見つめた。いくらかほっとしたのは事実だった。もしやハンサムな山賊と駆け落ちしたのではないかと疑ったが、メイドやイタリア人の老婆やカルロッタの親類を連れて駆け落ちしたりはしないだろう。だが、妻がふつうの女性では考えられないような行動をとるのも事実だった。「カルロッタの親類の者を連れていったのなら、彼女がなにか知っているに違いない」マグナスはつかつかとドアのところに歩いていって乱暴にドアを開けた。「カルロッタ」大声で怒鳴る。彼女はすぐに現れた。

「妻にいったいなにをしたのだ？」

カルロッタはじっとマグナスを見てからほほえんだ。「心配なさることはありませんよ、シニョール・ダレンヴィル、奥方さまはご無事です。わたしの夫のいちばん上の兄の妻を訪ねに行ったんです。彼女の叔父に会いたいとかで」

「叔父？」マグナスは唖然《あぜん》とした。「イタリアに叔父がいるとは聞いていないぞ」

カルロッタは笑った。「あなたの奥方さまの叔父さまじゃありませんよ、シニョール。わたしの夫の義理の姉の叔父ですよ」

「あなたの義理の姉のご主人の叔父？　なぜわたしの妻が……」

カルロッタはまた笑った。「わたしの義理の姉の夫の叔父じゃありませんよ。奥方さまはわたしの夫の義理の姉の叔父を訪ねに行ったんです。彼はキオモンテに住んでいて、石屋をやっているんです。それはもう気難しい人で。わたしの夫の義理の姉の叔父は――」

「あなたの呪われた親類のことなど知ったことではない。わたしは妻のことが知りたいのだ」

カルロッタはすっと背筋を伸ばして、蔑《さげす》むような目でマグナスを見た。「イギリスではご立派な伯爵さまかもしれませんが、わたしの家で神を冒涜《ぼうとく》するような言葉を口にするのは慎んでください」彼女はふんと鼻を鳴らして背を向けると、肩をいからせて部屋を出ようとした。

マグナスはうめいた。「カルロッタ」そう言って、彼女の肩に手を置く。その肩には力が入ったままだった。彼は深く息をついて十数えた。「シニョーラ・カルロッタ」努めて穏やかな声で言う。「あなたの家で汚い言葉を使ったことをお詫《わ》びします」彼女の肩が怒ったようにぴくりと動いた。「あなたの身内の方を悪く言うつもりなどなかったのです。みなさんすばらしい方なんでしょうね」タリーの身になにかあったら、みんな縛り首にしてやる。肩が再びぴくりと動いた。「どうか許してください。あなたの気を悪くしたのなら、謝ります、シニョーラ。ただ、妻が心配でならないのです」

カルロッタは振り向いて、堅苦しい口調で言った。「奥方さまはわたしの親類の者たちと一緒です。奥方さまの身に危険が及ぶようなことはありませんからご心配なく」

どうしてイタリア人はこうも怒りっぽいのだ。下手になど出ないで、首を絞めてでも本当のことを言わせるのだった。マグナスはもう一度試みた。「それはわかっています。ただ妻が心配で。ご存じかと思いますが、妻はその……身重の体でして」

カルロッタは眉を寄せた。「身重?」そのあと、彼女はぱっと顔を輝かせた。「おなかのなかに赤ちゃんがいるということ?」

マグナスはうなずいたが、自分でも本当に妻の体を気づかっているのかどうかわからなかった。

「まあ、それはおめでたいこと。あなたが心配なさるのも無理はないわ。さぞかしうれしいでしょうね。子供が生まれるなんて」

マグナスはうなずき、精いっぱいうれしそうな顔をしてみせた。だが、いつまでもこうしてへらへら笑っているわけにはいかない。「妻がどこにいるのか教えていただけませんか?」彼はきわめて丁重にたずねた。

「ですから、奥方さまはわたしの夫の義理の――」

マグナスは手を上げて制した。「お身内の話はもう結構です」

カルロッタはため息をついて言った。「奥方さまはお母さまが亡くなられた場所を捜しに行かれたんです」

マグナスはほっと胸を撫《な》で下ろした。あの緑色の目をした山賊と駆け落ちしたのではないのだ。母親が亡くなった場所。そうだった。彼女はそのためにイタリアに来たのだ。だが、それならなぜわたしが回復するまで待てなかったのだろう？　両親の墓参りをするのにトリノに行くなどと嘘《うそ》をつく必要はないのに。マグナスは眉を寄せた。カルロッタはマグナスにじっと見つめられて、決まり悪そうに目をそらした。

マグナスの疑いは深まった。妙だ。妻はいったいなにを企《たくら》んでいるのだろう？

タリーは荒れ果てたコテージの前に茫然《ぼうぜん》と立ち尽くした。薄汚れた水漆喰《しっくい》はぼろぼろにはがれ落ち、屋根にはいくつも穴が開いていた。人が住まなくなって久しくたつのは明らかだ。

タリーは落胆した。彼女は案内人のほうを向いた。「ここに男の人と女の人が住んでいたとおっしゃいましたよね。小さな男の子と一緒に」

男は方言でぶつぶつ言った。カルロッタの甥のひとりが通訳してくれた。「一年前までは確かに住んでいたそうです。彼はトリノに住んでいたので、彼らがどうなったかはわからないそうです」

「村の人にきいてみたらどうでしょう？　だれか知っているんじゃないかしら」タリーは言った。

「そうですね」

彼らは来た道を戻って、荒れ果てた家から歩いて五分ほどの距離にある村に向かった。一軒一軒訪ねてまわったが、見知らぬ若い女、しかも外国人の女の質問に快く答えてくれる人はだれもいなかった。それでも、タリーは村のすべての家をまわるまであきらめるつもりはなかった。ようやく質問に答えてくれる家が見つかった。カルロッタの甥のひとりと家主が話したところ、姻戚《いんせき》関係にあることがわかったのだ。

タリーは狭いながらもきれいに掃除された部屋に通され、素朴な木の椅子に腰を下ろした。その家の女性が陶器の器にミルクをなみなみと注《つ》いで持ってきてくれた。タリーはミルクをごくごく飲んだ。

「ごちそうさまでした、シニョーラ。おいしかったわ」タリーは礼を言って、上唇についたミルクを拭《ぬぐ》った。女性はほほえんで恥ずかしそうにうなずいた。そのあと、タリーはカルロッタの甥たちに通訳してもらいながら質問を始めた。

「そう、あの丘の上のコテージに住んでいたマルタは死んだよ」

「ううん、あの男は亭主じゃなくて、弟だよ。亭主は四年前だったか五年前だったか、とにかく死んじまったんだ。弟？　出ていったよ。だれもはっきりしたことは知らない。おそらく、兵隊にでもなったんだろう」

「男の子？　ああ、いたよ。奇跡の子って呼んでたね。九年も子宝に恵まれなかったのに、ある日突然赤ん坊を抱いて教会から戻ってきたんだ」

「七年くらい前のことかねえ」

「いや、赤ん坊は金色の髪をしていた。マルタは黒い髪だった」

「男の子は死んじゃいないよ。どこへ行ったかって？　知るもんかね。村の者はだれも知らないよ」

「弟が連れていった？　いや、あの人は子供を嫌っていた。外国人の私生児と呼んでね。自分とはなんの血のつながりもないって言ってたよ」

「こういうご時世だから親を亡くした子供は大勢いるんだよ。身寄りのない子は山に入ってしたい放題だ。悲しいことだけれど、どうにもならないね。みんな自分で食べていくだけで精いっぱいで、人のことなんかかまっちゃいられないんだ」

「どんな子だったかって？　とんでもないいたずら坊主だったよ。うちの林檎《りんご》は盗むわ、山羊《やぎ》にはまたがるわ。でも、明るい子だった。笑って口笛を吹いて。悪い子だったけど、どこか憎めないところがあったね」

「もちろんだよ。もしなにか聞いたら……。だいぶ昔のことだからねえ……でも、きいてみるよ」

「どういたしまして、シニョーラ。神のご加護がありますように」

「帰ってきましたよ、シニョール。あなたの奥方さまとわたしの甥たちが……ごらんなさい」カルロッタは得意げに身振りで示した。

マグナスは窓の外を見て大きく息を吐き出した。タリーがトリノに行かなかったとわかってからすでに四日がたっていた。この四日間、妻に対する疑いは深まるいっぽうで、マグナスは妻が嘘をついていたという確かな証拠を見つけた。

彼は部屋の反対側の窓に歩いていって、遠くに見える山をにらんだ。待っていたと思われるのは癪《しゃく》だ。両手を広げて迎えてなどやるものか。後ろでドアが開いた。マグナスは動こうとせず、じっと窓の外を見ていた。短い沈黙があった。

「マ、マグナス?」タリーはおそるおそる彼の名前を呼んだ。

「マダム?」マグナスは冷ややかに言うと、ようやく振り向いてタリーと向かい合った。

「捜していたものは見つかったのかね?」

タリーは口を開いて答えようとしたが、声にならなかった。下唇が震え、顔がくしゃくしゃになった。「ああ、マグナス」彼女は走って部屋を横切ると、夫の胸に飛び込んだ。

マグナスはタリーを強く抱き締めた。胸に熱いものがこみ上げてきた。タリーはマグナスが山賊に連れ去られようとしたときと同じように彼にしがみついた。彼女の体は外の冷たい風に当たって冷えきり、髪はかすかに薪《まき》の煙とカルロッタにもらったラヴェンダーの石鹸《せっけん》の香りがした。マグナスは彼女の髪に頬を寄せて香りを吸い込み、震える体をさらに強く抱き締めた。タリーは泣いていた。彼女の温かい涙がマグナスの肌を濡《ぬ》らす。そのあと、マグナスはカルロッタがこちらを見てにやにやしているのに気づいた。彼は胸の内で毒づくと、タリーを腕に抱き上げて二階の寝室に連れていった。

このままベッドに倒れ込み、心ゆくまで愛し合いたかった。タリーに自分がだれのものかわからせたかった。だが、マグナスは彼女をそっと床に下ろすと、離れて後ろに下がった。タリーの顔は涙に濡れていた。

マグナスはポケットからハンカチーフを取り出して、タリーに渡した。本当は自分で、いやキスで涙を拭ってやりたかったが、一歩でも彼女に近づいたら永久に自分を見失うことになるとわかっていた。自分がこんなに弱い人間だとは夢にも思わなかった。できることなら彼女を抱いて、この数日のことを忘れてしまいたかった。だが、それでは父と同じだ。わたしは弱い人間かもしれないが、強くなることはできる。彼女を許してはならない。忘れてはならないのだ。

マグナスは窓に歩いていって、タリーが姿を消した山を眺め、裏切られた屈辱を激しい怒りに変えた。タリーが泣きやむまで待ってから、振り向いて冷ややかな声で質問を繰り返した。

「マダム、捜していたものは見つかったのかね？　お母さんの墓は見つかったのか？」

タリーは涙に濡れた瞳で彼を見上げて、うなずいた。「ええ」ささやくような声で答える。

「墓を見つけて、まっすぐここに戻ってきたのか？」

タリーはためらい、まつげを伏せてうなずいた。

「嘘をつけ！」マグナスは怒鳴って、壁にこぶしを叩きつけた。

タリーは縮み上がり、警戒するような目で彼を見た。

「きみは八日前に母親の墓を見つけたんだろう！　わたしはこの目で墓を見て、司祭にきみのことをたずねた。八日だ、マダム！　八日だぞ！　八日間いったいなにをしていたんだ？」

タリーは口を開いてまた閉じ、わなわな震える下唇を噛んだ。そのしぐさがマグナスの怒りに火をつけた。彼は再び壁にこぶしを叩きつけて、毒づいた。「その八日のあいだにきみがなにをしていたかわたしが話してやろうか？　え？　きみはわたしを裏切ったのだ、マダム。わたしの名を汚した。神の前での誓いを破った」

タリーは再び縮み上がった。「あ、あなたの名前を汚した？　知っているのね？　カルロッタに聞いたんですか？」

マグナスは鼻を鳴らした。「いや、彼女は教えてくれなかった。女同士結束が固いようだな」

「どうして？」

「わたしがばかだと思っていたのか、マダム？　わたしが自分で突き止めたのだ」

タリーは困惑して眉を寄せた。「でも、どうしてわかったの？」

マグナスはもう一度鼻を鳴らした。「裏切りには慣れている。専門家だと言ってもいいくらいだ」

「裏切り……。あなたにそう思われるのが心配だったんです」タリーはため息をついてベッドに腰を下ろした。

「わたしにそう思われるのを心配していた？」マグナスは信じられないというように繰り返した。「これが裏切りでなくていったいなんだというのだ？」彼は怒って部屋を行ったり来たりした。

「あなたは……あなたはほかの人とは違うと思っていました……」

「わたしこそ、きみだけは違うと信じていたんだ、マダム」マグナスは苦々しく言った。

「きみも結局はほかの女と変わりなかった」

「ほかの女とはいったいだれのことですか？」タリーは困惑して、マグナスをじっと見つめた。

やはり、女は生まれながらの女優だ。「これで懲りただろう。あの男にたった一週間で飽きられたのか？」

「あの男？　いったいなんの話ですか？」

本当になにも知らないような彼女の目を見て、マグナスはさらに怒りを燃え上がらせた。つかつかとベッドに歩み寄り、タリーの肩をつかんで激しく揺さぶった。「あの緑色の目をした首領のことだ！　わたしの目が節穴だとでも思っているのか？」マグナスはタリーをにらんだ。それでもまだ彼女が欲しい自分に気づいてさらに腹が立った。

ふたりは長いあいだそうしてにらみ合っていたが、タリーは突然マグナスの言おうとしていることに気づいた。彼女はぽかんと口を開けた。

「あなたはわたしがあなたを裏切ったと思っているの？　わたしがあの、あの山賊と？」

タリーは呆《あき》れてものが言えなかった。

「しらを切っても無駄だ」マグナスは冷たく言い放った。

ふたりはしばらくにらみ合っていた。タリーは突然肩をつかんでいたマグナスの手を振り払い、胸を強く押して突き飛ばした。肩で息をしながら、傷つき、怒りに満ちた目でマグナスをにらんだ。

「わたしがあなたを裏切ったと思っているの？」タリーはマグナスを避けて部屋の向こう側に歩いていった。震える手で棚に飾られた置物をつかみ、ぼんやりとそれを見つめた。そして、音をたてて置物を置くと、振り向いた。「よくもそんなひどいことを。あんまりです！」タリーの胸は怒りを抑えようとしているかのように激しく上下していた。「わたしがほかの男性と関係を持ったなんて！」タリーは震えながら何度か深く息を吸い込んだ。

「あなたがわたしをそんなふうに思っていたなんて信じられないわ！」彼女は部屋を行ったり来たりし始めた。

マグナスは疑わしげに妻を見つめた。これも芝居なのだろうか？　そうは思えないが……。

タリーは突然振り向いてマグナスを見た。「わたしが……あの、あの山賊と！」彼女は怒りをあらわにした。

「否定するのか？」マグナスは冷ややかに言った。

「否定する？　否定するですって？」タリーは棚に置かれた置物をつかんで、マグナスに向かって投げつけた。マグナスがひょいと頭を下げたので、置物は壁に当たって粉々に砕け散った。「否定しません。否定しなければならないようなことはなにもしていないんですもの！」タリーは息巻いた。「あなたがそんな人だとは思わなかったわ」

マグナスは目を細めた。「山賊に会いに行ったのではないと言うのだな？」

再び頭をめがけて置物が投げつけられ、マグナスは首を引っ込めた。

マグナスの確信は大きく揺らぎ出した。こんなタリーを見るのは初めてだ。とても演技だとは思えない。

「ならば、この八日間どこに行っていたのだ？」マグナスはゆっくりとたずねた。

「あなたには関係のないことです」タリーはそっけなく答えた。

「わたしは夫だ。妻の行き先には関心がある」

「あら、そうなの？　行動を逐一あなたに報告しろとおっしゃるの？　ご希望に添えなくて申し訳ありませんけれど、疑い深い夫にすべての行動を説明するつもりはありません。あなたは、あなただけは違うと……」タリーははなをすすって、マグナスのハンカチーフではなをかんだ。「これからは、わたしの姿が見えなくなったら、愛人と、それもひげも剃《そ》っていない犯罪者と浮気をしているとお思いになってください」タリーの声は悲しみと怒りに震えていた。

マグナスはまじまじとタリーを見つめた。彼女が嘘をついているとはとても思えなかった。彼女はわたしを裏切ってはいない。女優でもこんな演技はできないだろう。マグナスはほっと胸を撫で下ろした。タリーに近づいていこうとすると、彼女は再び棚の上の置物をつかんで、マグナスに向かって投げつけようとした。

「それはたしかカルロッタが最後の結婚記念日に亡くなったご主人から贈られたものだ」

マグナスは嘘をついた。

タリーはショックを受けたような顔をして置物をちらりと見ると、後ろめたそうに唇を噛んだ。しぶしぶ置物を置き、マグナスがさらに近づいてくると、すぐに脇《わき》に寄った。

「わたしのそばに来ないで、マグナス」タリーは警戒心の強い森の小さな生き物のように見えた。

マグナスは深く息をついた。ほかに方法はない。こんな形で生涯の誓いを破ることになろうとは。

「わたしは……わたしは……」マグナスは片手で髪をかき上げて、再び深く息をついた。「きみのことが心配だったんだ。教会に行って、きみが数日前に訪れていたことを知り……」マグナスはまともにタリーの目を見ることができなかったが、勇気を奮い起こして彼女の目を見つめた。「きみがどこに行ったのかわからなかった。きみはわたしのそばにいるべきなのに……わたしのそばがきみのいるべき場所なのだ」

マグナスは窓のところに歩いていって、房飾りのついたカーテンをいじった。彼は振り向いてタリーの目を見た。彼の顔は真剣そのもので、いつになく傷つきやすく見えた。「わたしは……わたしは嫉妬《しっと》していたのだ。わたしが悪かった。すまない。許してくれ」

タリーの唇は震えていた。マグナスの本心を確かめようとするかのようにじっと彼を見つめる。

その時間がマグナスには永遠のように思われた。聞こえるのは激しく高鳴る自分の胸の鼓動と、風に乗って空を舞う鳥の甲高い鳴き声だけだった。わたしは不貞を働いたと言って、無実の妻を責めた。彼女はわたしを許してくれるだろうか？　マグナスは自分が逆の立場だったら彼女を許すことができるだろうかと考えた。いや、簡単には許せないだろう。いったん崩れてしまった信頼を取り戻すのは容易なことではない。わたしはだれよりもよくそのことを知っているはずだったのに。
「あなたは嫉妬していたの?」タリーはようやくささやいた。
マグナスはうなずいた。
「ああ、マグナス」タリーは泣きながら彼の胸に飛び込んだ。

15

しばらくしてマグナスは目覚めた。かたわらで妻が子猫のように丸くなって眠っている。マグナスは彼女の手をそっと持ち上げた。親指の爪が一本だけぎざぎざになっている。マグナスはその爪に唇を押し当てた。

「マグナス？」タリーは眠そうな声でつぶやいて、ほほえんだ。「愛しているわ、マグナス」彼女はささやくと、目を閉じたままマグナスの胸に小さなキスを浴びせた。マグナスは痛みに耐えるかのように目を閉じた。

彼女はようやく言ってくれた。〝愛しているわ、マグナス〟

口で言うのは簡単だ、マグナスはそう自分に言い聞かせた。女はすぐに愛していると言う。彼はタリーに愛していると言われたときのことを思い出した。初めて愛していると言われたのは、結婚して間もなく初めて夫婦の契りを交わしたあとだった。

その日から、マグナスは毎晩タリーに愛していると言われるのを待ち続けた。その思いは自分でも恐ろしくなるほど強かった。

だが、彼が山賊に連れ去られようとするまで、タリーの口からその言葉が再び聞かれることはなかった。タリーはさようならのキスをして、ささやいた。〝愛しているわ、マグナス〟

そして今また、愛していると言ってくれた。これで三度目だ。

タリーがこの八日間なにをしていたのか、マグナスはまだ知らなかった。そのことを考えると頭が変になりそうになるが、きくのが怖かった。これでは父と同じ臆病《おくびょう》者ではないか。だが、タリーがそばにいてくれさえすればそれでよかった。

タリーの手に愛撫《あいぶ》されてマグナスの体はたちまち反応した。これですべて忘れられる。マグナスはタリーの上に覆いかぶさり、彼女のなかに入って甘美な忘我の境地に達した。

「シニョール・ダレンヴィル、シニョーラ・タレイア、起きてください」カルロッタが激しくドアを叩《たた》いた。

マグナスは毒づいた。「待ってください、今、開けます」

「一大事です、シニョール！　早く開けて！」

マグナスは悪態をついてガウンをはおり、ドアのところに歩いていって勢いよく開けた。

「いったいなにごとですか、カルロッタ？」

カルロッタはマグナスの肩越しに部屋のなかをのぞき、タリーがベッドの上に起き上がって、上掛けで体を覆っているのに気づいた。「お邪魔してごめんなさい。でも、悪い知らせがあるの」

タリーはびくっとした。「まさか」

「違うの。彼のことはまだなにも……」

マグナスは眉を寄せた。彼のこと？

カルロッタは続けた。「聞いたんですよ。トリノから戻ってきたばかりのわたしの――」

マグナスは手を上げた。「当ててみましょうか。あなたの親戚《しんせき》の叔父さんの義理の弟の姪《めい》の大叔母さんの甥《おい》でしょう」

カルロッタはぽかんとしてマグナスを見た。「違いますよ。トリノから戻ってきたばかりの知り合いが教えてくれたんです」

マグナスは目を丸くし、タリーはくすくす笑った。

「戦争が始まったんです」カルロッタは言った。

「戦争？」マグナスは言葉を失った。「それは確かですか？」

「間違いありません。トリノは兵隊であふれているそうです。イギリスとフランスがまた戦争を始めたんです。イタリアもです。ピエモンテにはナポレオン軍が大挙して押し寄せています」カルロッタはマグナスからタリーに、そして再びマグナスに視線を移した。

「すぐに逃げてください。外国人は連行されているそうですよ」

マグナスは再び毒づいた。

「彼は道で兵士の一団と行き合ったと言っていました。二時間もすればここにもやってくるでしょう。家を一軒一軒探して歩いているそうだから、この家にも必ずやってくるわ」カルロッタは気まずそうに言い足した。「わたしの家にイギリス人のお客さまがいることはみんな知っていますから」

「すぐに発《た》ちます」マグナスは安心させるように言った。「あなたには大変よくしていただきました。ご迷惑をおかけするようなことはしません」

カルロッタはマグナスの腕に手を置いた。「シニョール・ダレンヴィル、わたしのことはおかまいなく。わたしはおふたりのことが心配なんです」彼女はタリーにちらりと視線を送った。タリーはすでにベッドから出て着替え始めていた。「赤ちゃんが生まれるんですもの。暗くなるまで山に隠れていてください。海に向かうのは危険ですよ。ピエモンテはナポレオンの軍隊でいっぱいですから。当然フランスを通ることはできません。わたしの甥がスイスまで案内します。もう話をつけてあるんです」

カルロッタが部屋を出ていこうとすると、マグナスは彼女の腕に手を置いて立ち止まらせた。「シニョーラ……カルロッタ。あなたのようなすばらしい女性はほかにはいません」

彼はカルロッタの手を取ってお辞儀をすると、その手に軽くキスをした。

「まあ、シニョール」カルロッタは赤くなった。「わたしはできることをしたまでです。なにか食べるものをこしらえますね。荷物は最小限にしてください。甥たちとは暗くなってから落ち合うことになっていますから、だれにも見られる心配はありません」彼女は申し訳なさそうに肩をすくめた。「近所には信用できない人もいるんですよ。近所の人たちに見られなければ、おふたりがどの方角に行ったか告げ口されることもありません。みんな南へ、海に向かったと思うでしょう。ここの人たちは海岸に兵士が大勢いることはまだ知りませんから」

「一時間以内に支度します」マグナスは言った。

カルロッタは部屋を出ようとしてためらい、かすかに笑みを浮かべて言った。「トリノは騒然としているそうです。イギリス人の貴婦人は気絶し、男性はあわてふためいていると」彼女はマグナスとタリーを誇らしげに見つめた。「同じイギリス人でも、さすがにわたしのお客さまは違います」

それから二時間もしないうちに、マグナスとタリーは町から数キロ離れたところにあるカルロッタの叔父の小屋にいた。暗くなってからジョン・ブラックとモニークとカルロッタの甥とここで落ち合い、スイスに向かうことになっていた。

マグナスは心配そうに妻を見た。家を出てから彼女はほとんど口をきかなかった。「心配いらない。きみに危害を加えるようなことはさせない」

タリーはほほえんでマグナスを見上げた。「ええ、あなたがいてくださるからなにも心配していないわ」

マグナスは罪悪感に襲われた。タリーはわたしを信頼しきっている。わたしも妻を信頼できればいいのだが。

「わたしが八日間なにをしていたか、あなたには想像もつかないでしょうね」

マグナスは胸をこぶしで強く殴られたような衝撃を受けた。どうして今ごろになって話す気になったのだろう？　できることなら知りたくなかった。なにかよくないことなのはタリーの顔を見ればわかる。謎《なぞ》に満ちた旅から戻ってきて以来、タリーが良心の呵責《かしやく》に苦しんできたのは明らかだ。だが、マグナスはタリーがたとえどんなことをしたにせよ、その事実を受け入れようと心に決めていた。「いや、無理に話すことは」

「弟を捜していたの」

「弟？」意外な答えにマグナスは愕然《がくぜん》とした。「きみに弟がいるとは知らなかった」

「わたしも数年前まで知らなかったの。数日前までは半信半疑だったわ」タリーは彼の肩にもたれてため息をついた。マグナスは無意識のうちに彼女の肩に腕をまわした。タリーはマグナスを見ずに、静かに話し始めた。

彼女は母親の墓を見つけたいきさつや、母親の話を聞いたことがあるという若い司祭に出会ったことを話した。司祭によると、孤児は教会の模範的な信徒だった子供のいない女性に引き取られたという。

「でも、ご主人が亡くなって、その女性は弟と暮らすことになったの。やがてその女性も亡くなり、子供が好きではなかった弟は家を出ていってしまった」タリーのまつげに涙が光った。「たった七つの男の子を置き去りにして」

　マグナスはタリーを胸に抱き寄せた。「その子も死んだのか？」静かにたずねる。

　タリーは首を振った。「だれにもわからないの」タリーは悲しみに満ちた目でマグナスを見た。「ああ、マグナス、戦争が始まってから、だれにも面倒をみてもらえずに山で暮らしている子供が大勢いるのよ。みんな貧しくて、よその子供を気にかける余裕などないの」タリーはとっさにマグナスにしがみついた。「こんなひどい話があるかしら。なんとかしてあげたいけれど、フランス軍から逃れているような状況ではなにもできないわ。できることなら、ここに残って弟を捜したい」涙がタリーの頬を伝って流れ落ち、マグナスはそれをキスで優しく拭《ぬぐ》った。

「わたしたちは行かなければならない。わかっているだろう」タリーはなにも言わなかった。「わが身かわいさで言っているのではない。これから生まれてくるこの子のためなのだ」マグナスは彼女のおなかに手を当て、喜びと同時に恐怖がこみ上げてくるのを感じた。彼は物心ついたときから孤独だった。

　だが、今は違う。愛する家族が、守らなければならない家族がふたりいる。マグナスは自らの命に代えてでも妻とまだ見ぬ子供を守るつもりだった。彼はタリーの頭を引き寄せ、髪に頬を押し当てて、しばらくそのままでいた。喉が詰まり、なにも言えなかった。

三十分後、ジョン・ブラックがやってきた。それから間もなく、モニークがカルロッタのハンサムな若い甥に伴われてやってきた。その後も夜の闇《やみ》に紛れて、それぞれ荷物を持ったり、ろばを連れたりした甥たちが次々に現れた。

一行は月明かりを頼りに、はるか遠くに見える白い雪を頂いた山を目ざした。

「明日にはイギリスに着くそうだ」マグナスは船の甲板で手すりにもたれている妻に近づいて言った。

タリーはうなずいただけで無言だった。

「すばらしい夜だ」マグナスは月明かりに照らされて金色に輝く海原を眺めた。

「そうね」タリーはうなずいた。船が揺れ、マグナスは妻の体に腕をまわして支えた。ようやくここまで来た。全員無事に帰国できるめどが立った。だが、彼女はそれだけでは不満なようだ。

マグナスはタリーの肩にまわした手に力を込め、いつもの元気で潑剌《はつらつ》とした花嫁が戻ってきてくれることをひそかに願った。いつもの彼女ならうっとりするような美しい夜なのに。

タリーはため息をついた。「こんなに時間がたったなんて信じられないわ。一週間しかたっていないような気もするけれど、もっと長い時間が過ぎたようにも思えるの」

「スーザを出てからたった二カ月だ」マグナスはつぶやいた。

「二カ月もたったとは思えないのね？」

マグナスは空いているほうの手をタリーの外套《がいとう》の下に忍び込ませて、ふくらんだおなかに手を当てた。「二カ月しかたっていないとは思えない」

タリーはほほえんで、彼の肩に頭をもたせかけた。

「きみは実に勇敢だった」マグナスはタリーを抱き寄せた。彼女を無事に国に連れて帰れないのではないかと思ったときが何度あったことだろう。

ここまでの道のりは想像していた以上に長く困難だった。スイスの国境にたどり着いたときには、すでにスイスもナポレオンに侵略されていることがわかった。やむなくロンバルディアに進路を変え、オーストリアの国境目ざしてひたすら東に進んだ。フランス軍から身を隠すためにあわてて道をそれることもたびたびあった。

国境を越えると、一路ウィーンを目ざした。ウィーン、プラハ、ドレスデン、ベルリンと経由して、ようやくシュレスヴィヒ・ホルシュタイン州の港町フーズムにたどり着いた。フーズムでなんとか小型定期船のラーク号に乗船することができた。船はイギリス人の男女だけではなく、ナポレオンから逃れてきた人々であふれていた。

「船にだいぶ慣れたようだね」マグナスはタリーを元気づけようとして言った。しょんぼりした彼女を見るのは耐えられなかった。

タリーは肩をすくめた。「妊娠しているせいじゃないかしら」

マグナスは手の甲で冷たくなった彼女の頬を撫《な》でた。「美しい夜を楽しんでいないのかい？　寒いのか？　船室に戻ろうか？」

「いいえ、そうじゃないの。あなたの言うとおりだわ。本当にきれいな夜ね」タリーは悲しそうに言った。「この世に戦争のような醜いものが存在するなんて信じられないわ」

わたしはこうして無事でいるが、弟は明日をもしれない毎日を送っている。まだ見ぬ弟の存在は、タリーの胸のなかで、最初に弟を捜そうと決心したときには考えられなかったほど大きくなっていた。たったひとりで山で暮らすいたずら好きな小さな男の子の姿が目に浮かんだ。タリーは彼が盗めるだけたくさんの林檎《りんご》の実がなっていることを祈った。だが、冬の足音はもうすぐそこまで迫っている。

「彼が無事だといいけれど」

マグナスは眉を寄せた。今では彼がだれのことかよくわかっていた。カルロッタの家を出てから、タリーが弟の話をしない日はなかった。

なんとかしてやりたかったが、マグナスにはどうすることもできなかった。おそらくその子供は生きてはいないだろう。だが、そんなことを言ってもタリーを悲しませるだけだ。彼はこれ以上、タリーの悲しむ姿を見たくなかった。

「カルロッタの親類のだれかが彼を捜し出してくれるだろう」マグナスは励ますように言った。「思いもよらない場所で見つかるかもしれない」

マグナスは船の舳先《へさき》に立っているカップルのほうに顔を向けた。モニークとカルロッタのハンサムな甥のジーノだ。彼はスイス、オーストリア、ベルリンとマグナス一行を追いかけてきて、モニークに結婚を申し込んだ。

「カルロッタの身内全員に住む場所と仕事を与えるはめにならなければいいが」マグナスは冗談めかして言った。「ダレンヴィル邸といえども、彼ら全員を寝泊まりさせるほど広くはない」

タリーはほほえんだが、その笑顔はどこか悲しげだった。マグナスはなにもしてやることのできない自分に無性に腹が立った。

船がイギリスのサウスウォルドに入港すると、ヨットが浮かび、更衣車が浜辺にずらりと並んだのどかな光景にだれもが拍子抜けした。

さっそく宿を見つけ、マグナスとタリーが部屋に入るあいだにジョン・ブラックは馬車と馬を借りに行った。焼きたてのパンとローストビーフのにおいが、すでに夕食の用意ができていることを知らせていた。ダイニングルームのテーブルにつくと、タリーのおなかがぐうっと鳴った。マグナスはほほえんだ。「実にいいにおいだ。焼きたてのパン、余計なソースのかかっていない肉、ベークドポテトにゆでた野菜」彼は両手をこすり合わせた。「塩漬け肉や固いビスケットには、うんざりしていたんだ」

タリーはとがめるような目でマグナスを見た。「少なくともわたしたちは食べ物に困ったことはないわ。飢えの危機にさらされたことはないのよ」

マグナスは歯ぎしりした。タリーの弟を捜すことができなかったのはわたしのせいではない！　そのことは後ろめたく思っているのだ。わたしは妻とおなかの子供を守るので精いっぱいだった。わたしにどうしろというのだ？　身重の妻に何年も前に山に捨てられた子供を捜しに行かせろというのか？　弟が生きている見込みは万が一にもないだろう。結局、彼女が悲しむだけだ。

「きみが飢えたところで弟を飢えから救うことはできない」マグナスはそっけなく言った。「きみにはほかに考えなければならない子供がいるんだ」

「ええ、言われなくてもよくわかっています！」タリーは弟の話題になるとすぐに話をそらそうとする夫に怒りをあらわにした。「あなたにとっては自分の子供のほうがはるかに大切でしょう。由緒正しいダレンヴィルの名前を継ぐ跡継ぎのほうが。父親の知れないどこかの捨て子より――」タリーははっとして手で口を覆った。

「父親の知れない？」マグナスはそう言って顔をしかめた。「弟は不義の子なのか？　半分血がつながっているだけなのか？」

「わたしの弟に変わりはないわ！」タリーは怒って言った。「母がどんな過ちを犯そうが、父親がだれであろうがそんなことはどうでもいいの。世間の人になんと言われようとかまわない。彼はわたしの弟なんですもの！」

「だが――」

タリーは椅子を引いて立ち上がると、苦々しい口調で言った。「あなたには黙っていようと思っていたの。名門の家に生まれたあなたが、弟のような生い立ちの者を汚らわしく思うのは予想できたわ」タリーはマグナスをにらんだ。「否定なさっても無駄よ、マグナス。あなたの顔にちゃんと書いてあるわ。だから、どうして母のお墓を捜したのか、あなたに内緒で山に行ったのか黙っていたの。あなたに反対されるのはわかっていたから」

「また戦争が始まったのはわたしのせいではない」

「そんなことはわかっています！　でも、たとえ戦争にならなくても、わたしが弟を捜すのをお許しにならなかったでしょう？」

マグナスはタリーの目をじっと見つめ返した。「身重の妻に山のなかを歩きまわるようなことはさせられない」

「わかっています！　もしわたしが弟を見つけていたら、どうなさいました？」マグナスはためらった。「あなたは弟を恥と思ったでしょう」タリーはあなたの目を見ればわかるというようにうなずいた。「世間の目に触れぬように、どこか人里離れた領地の小作人にでも預けたでしょう」タリーははなをすすった。「それでも、なぜ黙っていたのだとおっしゃるの?」タリーはこぶしでテーブルを叩いた。「そんなことはさせません。戦争が終わったら、わたしひとりでイタリアに戻って弟を捜します。おわかりになった? 弟を連れて帰って、家族として一緒に暮らします。あなたを愛しているわ、マグナス。それがお気に召さないなら、わたしと……わたしと縁を切ってください!」タリーは泣きながら部屋を飛び出していった。

マグナスは硬い表情でじっと椅子に座っていた。彼女はそんなふうに思っていたのか。わたしが彼女の父親の違う弟よりも家名を大切にすると……。

タリーはわたしの反応が予測できるほどわたしをわかったつもりでいるらしい。彼女ひとりでわたしを裁判にかけて、有罪の判決を下し、死刑を宣告したのだ。

わたしはタリーの反応が予測できただろうか? 妻の反応はあらかじめ予想できた。マグナスはしぶしぶ認めた。タリーは誠実で……とても愛情深い。タリーが彼女を必要としている人間に背を向けるはずがない。たとえ、それが父親の違う弟であれ、冷酷な伯爵であれ……。

それでも、タリーはわたしを愛していると言ってくれた。その言葉が聞きたくてたまらないくせに、愛していると言われるといまだに怖くなる。つい半年前までは、愛はダグレンヴィル卿《きょう》には縁のないものだった。

わたしは妻を愛している。マグナスは初めてそのことに気づいた。わたしは心の底から彼女を、タリーを愛している。だが、それをどうやって、どんな言葉で彼女に伝えたらいいのかわからない。

いずれにせよタリーは信じてくれないだろう。先ほどの彼女の反応を見ればそれは明らかだ。タリーはわたしが自分の家のことしか考えない身勝手で冷酷な人間だと思っている。マグナスは彼女の性格分析にショックを受け、傷ついた。なぜなら、彼女の非難は真実をついていたからだ。

タリーはマグナスが彼女の弟を家族として受け入れるのを拒み、彼女にも縁を切るように強制すると思っている。タリーに出会う半年前だったら、おそらくそうしていただろう。半年前は、妻に外国で生まれた父親の違う弟がいるとは思いもしなかった。だが、それはすべて半年前の話だ。

この半年でなにもかもが大きく変わった。自分自身も例外ではない。マグナスはエールを飲み干して、もっと持ってくるように命じた。自分のやるべきことはわかっていた。

「あれがダレンヴィル邸ですか?」タリーは馬車の窓から堂々とそびえる屋敷を見上げて、気後れするのを感じた。とにかく大きな屋敷だった。灰色の石造りの建物には時代を感じさせる彫刻が至るところに施され、きらきら光る仕切り窓だけがそこに人が住んでいることを物語っていた。

「きみの未来の家だ」マグナスが後ろでささやいた。

タリーはまばたきした。自分がこんな大きな屋敷の女主人になるのがいまだに信じられなかった。イタリアの農家で育った男の子ならなおさら……。

「立派なお屋敷ね」タリーはちらりと夫を見た。マグナスは相変わらず無表情だった。タリーが弟の件で彼を非難したことをいまだに怒っているのだ。

自分がいけないのはわかっている。あれだけ激しく非難されれば、夫が怒るのも無理はない。でも、ようやく家に着いたのだから、仲直りしたかった。できれば、ベッドをともにしたかった。けんかをしても、ベッドに入るといつも仲直りができたのに。

馬車が砂利敷きの車回しを曲がっていくと、屋敷から召使いがぞろぞろ出てきて一列に並んだ。

「執事の名前はハリス、ミセス・コッブは家政婦だ。これからはきみが指図してくれ」マグナスは前に進み出て、召使いをひとりひとり紹介した。タリーは何人もの召使いにお辞儀をされ、あまりの堅苦しさに息が詰まりそうになった。広々とした玄関ホールを歩いていくと足音が響き渡り、思わず身震いした。「寒いのか?」マグナスは気づかってくれたが、その声は冷たいままだった。「ハリス、レディ・ダレンヴィルを茶色の間に案内してくれ。暖炉に火は入っているのだろうな」

ハリスは一礼した。「もちろんでございます、旦那《だんな》さま。奥方さま、こちらへどうぞ」

タリーは茶色の間に案内された。大きな部屋で、とにかく薄暗かった。窓という窓が茶色のビロードのカーテンで覆われ、家具が所狭しと置かれていた。タリーは鼻にしわを寄せた。なにもかもがぞっとするような濃い茶色の布で覆われている。暖炉に近づくのに少なくともテーブルを三つ、刺繍《ししゅう》を施した火よけ用のつい立てをふたつ、長椅子をひとつよけて通らなければならなかった。掃除は行き届いているが、息苦しさを感じずにはいられなかった。

数分後、マグナスが家政婦のミセス・コップを従えて部屋に入ってきた。「体は温まったか?」彼はたずねた。タリーはうなずいた。「それなら、ミセス・コップに部屋に案内してもらいなさい。疲れただろう。夕食は部屋まで運ばせる」

タリーは叫びたかった。わたしはあなたに家を案内してもらいたいの。お気に入りの場所を教えて。子供のときの話を聞かせて。そうすれば、この大きな陰気な家が少しは好きになれるかもしれない。あなたと仲直りをしたいの。

でも、タリーにそう言うだけの勇気はなかった。このマグナスは、彼女の愛するマグナスではないのだ。ダレンヴィル邸のダレンヴィル卿、冷たくてよそよそしくて、タリーはどう接したらいいのかわからなかった。彼女は仕方なく家政婦についていった。きみの部屋というのも好きになれなかった。聞き間違いであってほしかった。これから案内されるのは夫婦の寝室であってほしかったのだ。

だが、そうではなかった。そこが女性の部屋なのは明らかだった。繊細なデザインの小さな椅子と鏡台が置かれていた。窓枠とベッドは白く塗られ、金色の絹のカーテンがかけられている。金めっきを施した鏡がすべての壁にかかっていて、どこに立っていても自分の姿が映って見えた。床のあちこちに白い毛皮の敷物があった。タリーはひと目でこの部屋が嫌いになった。部屋には温かみがまるで感じられない。ここでは落ち着いて眠れそうになかった。

「ここはだれのお部屋だったの?」タリーはためらいがちにミセス・コップにたずねた。

「日那さまのお母さまのお部屋です」

「まあ」タリーは言った。マグナスは一度も母親の話をしてくれたことがなかった。「お母さまはどんな方だったの?」

ミセス・コップは唇を固く結んで首を横に振った。「申し訳ございませんが、そのような差し出がましいことはわたしの口からは申し上げられません」

タリーは驚いて家政婦の顔を見た。「わたしはなにもマ……ダレンヴィル卿のお母さまの噂《うわさ》話をしろと言っているんじゃないわ。どんな方だったか知りたいだけなの」

ミセス・コップは肩をすくめた。「気まぐれなお方でした。昔のことはあまりおききにならないほうがよろしいかと存じます。今は奥方さまがレディ・ダレンヴィルなのです。昔のことは気になさらずに、早くここでの生活に慣れてください」彼女はタリーのウエストのあたりを鋭い目で見た。「無礼かとは存じますが、近い将来おめでたいことがおありになるのではございませんか？」

タリーは頬を赤らめておなかに手を当てた。「赤ちゃんが生まれること？」

ミセス・コッブはにっこりほほえんでうなずいた。「やはりそうでしたか。ダレンヴィル邸にとってこんなに喜ばしいことはありません。旦那さまもさぞかしお喜びでしょう。ほかの召使いに話してもよろしいですか？」

タリーはうなずいた。「もちろんよ。もうじきだれの目にもわかるようになるわ。こんなに太ってしまって！」

「太るだなんて。喜びがどんどん大きくなっていくんですよ」ミセス・コッブは再びうなずいた。「奥方さまは幸せを運んできてくださいました。ダレンヴィル邸には久しくお子さまの姿が見られませんでしたから」

「マグ……旦那さまが小さかったときにあなたはこのお屋敷にいたの？」タリーは興味津々でたずねた。

「いいえ」ミセス・コッブは答えた。「このお屋敷に奉公するようになってから、まだ二十年しかたっておりませんから」

タリーは眉をひそめた。「二十年でしょう？　夫はまだ二十九歳よ。子供のころの彼を知っているはずだわ」

ミセス・コッブはタリーを見て首を横に振った。「わたしが奉公に上がったときには、旦那さまはすでに寄宿学校に入っておられました」

たった六つか七つで学校に入れられたなんて。かわいそうに、とタリーは思った。彼女はかばうようにおなかに手を当てた。この子がもし男の子だったら、そんな小さなときから学校にやったりしないわ。「でも、お休みの日には……」

ミセス・コッブは悲しそうに首を振った。「お休みの日にもあまりお屋敷に招かれることはありませんでした」

招かれる？　お客でもあるまいし。「お休みの日にも招かれなかった？」タリーは唖然《あぜん》として繰り返した。「どうして？」

ミセス・コッブは唇を固く結んで首を振り、開きかけた口をまた閉じた。しばらくして彼女は言った。「わたしから聞いたとは絶対におっしゃらないでくださいね。召使いのあいだでは、旦那さまのお母さまは旦那さまがお嫌いなのだと噂になっていました。そして、先代の旦那さまは奥方さまに頭が上がらなかったんです。奥方さまはしたい放題でした」

タリーは耳を疑った。自分の息子を嫌っていた？　学校が休みになっても子供を家に呼び戻さないなんて。そんなに身勝手で冷たい母親がいるのだろうか？　タリー自身も寄宿学校で育ったが、それは両親が旅の多い仕事だったからで、彼女を嫌っていたからではない。母親からはリボンでくくられた手紙が束になって送られてきた。かわいそうなマグナス。彼の母親はいったいどんな女性だったのだろう?

タリーはぞっとした。この趣味の悪い金色の絹を張った天蓋《てんがい》の下では一睡もできそうにない。「ここでは眠れそうにないわ。ほかの部屋を用意して」

「でも、旦那さまが……」

「旦那さまには、わたしが彼のお母さまが使っていらした部屋では眠りたくないから、ほかの部屋に移ったと言ってちょうだい」

「ですが……」

「それだけよ、ミセス・コップ」タリーは有無を言わさぬ口調で言った。ただのタレイア・ロビンソンだったときからなにか学んだことがあるとすれば、それは召使いとの議論は避けるということだ。だが、夫はまた別の話だ。

16

タリーは驚いて朝食室を見まわした。執事のほうを向いてたずねる。「旦那《だんな》さまはまだ下りていらっしゃらないの？」

「いいえ、奥方さま。旦那さまはすでに朝食を召し上がりました」ハリスは椅子を引いて待った。

タリーはがっかりして椅子に座った。わたしがいけないのだ。マグナスが来てくれるのを期待してゆうべ遅くまで起きていて、つい寝過ごしてしまった。「あとでお会いしたいわ」

スクランブルエッグを出すハリスの手が止まった。「旦那さまは急用がおありとかで」

タリーはゆっくりと卵を口に運んだ。今日一日なにをすればいいのだろう？　昨日マグナスは家のことはわたしに任せると言った。なんでも人任せのレティシアのおかげで多少の経験はあるつもりだが、なにしろこの屋敷は広い。

タリーは批判的な目で朝食室を見まわした。部屋は東向きなので朝日が十分に差し込んでくるはずなのだが、この部屋もほかの部屋と同様、分厚いカーテンに覆われていて薄暗かった。

部屋の模様替えをしたいと言ったらマグナスはどんな顔をするだろう、とタリーは思った。彼女のごく限られた経験から言うと、男性は変化を好まない。レティシアが田舎の屋敷を改装したときも、夫のジョージはいつまでも文句を言っていた。ロンドンの家はどんなに派手に飾り立ててもかまわないが、自分が育った家は別なのだ。でも、ミセス・コッブの話によると、マグナスはこの家で子供時代を過ごしたわけではないらしい……。

夕食のときにきいてみよう。タリーはそう心に決めた。それにはまずミセス・コッブに屋敷を案内してもらわなければ。

一日が終わるころタリーは疲れて埃《ほこり》まみれになっていたが、多少の満足感は得られた。屋根裏部屋から地下室までくまなく部屋を見てまわり、ここはこうしたほうがいいのではと遠慮がちに指摘すると、ミセス・コッブはおおむね賛成してくれた。いよいよマグナスに改装の話を切り出す自信がついた。夕食の時間まであと三十分しかない。タリーは入浴と着替えのために急いで二階に上がっていった。旅のあいだは彼女が汚い格好をしていてもマグナスはなにも言わなかったが、今夜は結婚して初めてわが家で迎える夕食だ。できるだけきれいにしたかった。そして、夫とも仲直りをしたかった。

モニークに髪を結ってもらっているあいだもタリーは落ち着かず、マグナスに気に入ってもらえるだろうかとしきりに鏡に目をやった。

ドレスはあれこれ迷った末にウィーンで買ったものにした。旅行中に少しくたびれた感じになってしまったが、腕のいい洗濯係のメイドのおかげで見違えるようにきれいになった。繊細で上等な生地でできていて、パリでマグナスが嫉妬《しっと》のあまり引き裂いてしまった、金色のティードレスによく似たデザインだった。

タリーはマグナスが彼女を抱き上げて階段を一度に二段ずつ上っていったときのことを思い出した。このドレスがまた彼の情熱をかき立ててくれるかもしれない。夫に冷たくされるのはこれ以上耐えられなかった。

タリーは鏡に映る自分の姿にじっと目を凝らした。彼女は今夜に賭《か》けていた。マグナスと仲直りする方法はほかに思いつかなかった。話し合っても埒《らち》が明かない。タリーは弟のことをあきらめるつもりはなかったし、マグナスが折れるとも思えなかった。こうするしかないのよ、彼女は自分に言い聞かせた。愛し合えば、彼はわたしを許してくれるかもしれない。

うら若きプリンセスが大理石の階段をしずしずと下りてきた。彼女が動くたびに魔法の絹《きぬ》のドレスが衣ずれの音をたてる。階段の下には、氷の魔女に呪《のろ》いをかけられて大理石の彫像にされてしまったハンサムな王子が立っていた。氷のように冷たい表情が蝋燭《ろうそく》の明かりに照らし出される。

プリンセスは王子に近づいていった。魔法のドレスが衣ずれの音をたて、蝋燭の炎が揺らめくたびに、彫像が光を帯びた。冷たい灰色の瞳が荒れ狂う灰色の海のような色に変わった。やがて、彫像はまばたきして息を吹き返した。人間の姿に戻った王子は一歩一歩ゆっくりと彼女に近づいていった。そのあと、階段を一度に二段、いや三段ずつ駆け上がって彼女を腕に抱いた。「タリー、最愛の人よ、きみに冷たくしたことを許してくれ。わたしにはきみの優しさと愛が必要なのだ」王子が彼女の唇にキスをすると、呪いは解けた……。


だが、階段の下でマグナスは待っていなかった。待っていたのは執事のハリスだけだった。マグナスはすでに食堂にいるのだろう。着替えに手間取って少し遅れてしまった。今ごろいらいらしているに違いない。

「こんばんは、ハリス」タリーはほほえんだ。「夕食を楽しみにしていたの。台所からおいしそうなにおいがしていたから。もうおなかがぺこぺこだわ」タリーは食堂に急いだ。

食堂に入ると、タリーは思わず足を止めた。ぴかぴかに磨かれた長いテーブルにはひとり分の食器しか用意されていなかった。マグナスはまだ用事がすんでいないのだろうか？

「奥方さま」ハリスがつぶやいた。タリーは不安を隠して、ハリスの引いた椅子に座った。

従僕がスープを持って入ってきた。ハリスは従僕がスープを置いて出ていくまで待った。

「旦那さまは？」

「今朝お話ししましたように、急用でと」

「ひと晩じゅうかかるような用ではないでしょう」タリーは言った。「お食事なさるはずだわ」

ハリスはばつの悪そうな顔をした。「旦那さまは今朝ダレンヴィルをお発《た》ちになりました。いつお戻りになるかはおっしゃいませんでした」

ダレンヴィルを発った？　タリーはきょとんとして執事の顔を見つめた。恐怖の冷たい糸が心臓にからみついた。「夫は家を出たということ？」

「いいえ、奥方さま。旦那さまはお出かけになりました」執事は心配そうにタリーを見た。

出かけた？　いったいどこに出かけたというの？　タリーは必死に平静を装った。「ご存じでは？」

タリーは作り笑いを浮かべた。「そ、そうだったわ。まさか今日発つとは思わなかったから。わたしはてっきり……」唇が震えるのを感じて、あわてて糊《のり》のきいたリネンのナプキンで口元を覆った。「勘違いしていたみたい」彼女はつぶやき、食前の祈りを捧《ささ》げるかのようにうなだれた。

わたしになにも言わずにいったいどこに行ってしまったの？　タリーはスープをすくっ

て口に運んだ。手が震え、執事に気づかれないようにスプーンを置いた。

短い沈黙があった。胸が激しく高鳴り、タリーはハリスに心臓の音が聞こえてしまうのではないかと気が気でなかった。

ハリスが咳払《せきばら》いをして言った。「旦那さまは奥方さま宛《あて》にお手紙を書いていらっしゃいました。ごらんになっていませんか？」

タリーは目を丸くした。「手紙？」

「はい、奥方さま。今、持ってまいります」ハリスはそう言って急いで部屋を出ていった。そのあと、執事は銀の盆に封印された手紙をのせて戻ってきた。彼はタリーの横に手紙を置くと、一瞬ためらい、それからお辞儀をして部屋を出ていった。

タリーは胸をどきどきさせて執事が部屋を出ていくのを見た。マグナスからの最初の手紙。彼女は封を切って読み始めた。

〈親愛なるレディ・ダレンヴィル〉

レディ・ダレンヴィル。タリーではない。タリーはがっかりした。

〈きみの部屋に行ったらぐっすり眠っていたので、起こさなかった。きみにはなによりも

休息が必要だ〉

わたしがなによりも必要としているのはあなたよ。どうして起こしてくれなかったの？

〈急用ができて朝一番にロンドンに発つことになった。いつ戻れるかわからないが、用がすみしだい戻る〉

ロンドン？　タリーの手からはらりと手紙が落ちた。マグナスはロンドンに行ったの？　わたしになんの説明もなく？　さようならも言わずに？　タリーは震える指で手紙を拾い上げて続きを読んだ。頭がぼんやりして、内容がよく理解できなかった。

〈きみは新しい生活になじんだり、子供部屋の準備をするのに忙しいだろう。あてがわれた寝室が気に入らなかったようだが、改装したいのであれば、全面的に許可する。費用は必要なだけ引き出してかまわない。財産管理人のジェフリーズにそのように伝えてある〉

改装を全面的に許可する？　必要なだけお金を引き出してもかまわない？　あらかじめこんな手配をしていくなんて、いったいいつまで戻らないつもりなのかしら？

〈そのほかに、新しいドレスも必要になるだろう〉

タリーは金色のドレスをちらりと見た。確かに少しみすぼらしいかもしれない。メイドが見違えるほどきれいにしてくれたけれど。それに、もうすぐきつくなって着られなくなる。そうね、新しいドレスが必要だわ……。

〈わたしが留守のあいだなにか困ったことがあれば、わたしの古くからの親友のフレディ・ウインスタンリーに相談にのってもらいなさい。ダレンヴィルの牧師で、先月、牧師館に移ってきたばかりだ。フレディと細君のジェニーは信頼できる人物だ。きみもふたりが好きになるだろう〉

これはわたしがふたりを好きになるだろうという彼の意見なの？　それとも彼の友人を好きになれという命令？　こればかりは書いた当人にきいてみなければわからない。本当ならマグナスがふたりを紹介してくれるべきなのに。彼はいったいいつまで戻らないつもりなのだろう？　タリーはおそるおそる最後の一文に目を通した。

〈できるだけ子供が生まれる前に戻るつもりだが、戻れなくても、いつもきみのことを思っている。くれぐれも体に気をつけて。親愛なる夫より〉

いちばん下になぐり書きされたダレンヴィルの署名をなんとか読むことができた。

タリーは手紙を胸に押し当ててぼんやりと窓の外を見た。いつまでそうしていたのだろう？　ハリスがやってきて、すっかり冷めてしまったスープを下げるのにぼんやりと気づいた。

できたてのローストビーフが運ばれてきたが、タリーはひと目見ただけで脇《わき》に押しやった。食事をするような気分ではなかった。

〝できるだけ子供が生まれる前に戻るつもりだが、戻れなくても、いつもきみのことを思っている〟

こんなに長いあいだ家を留守にしなければならない大切な用事というのはいったいなんなのだろう？

ハリスは手のつけられていない皿を下げると、ミセス・コッブとモニークを連れて戻ってきた。タリーはふたりが後ろでひそひそささやいているのに気づいたが、なにも耳に入らなかった。マグナスは彼女をダレンヴィル邸に連れてきた次の日に出ていってしまった。跡継ぎが産まれたあともしばらく戻れないだろうというそっけない手紙を残して。

彼はわたしを捨てたのだ。タリーは金槌《かなづち》で頭を殴られたようなショックを受けた。数カ月前にレティシアに話していたように。美しくなくてもいいから、黙って子供を産んで、田舎の領地でおとなしくしている妻が欲しいと……。いいえ、マグナスにかぎってそんなことはありえない。さようならも言わずに出ていってしまうなんて。

彼が本当にわたしを見捨てたのでないかぎり……。

タリーはふと思った。弟のことでけんかをしたあと、彼はわたしに冷たい態度をとっていたけれど、あれは演技だったのかもしれない。彼は最初からわたしをここに置き去りにするつもりだったのだ。

タリーは急に寒けを感じて身震いした。

「奥方さま」モニークが言った。「大丈夫ですか?」

タリーは答えなかった。

「ご気分がすぐれないのでしょう」ミセス・コップはそう言ってナプキンを手に取ると、タリーの顔を優しく拭《ふ》いた。タリーはそのとき初めて自分が泣いていたことに気づいた。

タリーは震えながら立ち上がった。

「やすませてもらうわ。気分がよくないの」

タリーはつい今しがた弾むような足取りで下りてきた階段に近づいていった。今はその階段が険しい山のように見える。彼女は足を引きずるようにして一段ずつ階段を上っていった。

「タリー、突然お邪魔してごめ……」タリーはあわてて立ち上がると、牧師の妻のジェニーに見られないようにこっそり涙を拭《ぬぐ》った。ジェニーとはこの数カ月で大の仲よしになった。ジェニーは最後まで言い終わらないうちに口をつぐんだ。心配そうに額にしわを寄せてタリーの赤く泣きはらした目を見つめる。「まあ——」

タリーはさえぎった。「家を改装しているから埃だらけで、すぐに埃が目に入ってしまうの」彼女はハンカチーフで目を拭いてゆっくりまばたきすると、無理に明るくほほえんだ。「ようやく取れたわ。お茶を持ってこさせましょうか?」

ジェニーは心配そうにタリーを見た。「無理をすることはないわ。本当にひどい——」

タリーは再びさえぎった。「お茶にしましょう。あなたに青の間を見てほしいの」彼女は友人の腕を取って、新しい客間に連れていった。

ジェニーは戸口に立って、新しく生まれ変わった部屋を見た。「見違えるようだわ、タリー」彼女は言った。「確かに立派なお屋敷だけれど、どうしてもこの家を好きになれなかったの」

タリーはほほえんだ。「わたしもそうよ」

ジェニーはほほえみ返した。「ごめんなさい。悪く言うつもりはなかったのだけれど、あまりに見違えてしまったものだから。とても明るくて居心地がよさそうだわ。その体でよくここまでできたわね」

タリーは肩をすくめた。「大したことはないわ。夫に好きなように変えていいと言われたから、わたしはどこをどう変えたいか決めただけ」

タリーは夫への当てつけにしたことを褒められて少し戸惑った。タリーはこの家こそが彼女を不幸に陥れた原因だと考えた。子供だったマグナスが歓迎されなかったのも、大人になったマグナスが花嫁を置き去りにしたのもすべてこの家のせいだ。

こんな古めかしい家に住んでいなかったら、マグナスは違った男性になっていたかもしれない。少しは妻を思いやるような優しさを持ち合わせていたかもしれない。タリーは親の敵でも討つかのように改装に取り組んだ。変えられるものはすべて変え、過去や祖先の亡霊をきれいに消し去った。ここはマグナスの家にはならないかもしれないが、これから生まれてくる子供たちの家になるのだ。そして、彼女自身の。

「本当に信じられないわ」ジェニーは言い足した。タリーは不安そうに新しい友人を見た。マグナスの子供時代を消し去ろうとして家を改装したのだが、男性は変化を嫌う。マグナスは怒るかもしれない。いいえ、これでいいのよ。わたしだって彼には怒っているんですもの。「霊廟《れいびょう》が家らしくなったわ」

タリーは礼儀正しくほほえんだが、ジェニーの言葉は間違っていた。ここはまだ家とは呼べない。家には愛情と……子供たちが必要だ。タリーは涙ぐんでおなかに手を当てた。ジェニーはタリーの動きを目で追った。「もうじきね。ご主人からはまだなんの連絡もないの？」

タリーは大きくなったおなかをさすって庭を眺めた。そのあと、ジェニーのほうに振り向いて明るくほほえんだ。「ないわ。きっと手紙を書く間もないほど忙しいのでしょう。大切な用事らしいから」

ジェニーは鼻を鳴らした。「数カ月も？」

「男性は元々手紙を書くのが好きではないし、便りがないのはいい知らせと言うじゃないの」タリーは努めて明るく振る舞おうとしたが、そのあとふたりは黙り込んでしまった。

「信じられないわ。なんてひどい……」ジェニーは言いかけた。

タリーはジェニーの膝に手を置いた。「いいのよ」タリーが唇を噛《か》むと、ジェニーもそれ以上言おうとはしなかった。

「気を悪くしたのならごめんなさい。ただあなたが悲しんでいるのを見ていられなかったものだから」

「わたしが悲しんでいる？」タリーは震える声で言った。「どうしてわたしが悲しまなければならないの？　こんなにすてきな家に住んで、好きなだけ使えるお金があって……。

結婚する前のわたしは一文無しも同然だったのよ」

「まるで……」

「前にも話したでしょう、ジェニー。わたしはマグナスと結婚したときからこうなることはわかっていたの。彼は最初から妻が妊娠したら田舎の屋敷に置き去りにするつもりだったのよ」

「そんなひどいこと」

「いいえ、わたしがいけないのよ。わたしが……わたしがくだらない夢など見るから。わたしがマグナスの態度を誤解していただけなの。彼は一度もわたしを愛し……いえ、彼は一度も嘘《うそ》をついたことはないわ。ただ、とても礼儀正しい人だから、優しくされるとつい勘違いしてしまうのよ」タリーは濡《ぬ》れてくしゃくしゃになったハンカチーフを取り出してはなをかんだ。「本当にすごい埃ね」タリーはそう言って、しきりにまばたきをした。

タリーが涙を拭くあいだ、長い間があった。ようやくジェニーが口を開いた。「あなたはひとりじゃないわ。わたしが……」

「親切にありがとう。でも、わたしひとりではないわ。夫はできるだけお産には間に合うようにすると言っていたから。彼にとってはこの子は特別なの」タリーは悲しそうに言い足した。「彼は跡継ぎを欲しがっているわ。ダレンヴィル家は代々続いた旧家ですもの」

ジェニーはタリーの手を軽く叩《たた》いた。「わたしがいることも忘れないで。陣痛が始まったら、すぐに使いをよこして」

「まだ先のことだわ。モニークはあと数週間先だろうと言うの」タリーは言った。かわいそうなモニーク。彼女もまた不幸にも恋に落ちてしまった。

「フレディがご主人に手紙を書いたのよ」

「フレディは彼がどこにいるか知っているの？」タリーはすがるような目でジェニーを見た。

ジェニーは首を横に振って、つい口を滑らせてしまったことを後悔した。「いいえ、ご主人に渡してくれるように弁護士宛に手紙を送ったの。教区のことで報告したいことがあるからと……」彼女は嘘をついた。

「そうなの」タリーは元気なくうなずいた。「教区のことね」

「もう行かないと」ジェニーは言った。「ごめんなさいね。もっといてあげたい――」

タリーは無理にほほえんだ。「いいのよ。愛するご主人とかわいらしいお子さんがあなたを待っているんですもの。羨《うらや》ましいわ……。訪ねてきてくれてありがとう、ジェニー。近ごろでは足首がむくんでしまってあまりたくさん歩けないの」タリーはそろそろと椅子から立ち上がった。

ジェニーは腰をかがめてタリーの頬にキスをした。「体に気をつけてね」彼女はそう言って帰っていった。

〝体に気をつけて〟マグナスの最後の言葉だ。手紙に書かれていた彼の最後の指示。タリーは目を閉じた。妊娠したせいでやけに涙もろくなってしまった。いずれ治るわ。彼女は自分に言い聞かせた。自分は愛されていない、繁殖用の雌馬にすぎないという鈍い胸の痛みもいずれやわらぐだろう。

わたしがいけないのだ。わたしは自分を欺いてきた。彼は一度もわたしを愛しているとは言わなかった。

それがなんだっていうの？　世のなかにはもっと深刻な問題を抱えた人が大勢いるのよ。わたしの小さな弟がそう。もうやめなさい。たったひとりで冬を越さなければならない小さな男の子のことを考えるのはあまりにつらすぎる。

つい感傷的になってしまうのも妊娠しているせいだわ。わたしにだってまるっきり楽しかった思い出がないわけではないし……。

タリーは赤ちゃんがおなかを蹴《け》るのを感じてはっと息をのんだ。くよくよするのはやめて、将来のことだけを考えなさいと言っているのだ。もうじきかわいらしい赤ちゃんが生まれるのだから。

いずれ痛みから解放される日が来るだろう。

みんなそう言うが、それはお産のときの痛みであって、タリーが苦しんでいるのは胸の痛みだった。

17

タリーはテラスに座り、道を見慣れない馬車がやってくるのをぼんやり眺めた。近所の人でないのは確かだ。通りすがりの人だろうか？

馬車が屋敷の門に向かってくると、タリーは椅子の上に起き上がった。門番のマイルズ・フェアブラザーが出てきて、御者と話をしている。マイルズは門を開け、馬車をなかに通した。だれかわからないが、しかるべき用があって来たのだろう。そうでなければ、あのマイルズが簡単に通すはずがない。

タリーは一瞬マグナスが彼女の出産に合わせて戻ってきたのではと期待に胸を躍らせたが、馬車が夫のものでないのは明らかだった。小さくて時代遅れでみすぼらしく、馬もだいぶくたびれている。

タリーは椅子から立ち上がると、玄関に向かった。ハリスも来客に気づき、玄関の扉を大きく開けて待っていた。

「だれかしら？」タリーはたずねた。

「さあ。見たことのない馬車です。マイルズにかぎって間違いはないと思うのですが。なかでお待ちになりますか？」

「いいえ。ここで待つのは不作法だとわかっているけれど、興味があるの」タリーは言った。「お客さまも気になさらないと思うわ」

馬車はあっという間に車回しに入ってきて止まった。分厚い外套《がいとう》に赤いマフラーをしたひげ面の御者が降りてきた。タリーは眉を寄せた。どことなくジーノに似ている。だが、タリーがじっと顔を見る間もなく、御者は乗り降り用のステップを下ろしに行ってしまった。

みすぼらしい馬車から降りてきたのは背の高い男性だった。黒い髪は長く伸び、瞳は見るまでもなく、灰色だった。

タリーはマグナスから目をそらすことができなかった。顔は日に焼けているが、ひどく疲れているように見えた。無精ひげが生え、目の下にはくまができ、痩《や》せて頬がすっかりこけている。彼が気まずそうに片手を上げると、肩にかけた外套がずり落ち、三角巾《さんかくきん》のようなもので腕をつっているのがわかった。

「マグナス、怪我《けが》をしているの？」タリーはマグナスに走り寄った。ところが、マグナスは横を向いて馬車のなかにいるだれかに話しかけた。夫はお客さまを連れてきたのだ。

子供が馬車から降りてきて、マグナスの後ろに隠れた。馬車が走り去り、砂利敷きの車回しに三人が残された。マグナスは子供を前に押し出そうとしたが、男の子か女の子かもわからないその子供はいやがって、なかなか前に出てこようとしなかった。

マグナスがイタリア語でなにか言った。

イタリア語？　タリーは心臓が口から飛び出しそうになった。

マグナスの後ろから薄汚れた顔がのぞいたかと思うと、またすぐに引っ込んでしまった。

タリーはほとんど息をすることができなかった。子供は再び顔をのぞかせてタリーをじっと見つめた。彼女は動けなかった。やがて、子供は前に出てきた。ぶかぶかの服を着た、痩せ細った小さな男の子だった。明るい茶色の巻き毛は日に焼けて縞《しま》になっている。鼻のあたりにはそばかすができていた。年は七歳くらいだ。

「きみの弟を連れてきた」マグナスは言った。「リチャード、きみのお姉さんだよ」

「ノー、リチャード――リカルド」少年はむきになって言い返したが、茶色の目で警戒するようにタリーを見つめたまま目をそらそうとしなかった。

「わかったわ、リカルド」タリーは涙ながらにほほえんで両手を差し伸べた。少年がマグナスを見上げると、マグナスはうなずいた。それでも彼が尻込みしていると、マグナスは彼の背中をそっと押した。少年はゆっくりとタリーに近づきながらも、しきりにマグナスを振り返って見た。まるで彼が消えてしまうのを恐れているかのように。マグナスは励ますようにうなずいた。リカルドはタリーに抱き締められても、木のように突っ立ったままだった。ぶかぶかの服の上からでもがりがりに痩せているのがわかった。タリーが腕を離すと、リカルドはすぐにマグナスのそばに戻って小さな手で彼のシャツの袖《そで》をつかんだ。小さな弟が信頼しているのはどうやらマグナスただひとりのようだ。

マグナスはリカルドの肩に手を置いた。「彼はつらい経験をしたんだ。それをわかってやってほしい」

タリーはほほえんで首を振った。胸がいっぱいでなにも言えなかった。涙が頬を伝って流れ落ちる。

マグナスはじっとタリーを見つめていたが、やがて彼女に近づき、大きなハンカチーフを取り出して彼女の涙を拭《ふ》いた。タリーはマグナスのにおいや、肌に触れる手の感触や、顔にかかる温かい息に頭がぼうっとするのを感じた。また夢を見ているような気がして怖かった。

タリーは震えながら手を上げ、マグナスの頬にできたしわをなぞった。無精ひげが指に当たってちくちくする。夢を見ているのではない。マグナスが戻ってきたのだ。

「ああ、マグナス」タリーはささやいて静かに顔を上げた。マグナスは低くうめいてタリーを抱き寄せると、彼女の唇に唇を押し当てた。

マグナスは貪《むさぼ》るようにタリーの唇を求め、唇だけではなく、鼻の頭や首筋や涙で濡《ぬ》れたまぶたにも熱いキスを浴びせた。再び唇をとらえると、記憶を確かめようとするかのように彼女の体に手を這《は》わせた。

タリーはこの数カ月間の孤独や怒りや悲しみや不安を消し去ろうとするかのように、無我夢中でマグナスのキスに応《こた》えた。死に絶えそうになっていた彼女の一部が生き生きとよみがえる。タリーはマグナスの首に腕を巻きつけて体を強く押しつけた。片手を彼の長く伸びた髪に差し入れ、そのひんやりとした感触を楽しみ、形のいい頭を抱えた。そして、空いているほうの手をシャツのなかに入れようとすると、赤ちゃんが元気よくおなかを蹴《け》飛《と》ばした。

「今のはなんだ?」マグナスは身を引いて、驚いたようにタリーを見た。

タリーは謎《なぞ》めいた笑みを浮かべ、夫の手を取って自分のおなかの上に置いた。「あなたの息子よ」

マグナスは驚いてタリーを見つめていたが、赤ん坊がもう一度おなかを蹴るのを感じてびくっとした。

「こういうことはたびたびあるのか?」

タリーはうなずいた。

マグナスはまばたきした。「痛くないのか?」

タリーは首を横に振った。「痛くないわ」

「よかった」マグナスはタリーを再び抱き寄せて、彼女の髪に顔を埋《うず》めた。ふたりは赤ん坊がときどきおなかを蹴るのを感じながら、しばらくそうして抱き合っていた。

やがて、タリーはすぐ近くでなにかが動く気配を感じた。見下ろすと、リカルドが薄汚れた小さな顔をしかめて彼女を見上げていた。彼はおずおずとマグナスに近づいて彼のシャツを握り締めた。タリーはリカルドの髪にそっと手を触れた。彼はびくっとして身をすくめたが、逃げ出そうとはしなかった。

夫を見上げると、驚いたことに灰色の海のような目にうっすらと涙が浮かんでいた。

「なかに入ろうか？」彼はかすれた声で言った。

タリーはうなずいた。胸がいっぱいでまたなにも言えなくなってしまった。


「ジーノとわたしはイタリアから逃げてきたときの道順を逆にたどっていったのだ」マグナスはそう言って、おいしそうにバーガンディーワインをすすった。「オランダ、ウエストファリア……。主に夜、陸路を行った」

タリーは黙って夫の話に耳を傾けた。戦争の最中に、敵地をしかも夜に旅するのは恐ろしく危険なことなのに、夫はなんでもないことのように話している。「ローストビーフをもっといかが？」タリーは勧めた。

マグナスはタリーの弟に目をやった。彼は料理をいっぱいによそったふたつ目の皿に取り組んでいた。マグナスはほほえんだ。「リチャードのほうが食欲旺盛《おうせい》だ」

リカルドは口いっぱいに食べ物をほおばったまま顔をしかめた。「ノー、リチャード──リカルド！」

マグナスは首を振った。「すぐにイギリス式の呼び方に慣れるだろう」

「リカルド」テーブルの向こうでつぶやく声が聞こえた。

タリーが割って入った。「それからどこに行ったの？」

「ウィーンからピエモンテに入った。カルロッタがきみによろしくと言っていたよ」

タリーはほほえんでうなずいたが、肝心の話から離れるつもりはなかった。「旅をしているあいだ危険な目には遭わなかったの？」

マグナスは肩をすくめた。「あちこちでフランス軍の兵士にでくわしたが、ナポレオンの新兵の大半はまだひげも生え揃《そろ》っていないような子供なんだ。将校はわが国と同様、とても紳士とは言えないような連中だ。身の危険を感じたことは一度もない」

これは嘘《うそ》だとタリーは思った。フレディから聞いたが、ナポレオンの軍には確かに少年のような兵士も多いが、屈強な男も大勢いるという。それに将校が紳士でないのなら、本来いるべきではない場所で見つけたイギリス人をどんな目に遭わせるかわかったものではない。

「時間はかかったが、ようやく彼とほかの五人の孤児を見つけることができた」マグナスは妙な目つきでタリーを見た。「子供たちが飢えないようにだれが面倒を見ていたと思う？　あの山賊だ」

「マグワイアーが？」タリーはびっくりすると同時にひどく興味を引かれた。

マグナスはうなずいた。「信じられないだろうが、事実だ。きみの弟に引き合わせてくれたのも彼だ。彼はわたしの傷の手当てを――」

「マグワイアーが傷の手当てを？」タリーは思わず声をあげ、疑わしげに眉を寄せた。

「まさか、彼があなたをそんな目に遭わせたのではないでしょうね？」

マグナスは笑って首を振った。「いや、フランス軍に撃たれて負傷したんだ。彼はわたしを安全なところまで引きずってくれた」

「彼には気高さが感じられると思っていたのよ！」タリーは感謝するように胸の前で手を組んだ。

「きみがそんなことを言うなんて妙だな」マグナスはゆっくりと言った。「本人はアイルランドの貴族だと言っていた。まあ、アイルランド人はみんなそう言うんだ。だが、彼は確かに貴族的な風貌《ふうぼう》をしている。わたしは彼をアイルランドに帰国させた」

タリーははっとして身を起こした。「絞首刑になったりしないかしら。彼が言っていたわ――」

マグナスは鼻を鳴らした。「そうなっても仕方がない。だが、わたしは彼を、わたしのアイルランドの領地の管理人に任命した。終身のだ」タリーはぽかんと口を開けた。「彼はならず者かもしれないが、心まで汚れてはいない」マグナスはぶっきらぼうに言った。

「彼がいなければ子供たちは飢え死にしていただろう。それに、彼はわたしの命を救ってくれた」

「本当にそうだわ。あなたのなさったことはすばらしいわ」タリーは心からそう言った。

「それで、ほかの子供たちはどうしたの？」

マグナスは再び妙な目つきで妻を見た。妻は当然、夫が孤児を全員引き取るのを期待しているのだろう。「さいわい、彼らを引き取ってくれるすばらしい人が見つかってね」

「だれなの？　マグワイアー？」

マグナスはにやりとした。緑色の目をしたハンサムなならず者に孤児の集団を押しつけるのも悪くなかったのだが、実際にはそうしなかった。「いや、面倒見のいい女性の手で育てられたほうが子供たちのためだと思ってね」

「面倒見のいい女性？」

「当ててごらん？」

タリーはしばらく考えた。「カルロッタね！　すばらしいわ、マグナス」

マグナスはうなずいた。「おなかを空《す》かせたわんぱく坊主を五人、彼女のところに置いてきた。彼女は毎日大量のパスタを作り、実の母親のように愛情を注いでいる。いくらか足しになればと金を置いてきた。彼女はなかなか受け取ってくれなかったが」

タリーは驚きの目で夫を見た。いまだに信じられなかった。夫は彼女を見捨てなかったばかりか、命の危険を冒してまで弟を捜し出してくれた。混血の私生児である弟を……。そして、子供のいない未亡人に親を亡くした子供を五人も与え、マグワイアーに犯罪から足を洗わせて、故郷でしかるべき地位に落ち着かせた。

タリーは夫への賞賛の気持ちがこみ上げてくるのを感じた。タリーは小さな弟がパンの切れ端で肉汁をすくい、そのあと皿を持ち上げてなめるのを見た。ちらりと横目で夫を見ると、彼は顔をしかめて口を開きかけた。タリーは夫の腕に手を置いた。「行儀作法を教える時間はたっぷりあるわ」

ドアが開いて、ハリスがトライフルを持って入ってきた。ケーキとクリームとゼリーを使ったお菓子に幼いリチャード、いやリカルドは目を丸くした。子供がなによりも喜ぶようなお菓子だ。タリーはあとで料理人に礼を言わなければと心に留めた。

「旦那《だんな》さまの好物でございます」ハリスは言った。「料理人が特別にこしらえました」

タリーはちらりと夫を見た。夫は顔にこそ出さないが、リカルドと同じくらい喜んでいた。タリーはくすりと笑った。夫が甘いものが好きだとは今まで知らなかった。

そして、うれしそうに甘いお菓子をほおばる弟を見た。

弟はタリーに実によく似ていた。ふたりが姉と弟であることに疑いの余地はない。なんてすばらしいことなのかしら。人はわたしたちを見て、血のつながった姉弟だと思うだろう。でも、こうしてテーブル越しに自分をそっくりそのまま小さくしたようなだれかを見るのは妙な気分だった。茶色の縞が入った巻き毛。そばかす、とがった鼻。ただし弟の鼻は彼女のように上を向いてはいない。そして、同じ目。同じ目！　タリーははっとした。リカルドとわたしは同じ目をしている。タリーの目は父親譲りだった。縞の入った巻き毛もとがった鼻も、すべて父親から譲り受けたものだ。

リカルドはパパの子供なんだわ！

タリーは喜びを自分ひとりの胸に秘めておくことができなかった。「マグナス！」小さいが興奮した声で言う。

マグナスは彼女を振り向いた。

「リカルドはわたしにそっくりだとお思いにならない？」

マグナスはタリーから少年に、そして少年からタリーに視線を移してうなずいた。「きみのほうがきれいだが」

タリーはうれしそうに頬を染めた。「ありがとう。でも、今はそれは問題ではないの。わたしは父親似なのよ！」

マグナスはすぐにタリーの言わんとしていることに気づいた。「きみの父上は誤解していたんだ。それはよかった」彼女の手を取り、キスをしようとした。「いい結末を迎えられて……」彼はふいに口を閉じると、タリーの手をまじまじと見て毒づいた。「まだ爪を嚙《か》んでいたのか？」

　タリーは真っ赤になって手を引っ込めようとした。「ごめんなさい」

　マグナスはタリーの顔をじっと見つめた。「なにかあったのか？　それとも、だれかきみを悩ます悪い人間がいるのか？　すぐに言いなさい。わたしがなんとかしよう」

　タリーはきょとんとして夫を見つめた。

「すぐに言いなさい、タリー。隠しても無駄だ」マグナスはタリーの手をつかんで彼女の顔の前で振ってみせると、ぎざぎざになった爪を親指でなぞった。「これがなによりの証拠だ。だれかに悩まされているなら、わたしがすぐに解決してやろう。きみが悩む姿は見たくない。フレディには相談しなかったのか？　彼ならきみのために問題を解決してくれたはずだ」

　タリーはいらだちを感じてマグナスにつかまれた手を引き抜こうとした。なんて鈍感なの？　彼はいったいわたしがだれに悩まされていると思っているのだろう？　料理人、執事？　あんなそっけない手紙を残しただけでわたしの人生から消えて、わたしが悩まないとでも思ったのだろうか？　タリーはマグナスの手から手を引き抜いて、立ち上がった。

「弟をお風呂に入れて寝かせる時間だわ」

「話をそらさないでくれ」マグナスは低い声で言った。

「時と場所を選んでください」タリーは言い返した。「今はそんな話をしているときではないわ。ハリス、旦那さまとリカルドに熱いお風呂を用意して」

リカルドは英語はまるでわからなかったが、自分の名前が呼ばれたのに気づいて顔を上げてにっこりほほえんだ。「シー、リカルド」彼は得意げな顔をしてマグナスを見た。「ノー、リチャード」彼は繰り返し、タリーに手を取られておとなしく部屋を出ていった。

「彼は眠っている」マグナスはタリーの寝室の戸口に立っていた。

タリーはうなずいた。「よかったわ」

あなたは？　タリーは心のなかで思った。あなたはどこで眠るの？

「きみの狙《ねら》いどおり子犬がきいた。ベッドで仲よく一緒に寝ている」

タリーは再びうなずいた。

「いい考えだ」マグナスは戸口に立ったまま、遠慮がちな声とは裏腹に燃えるように熱いまなざしでタリーを見つめていた。「この部屋……この部屋も見違えるようだ」

タリーは声が詰まってなにも言えなかった。夫ではなく、まるで客と話しているみたいだ。

「海中庭園にいるようだ」マグナスは言った。「緑色で統一されていて……モスリンだね？　実にすばらしい」彼は窓とベッドのまわりにかけられた薄いカーテンを身振りで示した。マグナスは部屋に入ってくると、カーテンの柔らかい生地をつかんだ。カーテンに触れながら遠慮がちに言う。「今夜はここで眠ろうと思うんだ。きみさえよければ」

タリーはまじまじと夫を見つめた。きみさえよければ！　彼はわたしの気持ちがまるでわかっていない。いったい何度愛していると言えば気づいてもらえるのだろう？

「つまり……」マグナスは気まずそうに言った。「その……その体では無理だと……くそっ！」両手で髪をかき上げて一気にまくし立てる。「愛し合えないのはわかっているが、きみさえよければ、今夜はきみを抱いて眠りたいのだ」

きみさえよければ……。タリーは答えることができず、首を振ってマグナスに両腕を差し伸べた。マグナスは二歩で彼女に近づくと、彼女を腕に抱き締めた。欲望を抑えてそっと唇にキスをする。

しばらくあと、マグナスはタリーをベッドに座らせて、自分も隣に腰を下ろした。そして食い入るように彼女を見つめた。手を伸ばし、彼女の顔にかかる巻き毛をそっと払いのけた。彼の大きな手はかすかに震えていた。

「きみの髪に触れることはもう二度とできないのではないかと思った。きみにはもう二度会えないのではないかと……」マグナスは声を詰まらせて、タリーを胸に強く抱き寄せた。

「わたしもよ」タリーはささやいて、ひげを剃《そ》ったばかりのマグナスのあごに頬をすり寄せた。

マグナスは突然体を離して、驚いたようにタリーを見つめた。「わたしに二度と会えないと思った？　わたしがどこにいるか知っていただろう？」

「ええ」

「それならなぜ？」マグナスは眉間《みけん》にしわを寄せた。「なぜわたしが戻ってこないかもしれないと思ったんだ？　商用でロンドンに行くとはっきり手紙に書いたぞ。本当はわたしがイタリアへ行ったと、きみは知らなかったはずだ」

タリーは夫の困惑した顔をじっと見つめた。「ええ、ちゃんと手紙に書いてありました」

タリーはいらだちを隠せなかった。手紙に書かれていたことは一字一句そらで覚えている。

「それならなぜ……？」

マグナスはタリーを見つめ返した。「怒っているのか？」彼は本当に困惑している。

タリーはマグナスをまじまじと見つめた。

「もちろん怒っているわ！」タリーはきっぱりと言った。「あんな手紙を受け取って、わたしがどう感じるとお思いになったの？」

「きみを心配させたくなかったのだ。だから――」

「心配させたくなかった？　心配させたくなかったですって！」タリーはかっとなって声をうわずらせた。「なんて鈍感なの！　夜中に突然いなくなって、急用ができたからきみはきみで好きにやってくれなんていう手紙を残されて、わたしがどう感じると思ったの？」

マグナスはぽかんと口を開け、そのあと顔をしかめた。「そんなつもりはまったくなかった」彼はゆっくりと言った。

「そんなつもりはなかったなんて……」まつげが涙に濡れ、タリーは手探りでハンカチーフを探した。「もういやになっちゃうわ。いつもこうなの」タリーはぶつぶつ言って、ベッドのまわりにかけられたモスリンのカーテンで涙を拭いた。

マグナスは震えているタリーの両手を自分の手でそっと包み込んで、涙を浮かべた彼女の目をのぞき込んだ。「わたしに見捨てられたと思ったのか？」

タリーはうなずいた。

「わたしはきみのことなどなんとも思っていないと？」

タリーは再びうなずいた。

マグナスはタリーの両手を持ち上げてぎざぎざになった爪の先を見た。「だからこんなに……」日に焼けた親指で爪をなぞる。「すべてわたしの責任だ」

タリーはなにも言わずに唇を噛んだ。

マグナスはうめいた。「きみがそんなふうに思うとは夢にも思わなかった」

「わたしがどう思うと思っていたの？」タリーはささやいた。「あなたを愛していると言ったでしょう」

「でも――」

「女性はすぐに愛していると言う」マグナスはしばらくしてから言った。

「きみが本気だとは思わなかったんだ」

タリーはひどく傷ついて目を閉じた。彼女はやっとの思いで言った。「本気に決まっているじゃないの。残念だわ、あなたに――」

「しっ！」マグナスはそう言ってタリーを抱き寄せた。長い沈黙が続き、聞こえてくるのはふたりの心臓の鼓動だけだった。

「〝愛している〟と何度言われたかわからない。母親にも何度も言われた」マグナスは低くざらついた声で言った。

タリーはわずかに身を引いて、マグナスをじっと見つめた。「でも……」

マグナスは神経質そうな声で笑った。「もちろん、人前でだけだ。人前ではわたしが目に入れても痛くないような振りをしていた。だが、実際は……。わたしは母にとって目障りな存在でしかなかった」

「でも、どうして？」

「さあ。わたしを産んで体の線が崩れたと言われたのを覚えている」マグナスはさりげなく肩をすくめたが、彼が深く傷ついているのは明らかだった。タリーはマグナスの頬を撫《な》でた。

「もう過ぎたことだ」彼は言った。「だが、そのことが原因で女性を……女性を信じられなくなった。何人もの女性と付き合ったが」彼は続けた。「娼婦《しょうふ》のような女性たちだ。みんながわたしを愛していると言った。決まってなにか欲しいときに。あるいは、わたしを裏切ったことを隠すために……」

タリーはマグナスの頬を撫で続け、ひげ剃りあとのざらざらした感触を楽しんだ。彼はわたしを愛することはできないと言っている。悲しいけれどそれでもかまわないわ、とタリーは思った。彼がこうしてわたしを抱き締めてくれさえしたら、わたしに愛させてくれさえすればそれでいい。

「そしてきみと結婚した」マグナスは静かに言った。声の調子が変わった。「自分でも予想外だった。わたしはレティシアの選んだ娘のだれかに結婚を申し込むつもりでいたのだ」

「どうして気が変わったの？」タリーはささやいた。彼女はあの夜、マグナスが図書室でレティシアに話しているのを聞いてしまった。彼は本当のことを話すだろうか？

「あの子犬の一件だ」

タリーは体を離してマグナスを見つめた。「子犬？」彼女はなんとなくいらだって、きき返した。

マグナスはタリーを再び腕に抱き締めた。「子犬がいたずらをして、母親に叱《しか》られてい

る少年がいただろう。子犬は言いつけを守らなかった罰として処分されそうになってい
た」

タリーはそのときのことを思い出してため息をついた。

「わたしは少年の気持ちが手に取るようにわかった。わたしも同じ理由で父にペットの犬を何頭も殺された。わが家ではそれを〝しつけ〟と言っていたが」マグナスは苦々しく言った。「あの子がどれだけ悲しむことになるか、わたしにはよくわかっていた」マグナスはタリーを強く抱き締めて、髪に顔を埋めた。「すると、どこからともなく若い娘が現れ、家での自分の立場が危うくなるのもかまわず、少年をかばった。自分の子供でもない少年を」彼はタリーの耳にキスをした。「彼女は子犬の命も救った……」

タリーはマグナスの胸にもたれ、愛情を知らずに育った子供のころの彼を思って再び涙を流した。

「彼女こそわたしの子供の母親にふさわしいと思った」マグナスはようやく言った。「わたしは手遅れだが、せめて自分の子供は……子供は……」声がかすれた。

「愛情を持って育てたかったのね、マグナス」

マグナスはうなずいた。

「愛情を持って育てると約束するわ」タリーはささやいて、両手でおなかをさすった。

「この子はもう十分に愛されているわ」タリーはマグナスの顔を両手ではさんだ。「あなた

もよ、マグナス。手遅れなんかじゃない。愛しているわ」タリーは苦しみに満ちた夫の目を見つめて静かに言った。「あなたを愛しているわ。あなたが想像もできないくらい強く。あなたはわたしのすべてなの」タリーは彼の髪を撫でながらもう一度言った。「愛しているわ、マグナス。あなたに出ていかれてひどく傷ついて、ものすごく怒っていたけれど、それでもあなたを愛していた。あなたをずっと愛するわ。あなたがわたしを愛してくれなくてもいいの。わたしにはたっぷり愛情があるから」

「でも――」

「しっ、なにも言わないで」タリーはそう言ってマグナスにキスをした。

マグナスは情熱的にキスを返したが、そのあとうめいてしぶしぶ体を離した。「でも」

「いいのよ」

「最後まで言わせてくれ」マグナスはタリーにもう一度激しく短いキスをした。「こうなるとは考えてもいなかったんだ。適当な女性を選んで結婚したら、わたしは独身のころとなんら変わらない生活を送る。わたしは子供のことしか頭になかった」

「跡継ぎね」タリーはうなずいた。

「いや、跡継ぎではない。子供だ。女の子ひとりでもわたしは幸せだ。女の子ばかりでもかまわない」

「男の子は欲しくないの？」タリーは心配そうにたずねた。

「男の子でももちろんうれしい」マグナスは安心させるように言った。「わたしは跡継ぎではなく子供が欲しいのだ。性別は関係ない」

タリーはほほえんだ。半信半疑だったが、ほっとしたのは事実だった。

「五歳のときから、毎朝父に鞭《むち》で打たれていた」マグナスはぶっきらぼうに言った。「ダレンヴィル家の跡継ぎは代々そうやって強くなるようにしつけられてきた」

「あんまりだわ」タリーは唖然《あぜん》とした。「そういうことなら、幼いうちに学校に入れられてよかったわね。暴力は絶対に許されないことだわ」

マグナスはほほえんだ。その冷ややかな笑みにタリーは背筋が寒くなるのを感じた。

「学校でも同じだった。十八歳になるまで、日曜を除く毎日朝八時きっかりに鞭で打たれていた」

「ああ、マグナス……」タリーは言葉を失った。マグナスを強く抱き締め、顔じゅうにキスを浴びせた。

「わたしがどうしてダレンヴィル家の跡継ぎが欲しくないか、これでわかっただろう?」

タリーはマグナスを抱き締めて耳にキスをした。「愛しているわ、マグナス。愛している」彼女はそう言うことしかできなかった。

マグナスはタリーをベッドに寝かせて、唇や首筋や胸のふくらみをキスで覆った。彼はタリーの胸を両手でそっと包み込んだ。「前よりも大きくなった」そうつぶやいて、キスの雨を降らせる。そして、ふくらんだおなかに手を滑らせた。「きみが見たい。きみのすべてが」

　タリーは赤くなった。「でも……」

「きみは美しい。きみが見たいのだ」マグナスは繰り返して、タリーのナイトドレスの裾《すそ》に手を伸ばした。ゆっくりと裾を持ち上げ、ほっそりした長い脚、脚の付け根の茶色い茂み、はちきれそうになったおなかをあらわにしていった。豊かな胸のふくらみまで裾を持ち上げ、蜂蜜《はちみつ》色の頭から脱がせた。マグナスはベッドの足元にナイトドレスを放《ほう》ると、ベッドの上にひざまずいた。タリーの全身に視線をさまよわせ、ひとつの変化も見逃すまいとするかのように一心に見つめた。

　タリーの恥じらいは消えていた。

　嵐《あらし》の海のような色をしたマグナスの瞳がタリーを愛撫《あいぶ》し、優しく包み込む。タリーは人生でこのときほど自分を美しいと感じたことはなかった。マグナスに見つめられると、自分がこの世でいちばん美しくなったような気がする。

「愛しているわ、マグナス」タリーはささやいて彼に手を伸ばした。

「ここにいて、きみの体が毎日変化していくのを見たかった」マグナスはつぶやいて彼女の体を撫でまわした。

「弟を連れてきてくれてありがとう」タリーはマグナスの愛撫に、猫のように身をくねらせた。「あなたがどうしてこうしたいのかわからないけれど、とても幸せな気分だわ」

マグナスの手が止まった。「こうしなければならないのだ」低くかすれた声で言う。

「しなければならない？　どうして？」タリーはマグナスのシャツを脱がせ始めた。

「きみに……きみに見せたいのだ」

「なにを？」タリーはシャツを脱がせると、ズボンのボタンに手をかけた。彼はタリーの手を止めた。

「わからないのか？」マグナスはタリーの手をぎゅっとつかんだ。「言葉では言えない……わたしにとって言葉はなんの意味もない。言葉で言えないから……態度で示したいのだ」

「なにを？」タリーは静かにたずねた。

「わたしが……」マグナスは口をつぐんだ。「わたしがなにを言おうとしているのかわかっているんだろう？」

「いいえ、マグナス。わからないわ」

「きみを……きみを愛していると言いたかったのだ！」マグナスはぶっきらぼうに言った。

タリーはベッドの上に起き上がると、ひざまずいてマグナスと向き合った。「ああ、マグナス！　マグナス！」彼女はそう言って抱きついた。

しばらくしてから、マグナスは言った。「愛し合えないのはわかっているが、きみさえよければ……きみに触れたい」彼はタリーの脚の付け根を手のひらでそっと包み込んだ。

タリーは頬を染めてうなずいた。「あなたがどうしてもと言うなら……」

マグナスの目が欲望に曇った。「どうしてもだ」彼はタリーの両脚のあいだに頭を埋めた。

タリーは目を見開いた。「マグナス、なにをするの？」彼女は息をのみ、喜びに身をくねらせた。「ああ……マグナス……」

エピローグ

貴婦人はなだらかに起伏する緑の牧草地の向こうのうっそうとした森を見つめた。彼女はそばかすひとつない白い顔を心配そうに曇らせた。いや、心配を通り越して恐怖すら感じていた。愛する人を失うのではないかという恐怖を。森にはどんな危険が待ち受けているか知れない――人が簡単に押し流されてしまうような急流、獰猛《どうもう》な獣、恐ろしい怪物。彼女の愛する人は森に冒険に出かけていた。それも彼女のために。貴婦人は頭《こうべ》を垂れた。

悲しそうな泣き声がして、彼女は鳩《はと》が驚いたようにぱっと頭を上げた。すぐそばで眠っている赤ん坊に手を置いてささやく。「怖がらなくてもいいのよ。わたしたちの勇敢な騎士は無事に冒険から戻ってくるわ。わたしの騎士は前にも一度、冒険に出かけたことがあるの。長く危険に満ちた旅だったわ。あらゆるところに敵が潜んでいて――緑色の目をした大胆不敵な山賊、荒くれ者の兵士、よだれを垂らした狼《おおかみ》。でも、わたしの騎士は戻ってきたわ。誇らしげに、傷ひとつ負わずに……腕を怪我《けが》していたけれど、ほんのかすり傷であっという間に治ってしまったわ。それに、げっそり痩《や》せていた……それでも、とにかく無事に戻ってきてくれたわ。だからあなたはなにも心配することはないのよ。彼はとにかく強くて勇敢なの」

　赤ん坊が喉を鳴らすと、貴婦人は顔を近づけて言った。

「彼は一世一代の冒険を成し遂げたのよ。彼はその冒険で貴婦人の愛をかち得たの。貴婦人の心は彼が冒険に出る前からすでに彼のものだったのだけれど。彼の冒険はあなたのためでもあったのよ。わたしの勇敢な騎士がアルプスの山のなかからだれを連れて帰ってきたと思う？　わたしたちの小さな騎士、あなたの叔父さまのリカルドよ。大昔の聖杯を探すよりもずっとすばらしいと思わない？」

　貴婦人は頭をめぐらせて暗くなりつつある森を見た。もう遅い。彼女は騎士が冒険からすぐに戻ってくることを願った。冒険から戻ってきたら、彼は長い脚ですたすたと彼女に近づいてきて、キスをしてこう言うのだ。「戻ってきたよ、タリー。わたしの最愛の人……」

「タリー、戻ってきたぞ」マグナスが言った。「眠っていたのか？」

「い、いいえ」

「見てよ、タリー。大きな魚を三匹も釣ったんだよ。三匹もだよ！」リカルドは興奮して叫んだ。「釣り糸を投げてすぐに釣れたんだ。マグナスは一匹も釣れなかった。ぼくが……ぼくがみんな釣ったんだ！　たったひとりで。見てよ！」彼はタリーの顔の前でぎらぎらした大きな魚を振ってみせた。

タリーは身震いした。「すごいじゃないの、リカルド。すぐに料理人のところに持っていったほうがいいわ」

「料理人！」リカルドはばかにしたように言った。「料理人はカルロッタの魚のシチューの作り方を知らないんだ。塩水で煮ただけなのに料理なんて言うんだから」彼はふんと鼻を鳴らした。「ジーノはにんにくとハーブとオリーブオイルとワインを持ってる。カルロッタとそっくり同じものを作れるし、ひょっとしたら、もっとおいしいかもしれないって言ってるよ」

タリーはカルロッタの魚のシチューがもう一度食べてみたいなどと言わなければよかったと思いながら、うなずいた。「それなら、ジーノのところにすぐに持っていってちょうだい。そうしないと、あなたの小さな姪《めい》の上にぽたぽたと水が垂れてしまうわ」

「おちびちゃんはそんなことちっとも気にしないよ」リカルドはそう言って、赤ん坊のあごをくすぐっていたマグナスを押しのけた。「だって水にちなんで名前をつけたんでしょう？　リトル・マリーナって水の子っていう意味だよね」リカルドは赤ちゃんの上にかがんでイタリア語でささやきかけると、こう宣言した。「来年になったら、おちびちゃんに釣りと水泳を教えるんだ」

「でも……」タリーは言いかけた。

「きみの好きにするがいい、リチャード。だから早く、その魚をジーノのところに持っていきなさい！」マグナスがさえぎった。

「リチャードじゃないよ。リカルドだよ」リカルドは即座に言い返し、生意気そうににやりとすると、口笛を吹きながら魚を持っていった。イギリスにやってきて半年、リカルドはすっかり生まれ変わった。がりがりに痩せていたのがふっくらして、背丈も伸びた。あんなにおびえて警戒心が強かったのが今では嘘《うそ》のようだ。タリーは弟の後ろ姿を目で追いながら、胸がいっぱいになるのを感じた。彼の養母は彼を実の子のようにかわいがって育ててくれたに違いない。そうでなければ、こんなに早く立ち直れなかっただろう。彼はまたいたずら好きな明るい少年に戻った。

「まったく、狼にくれてやるんだった」マグナスはうなるように言った。

「どうしてそんなことを言うの？」タリーはとがめるように言った。「彼が今言ったことを怒っているのね？　わたしもマリーナに泳ぎを教えるのはどうかと思うわ。まだ小さいんですもの。でも――」

マグナスはタリーの唇をキスでふさいだ。「彼がいると、きみにキスもできないからだ」彼はそう言って、もう一度キスをした。タリーを椅子から立ち上がらせ、自分の膝の上に座らせた。「おしゃべり坊主に一日釣りに付き合わされて家に戻ってみると、美しい妻が日なたでまどろんでいた。どんな夢を見ていたんだい？」

タリーはにっこりほほえんだ。「もちろん、わたしの勇敢な騎士の夢よ」

マグナスはいきなり体を起こし、タリーは彼の膝の上から転げ落ちそうになった。「どの騎士だ？」恐ろしいけんまくで言う。「きみが騎士と知り合いだとは知らなかった。その騎士というのはいったいどこのだれなんだ？」

「わたしのサー・ガラハッドに決まっているじゃないの」タリーは静かに言って、マグナスの頬を撫《な》でた。「勇敢な騎士なのだけれど、鈍感なところが玉にきずね。彼をマグナスと呼ぶときもあるわ」タリーがキスを求めるように顔を上げると、マグナスは全身に震えが走るようなキスをした。ふたりのあいだで情熱の炎が衰えることはなかった。

「きみに知らせておかなければならないことがある」しばらくしてからマグナスは言った。「きみにはショックかもしれない」彼の声は恐ろしく真剣だった。

「なんなの？」タリーは心配そうにマグナスの顔を見つめた。

「わたしはきみの騎士ではない」

「いいえ、あなたはわたしの騎士よ」タリーはきっぱりと言った。

「いや、違う」マグナスは灰色の瞳をいたずらっぽく輝かせた。「わたしはきみの伯爵だ」

彼はそう言ってタリーの唇をふさいだ。

●本書は、2003年10月に小社より刊行された作品を文庫化したものです。

氷の伯爵

2007年10月1日発行　第1刷

著者　アン・グレイシー

訳者　石川園枝（いしかわ　そのえ）

発行人　ベリンダ・ホブス

発行所　株式会社ハーレクイン
東京都千代田区内神田1-14-6
03-3292-8091（営業）
03-3292-8457（読者サービス係）

印刷・製本　凸版印刷株式会社

Printed in Japan ©Harlequin K.K. 2007 ISBN978-4-596-93108-5

多彩なラインナップで贈る

シリーズロマンス一覧

20日刊

愛の激しさを知る
ハーレクイン・ロマンス
毎月8点発行

ロマンティック・
サスペンスの決定版
**シルエット・
ラブ ストリーム**
毎月2～3点発行

人気作家の名作ミニシリーズ
**ハーレクイン・プレゼンツ
作家シリーズ**
毎月2点発行

テーマで恋を楽しめる
**ハーレクイン・
リクエスト**
毎月2～4点発行

季刊本 季節ごとに楽しめる、テーマにそった短編集

1月刊
マイ・バレンタイン
～愛の贈り物～

7月刊
サマー・シズラー
～真夏の恋の物語～

9月刊
ウエディング・ストーリー
～愛は永遠に～

11月刊
クリスマス・ストーリー

（2007年8月現在）